アンティーク雑貨探偵③

まったなしの偽物鑑定

シャロン・フィファー　川副智子 訳

The Wrong Stuff

by Sharon Fiffer

コージーブックス

THE WRONG STUFF
by
Sharon Fiffer

挿画／たけわきまさみ

やっぱりスティーヴ
そしてマキシン叔母さんに
叔母さんの温かさと賢さはわたしの宝物だから

謝辞

感謝の言葉を家族に送ります——最初にして最高の読者である夫のスティーヴと、三人の子どもたち、ケイト、ノーラ、ロブに。彼らは当意即妙な感想を述べてくれるだけでなく、物書きの両親をもつ子どもが必然的に求められる辛抱強さをも示してくれます。以下の方々のすばらしい友情と、さまざまな形での助言にも感謝を。ジュディ・グルーズィズ、ドクター・デニス・グルーズィズ、チャック・ショットウェル、リン・ショットウェル、キャス・ルーニー、ローレン・ポールソン、マイケル・シュウォーツ、シェルドン・ゼナー。そして、作家にとって最高の友であるゲイル・ホックマン、的確な質問をぶつけてくれた（さらには、少なからぬ回答も提示してくれた）セント・マーティンズ社のケリー・ラグランドとベン・セヴィア、コピー・エディターのマーシー・ハーガン、こんな素敵なカバーデザインをしてくれたアニー・トゥーメイにもお礼を言います。

覚え書き

卓越した来歴に彩られた真正ブルースター・チェア二作が現存することはよく知られています。アーマンド・ラモンターニュ作の椅子は現在もヘンリー・フォード博物館が所蔵し、他の美術館・博物館にもしばしば貸し出されて贋作・偽作の展覧会で展示されています。ウエストマンのひまわり簞笥についてはなにもわかっていません。でも、みんなで油断なく見張っていたほうがよいのではないでしょうか。

まったなしの偽物鑑定

主要登場人物

ジェーン（ジェイニー）・ウィール……ジャンクのコレクター。フリーランスの拾い屋《ピッカー》
チャーリー……ジェーンの夫。地質学者
ニック（ニッキー）……ジェーンの息子
ドン……ジェーンの父。居酒屋〈EZウェイ・イン〉の主人
ネリー……ジェーンの母。居酒屋〈EZウェイ・イン〉のおかみ
ティム（ティミー）・ローリー……ジェーンの幼なじみ。花屋の経営者兼骨董商。ゲイ
ブルース・オー……元刑事。非常勤の大学教授。私立探偵
クレア・オー……ブルースの妻。アンティーク・ディーラー
ホーラス・カトラー……アンティーク・ディーラー
リック・ムーア……木工師
グレン・ラサール……〈キャンベル&ラサール〉の創設者
ブレイク・キャンベル……〈キャンベル&ラサール〉の創設者
ロクサーヌ・ペル……秘書
ミッキー……塗装師
マーティーン……詩人
シルヴァー……詩人
スコット・テイラ……画家

用語解説

エステート・セール
家の所有者の死亡や引っ越しで家を売却するまえに、遺族や本人が家財を売り払うセール。

サルベージ・セール
古い家が解体されるまえに建築部材を売るセール。

ラメッジ・セール
不用品処分のために一堂に集められた物を売るセール。教会の慈善バザーなど。

ハウス・セール
エステート・セールなど、屋敷を開放しておこなわれるセール。

ガレージ・セール
民家のガレージでおこなわれるセール。

ヤード・セール
民家の庭先でおこなわれるセール。

用語解説

ショーハウス
老朽化した住居の内装を一新して、一般公開する非営利のイベント。

スリフト・ショップ
慈善団体が寄付による不用品を再生して販売する店。

ベークライト
〝プラスチックの父〟ベークランドが開発した合成樹脂。

アンティーク
製造されてから100年以上経過しているもの。

コレクティブル
製造されてから100年経過していないが、稀少性があり、蒐集価値のあるもの。

アーツ＆クラフツ
19世紀、イギリスのウィリアム・モリスらによってはじまったデザイン運動。産業革命によって大量生産が可能となったいっぽう、安価な粗悪品が市場に出回ったため、古き良き時代の熟練職人による質の高い工芸品に回帰しようという運動がおこった。イギリスからヨーロッパ各地、さらにアメリカへと広まった。

1

そうよ。ここにあるのは銀の皿で、わたしは銀の皿を集めてる人じゃないのよ。銀の皿であれ銀のなんであれ、そういう光り物を集めてるわけじゃないの。ただし、ホテル仕様の銀製品なら話はべつ。つまり、それを見つけられたら、それがあの嫌らしい双子のバスウッド姉妹の指をすり抜けたら、という意味だけど。あのふたりときたら、ホテルやレストランで使われている陶磁器や銀食器が専門のトレンディな店に頼まれて銀の皿を買い占めているんだもの。ああ、でも、わたしは銀の皿は集めてないけど、ここには燭台もあるのよね。そして、こういうのを欲しがる顧客はかならずいるのよね。クリスマス休暇であればとくに。テイム流にディスプレイすればもっと人の目を惹くだろうし。針葉樹の小枝と金色のリボンでまわりを飾り、マーサ・スチュワートの有価証券一覧表ばりにライトアップすれば。

ジェーン・ウィールは長い独り台詞を頭のなかで興奮ぎみに並べながら、小さな枝付き燭台の最後のひとつをブルーの格子縞の買い付け袋に押しこんだ。こうして自分に語りかけるとなぜか心が落ち着いて主体的な行動がとれるようになるのだが、じっくり考えようとして時間をかけすぎると、あらゆる物について買うか否かの考察が必要となる。

一ダースからのレコード・アルバムを両脇に抱えたビッグ・エルヴィスが肩先から覗きこんでいる。両足の親指の付け根でバランスを取りながら、ジェーンが買い付け袋に詰めこまない物をつかみ取ろうとしているのだ。身長百九十センチを優に超える巨体――前髪のひさしも足したら確実に二メートル――はこうしたセールにおいて有利に働く。部屋全体を見渡したのち、ぎゅうぎゅう詰めのテーブルのそばのスペースをやっとの思いで確保した者の頭越しに余裕で手を伸ばせるのだから。ビッグ・エルヴィスの影が上から落とされるより先に、においでジェーンにはそれとわかる。ビッグ・エルヴィスは掘り出し物を獲得する闘いに勝利するための必殺兵器として歯を磨かず、風呂にもはいらないのではないかとひそかに疑っている。目的の場所に一番乗りできなくても、彼はその巨体と虚勢と体臭で他を圧倒し、敵を早々に退散させてしまう。

それにしてもなぜ、こんなに大勢のディーラーやピッカーが聖ペルペトゥア教会のラメッジ・セールにいるんだろう?

ジェーンの場合、競馬場のダフ屋が競走馬の価値を見定めるようにガレージ・セールの予想をつける。新聞に載った広告を丹念に目で追って、いいセールであることを示す手がかりを探すためだ。といっても、あまりよすぎて、人気の集中が予想されるセールもいけない。そういうところでは、早い番号の入場整理券は前夜から車で泊まりこんだディーラーたちが独占しているから、ジェーンのような一匹狼が入場できるのはセール開始から三時間後ということになってしまう。もちろんジェーン自身も彼らに負けず車のなかで仮眠を取って日の出を待ち、セール場である屋敷の正面扉が開かれるのを待つこともあるが、たいていの週末は、スリーパーまたはアンダードッグまたはダークホース、つまり大穴狙いでいく。人気の薄いセールに賭けるのである。

それに、夫と息子の存在も大きい。夜はできればいつも自宅で眠り、食器棚のシリアルはいつも切らさず、ときには牛乳パックの消費期限も確かめてほしいとふたりは思っている。チャーリーとニックのために最低限ふつうの生活を維持しなければならない。

新聞広告にそそられる文句が躍っていても、それだけでセールを選ぶことはできず、セール場までの距離やセールの規模も考慮しなければならない。ノースショアで催される大規模なエステート・セールより、シカゴの北西の端にあるこの聖ペルペトゥア教会のような地味な教会でおこなわれる小規模なラメッジ・セールのほうが収穫は期待できる。あちらは、ディーラー向けの先行セールでめぼしい物を買われたあとだったり、二日まえから屋敷の芝生に泊まりこむピッカーがいたりするからだ。

天気晴朗なる十月の金曜日、太陽が完全に顔を出し、ひんやりした秋の空気が窓から流れこむ午前四時――セール場まで運転を要する場合には午前三時――ピッカーの目覚まし時計が鳴りだす。しかも、この日は、選りすぐりのエステート・セールが少なくとも四カ所で開かれていて、そのうち二カ所を取り仕切っているのは、自分たちの仕事がほんとうに好きで値付けも妥当なセール業者だ。彼らは列に並んだピッカーを値踏みするようににらみつけて相手が喉から手が出るほど欲しがっているのがわかると、無印の品でも高い値段を吹っかけてくるような真似はしない。グレンヴューの教会でも、家具を一堂に集めたテントと宝飾品で埋まった一室が呼び物の、ここよりはずっと規模の大きなラメッジ・セールがおこなわれている。要するに今朝は、聖ペルペトゥア教会のラメッジ・セールを独り占めできるはずの金曜日の朝なのだ。

　ジェーンは骨董の師、ミリアムがオハイオで営む店のために、ヴィンテージのリネン類、陶器、古道具、小学校の教科書、副読本の〝アリス&ジェリー〟、〈パイレックス〉のミキシングボウル、鳥をモチーフにした印刷物《バードプリント》、集合写真、地図、古い額といった物を買い付けている。ほかにもいろいろな物をミリアムのためにセール場で見つけ、手でつかみ取り、袋に押しこんだ物の目録を作成し、値段をつけ、梱包し、発送しているわけだが、それに加えて最近、親友のティムの依頼にも応じて買い付けを始めている。

　聖ペルペトゥア教会のこのセールへやってきて、ついさっきまではルンルン気分だった。本のヤケ、すなわち蒐集価値がいちじるしく下がる茶色く変色した部分がないかどうかを時間をかけて確かめていた。色鮮やかな昔のテーブルクロスを何枚も広げて染みを探すのにも時間がかかった。セールに来ているのは近所の住民や教区民、子どものおもちゃや服を安く買いたい倹約家の母親たちだった。ところが今、ピッカー・ワールドのピラニアたちが、肘がぶつかるほどそばにいる。今朝はうまく遭遇をかわしたとばかり思っていたのに。

　この疑問の答えがひらめいたのは代金を支払うための列に並んでいたときだった。ジェーンが袋から取り出した品々の合計金額を、迅速かつ正確な電卓さばきではじき出す修道女の様子は、頑強にして事務的な外見の印象をさらに高めていた。ふと目をやると、シスター・ヒギンズと書かれた名札の下にヴィンテージのブローチ時計が留めてある。こちらから見ると文字盤の向きが上下逆さまだが、修道女からはちゃんと時刻が読めるようになっている。ジェーンは油断のない目をした修道女をまっすぐに見つめた。長年広告業界に身を置いていたジェーンは早く終わってほしい会議の司会も何度も務めた経験がある。会議中、真剣にうなずき、まつげをはためかせながら、テーブルを挟んだ真向かいの席の営業部長の〈ロレックス〉を盗み見ていたから、油断のない目をした修道女をまっすぐに見つめたままでも、上下逆さまの文字盤の時刻を難なく読むことができた。

シスター・ヒギンズの胸のブローチ時計によると、今は午前十時四十五分。であれば、ほかのピッカーたちが紛れこんでいても不思議はない——彼らはめぼしいセールを漁り尽くしてから、今朝の買い付けの締めくくりとして聖ペルペトゥア教会に寄ったのだろう。つまり、わたしはこの一カ所で四時間近くも過ごしてしまったということ？　と、一応驚きはしたものの、驚くほどのことでもない。その四時間で自分がしていたことは秒刻みでわかっているし、それどころか、そのあいだずっと本のページをめくったり布を広げたりして愉しんでいたのだから。ほかのセールへ流れ弾のように飛んでいったディーラーやピッカーが今こちらの陣地を侵しにきているのだ。

そろそろ引き揚げて家で荷解きをしたほうがよさそうだ。お昼は家で一緒に食べるとチャーリーと約束していた。冷蔵庫になにか食料があったっけ？　早いところ戻って荷物を解き、手を洗い、ふだんは利用しない高級グルメショップでランチを仕入れるとしよう。幸いなことに食料品にはクレジットカードが使えるから。そこが現金しか受け付けてくれないシスター・ヒギンズや聖ペルペトゥア教会とはちがうところ。

ポケットを叩いて財布と携帯電話がはいっていることを確かめてから、車に乗りこみ、サンバイザーを指でおろして、顔に汚れの縞ができていないかどうかをチェックした。早朝のセール巡りに初参戦した朝、帰宅して鏡を見たら、黒い汚れの縞模様をつけた顔のなかの狂気じみた目に見返されたものだ。他人が置いていった物を引っかきまわす作業は文字どおり汚れ仕事で、だから、近ごろではピッカーの必需品、バールとペットボトルの水と抗菌性の軟膏とバンドエイドと汚れ取りの簡易セットを車に常備している。

ジェーンはこの仕事を愛していた。広告代理店でテレビコマーシャルを制作していたころは、無意味なメッセージで人々の頭や心を惑わし、つまらない製品への欲求をかき立て、不必要な物を買わせていることに対する申し訳なさを絶えず感じていた。でも、今は正直な仕事をしている。ピッキングはいわば物の再利用、再生、移転なのだ。人に望まれなくなった物、価値を認められなくなった物を引き取り、それらに意味を与える。今は人の心を惑わすかわりに人の心を満たしている……でも、なにで？　別種のがらくたで？　古き良き時代や古き悪しき時代を思い出させるレトロな品々で？　ちがう。そうじゃない。人が真の自分を表現するのに必要な、ちょっとした力をもつ物を提供しているのだ。幸運な一日には、少なくともそんなふうに思えた。

一方で不運な一日もある。段ボール箱の底にあって、ひょっとしたら〈マッコイ〉かもしれないと淡い期待を抱かせた完璧な外観の花瓶に、ひびが一本はいっていたとか。しかも製造元の刻印がなかったとか。十ポンド缶いっぱいのボタンが全部――シャツ用の白いボタンも、プラスチックを溶かして作った六〇年代のボタンも――汚れがひどいうえに欠けていて、ベークライトのクッキーボタンなどはただの一個も交じっておらず、おまけに、留め金が固くて開けづらかった旅行用の可愛らしい洗面化粧ケースが、自宅のキッチン・テーブルに置いたとたんに勢いよく開き、なかから鼠の死骸が――あるいはもっと不気味なものが――出てきたとか。セール巡りのなかでほかにもいくつか、ヴィンテージでもコレクティブルでもない妙なものを見つけたことがある。たとえば、隣人の死体。切断された指……ピッカー稼業には不運な日の割り当てがあるらしい。

が、今日は不運な一日にはならないだろうと確信していた。ティムが気に入りそうな銀製品を袋ひとつぶんと、ミリアムが最高額をつけてくれそうな華麗なる四〇年代《グレイト・フォーティーズ》の未使用でタグ付きのテーブルクロスを少なくとも十枚獲得した。さらに、アクセサリーで満杯の靴箱の底に見つけたベークライトの幅広のバングルが四個。靴箱ごと締めて三ドル。俗にいう〝しめたっ《ユリーカ》〟の瞬間の心臓の高鳴りは今も続いている。

それに――とジェーンは自分に言い聞かせた――不運な日、つまり死体を発見した日――ですら、最終的には事件解決の日へとつながっていた。そうした特異な経験が、今までとはまるきりちがう方向へ自分を導こうとしているのかもしれないということも承知している。

ジェーンの物を見る目の鋭さと感性を高く評価するブルース・オー元刑事から、自分の片腕の私立探偵《PI》として働かないかと誘われているのだ。セールに一番乗りできて見つけたい物がみんな見つかった今日のような日には、あらゆることが可能に思えた。ピッカーと私立探偵を掛け持ちしながら末永く幸せな家庭生活を送ることも不可能ではないかもしれない。

トランクに積んだ物の荷解きの効率を考慮して、栗色のニッサン・アルティマを自宅の私道にバックで入れたが、ガレージ・ドアを開けた時点で、ガレージのなかの間に合わせの棚の脇に車をつけて停めるほうがもっと効率がいいと気づいた。オハイオのミリアムに発送する品はその棚で梱包するのだから。が、本来は二台収容可能なそのスペースは、大量の箱や袋、積み重ねた本やレコード、山積みにした額縁、三本脚の椅子、保護ガラス付き展示箱《シャドーボックス》、改造する予定の壊れたドレッサーの抽斗といった物に侵食され、車一台停めるのがやっとという状況になっていて、そこにはもうチャーリーの古いジープがすでに停められていた。ガレージの一隅は、近所の家が取り壊されて大型ゴミ容器に捨てられていたのをジェーンが引きずってきた、三十枚以上ある木の鎧戸の山に占領されている。きれいに掃除して、場所を選んで吊せばクールなCDラックになるかもしれない。そういうのを雑誌で見たことがある。何枚かは入念な細工をほどこして使用可能なリサイクル・アートにしてもいいかも。そのための時間を少し割くことができたら……。

どうしてチャーリーに約束してしまったんだろう。金曜日にはちゃんとランチを用意するだなんて。

それよりも、なぜ彼はわたしを締め出したわけ？

中身を詰めこみすぎた格子縞の買い付け袋ふたつを手に提げたまま、狭い洗濯室を肩で押し分けるようにして抜け、家のなかへはいった。洗濯機と乾燥機の上の棚も、重ねられた何冊ものヴィンテージの料理本とコレクティブルなキッチン用品の箱が占領している。これらも仕分けをしてからオハイオへ送らなければならない商品だ。州地図が描かれたテーブルクロスにディッシュタオルにエプロン。フロリダのオレンジやカリフォルニアのアボカドやアリゾナのサボテンの形をしたスプーン置きは、液体洗剤のボトルと乾燥機用の柔軟仕上げシートの箱の横に押しこんである。柔軟仕上げシートの箱のほうは未開封で埃をかぶっている。洗濯物があふれそうになった洗濯袋をまたぎながら、ふと、ここにある衣類は洗濯ずみか洗濯まえかと考えた。

「チャーリー？」と声をかける。くぐもった声が夫の書斎から聞こえた。書斎とは、食堂脇のクロゼット・サイズのサンルームを彼のために改装したスペースの婉曲表現だ。「電話中なの？」

書斎から聞こえる声からすると人がふたりいるの？　チャーリーが大学院生をランチに招待したのかしら。そうでないことを祈った。顔にはまだ少し汚れの黒い筋が残っているし、ラメッジ・セールで活性化したアドレナリンはなおも体のなかで飛び跳ねている。これでは地質学専攻の大学院生からは評価されない。もし、わたしがゴミ捨て場の掘削からたった今戻ってきたアンティーク・ボトル・コレクターであれば、まだしも興奮してくれるかもしれないけれど。穴掘りは穴掘りしか認めない。人が自分の愛する〝物〟にそそぐ情熱はかならずしも他人の愛する〝物〟に対する評価にはつながらないということだ。

どうしよう、まだランチも調達していない。顔を洗い、〈フードスタッフス〉へ駆けこんでサンドウィッチと上等なチップスを買い、林檎一個を切り分け、冷蔵庫の奥にあるチェダーチーズの黴《かび》をそぎ取るぐらいの時間はあるだろうと思っていたのだ。あ、チーズはもうない。ニックのランチに使ってしまったから。あの高級グルメショップへ最後に行ったのはいつだっけ？　どのラメッジ・セールもエステート・セールもガレージ・セールもよそのセールよりよく見える秋もたけなわ、食料品や日用雑貨を切らさないようにしておくなんて土台無理な話なのよ。でも、十一月には少しペースが落ちるのがふつうだから、来月になったら、ちゃんと食べさせてあげる。チャーリーの好物もニックの好物も作ってあげる。ポットローストに野菜スープに、鶏の胸肉を炒めてワインで煮こんだチキン・マルサラも。そう、十一月になったら、エプロンをして、古き良きホームドラマのキャラクターに変身して、料理長でも瓶洗い係でもなんでも引き受けるから……。

「ジェーン？　帰ったのかい？」

チャーリーの冷静な声。だが、声の震えからただならぬ事態であるとすぐに察した。手を拭きながら急いで書斎へ向かった。

チャーリーの読書椅子用の足置き《オットマン》に、目を赤く泣き腫らし唇をきつく結んで腰掛けていたのは、今ここでその姿を目にするとは思いもしない相手だった。

「こんなところでなにしてるの、ニック？　具合でも悪いの？」

息子に近づき、掌を額にあてようと手を伸ばしたが、ニックは首を振って顔をそむけた。

ごくりと唾を飲みこむ音がした。

「ニックはきみに電話したんだ。でも、応答がなかった」とチャーリー。「それで結局……」

チャーリーの説明を聞きながら、ズボンの尻ポケットをまさぐって携帯電話を取り出した。不在着信が三件あったことを伝える小さな画面の文字。聖ペルペトゥア教会の喧噪に紛れて着信音を聞き逃したのだろう。どんな状況でも携帯電話にはかならず出るというニックとの約束を守れなかったのだ。去年、数カ月におよんだチャーリーとの別居が始まったときにニックとした約束——息子との協定——はこうだった。たとえ、それまで足を踏み入れたことがないような最高のセールで、生涯最大の掘り出し物を今まさに買おうとしているときでも、携帯電話にはかならず出る。

約束を破ってしまったという事実に動揺するあまり、チャーリーの説明の一部しか耳にはいっていないことに気がついた。金曜日の午後、学校へ行っているはずのニックがなぜ家にいるのか。それも、今日の午後は、ニックの好きな先生の引率で校外学習に出かけることになっており、何週間もまえからニックはその話をしていたのに。今日のシカゴの博物館見学を欠席するなんてありえない、どんな理由があろうとも。とはいえ、チャーリーの声に懸命に耳を傾けようとするそばから、今朝、大慌てでこしらえた悲惨な弁当——くさび形に切ったチーズ数切れと傷んだ林檎——のことが奇妙なくらい頭にちらついた。そこで、昼食時間にはクラス全員で〝ロックンロール〟マクドナルド（マクドナルド一号店を模した造りの観光名所的店舗。二階にロックンロールの展示コーナーがある）に立ち寄ることになっているのを思い出し、あのみすぼらしいランチ袋をニックが開かなくてもいいのだとわかると愚かしいほど安堵した。

「まだよくわからない。悪いけどもう一度……」ジェーンの言葉をニックが遮った。

「あれは保険だからって言われた。学校は親のサインがある承諾票を受け取らないかぎり……」ニックは口をつぐみ、またも顔をそむけた。

はっと思いあたった。保護者承諾票だ。サインしてくれと二週間まえにニックから手渡された。今すぐサインしてくれたら、そのままバックパックに入れられると言って。そのときはちょうど先月からの売約書を整理しているところで、まともに書けるペンが見つからなかった。宣伝用のヴィンテージ鉛筆なら机に置いた籠のなかに山ほどあるのに、ボールペン一本すら見あたらなかった。じゃあ、キッチン・カウンターにその紙を置いておいて、とニックに言った。夕食の席でニックに催促されると、その日に買いこんだヴィンテージ絵本が詰まった袋の下の水色の紙を見ながら、うなずいた。夕食のあとにもう一度その紙を目に留めたが、鍋を洗って両手が濡れていたので、汚れたら大変だから食堂に置いて、とニックに頼んだ。ミリアムから電話で頼まれたサイズの大皿を探そうと、重々しいレストラン食器の〈バッファロー・チャイナ〉がはいった段ボール箱をガレージから運んで、食堂のテーブルにその重い箱を置いたときにも、水色の紙の半分を箱が隠していることに気づいたから、黄色の付箋にメモしてハンドバッグに貼った。承諾票にサインをしてチェックマークを入れてからニックに渡すのを忘れないように。そして翌朝、ニックを車で学校まで送ったとき、ハンドバッグの表面で頼りなげにひらひらしている付箋を見たニックに再度催促されると、承諾票をうちへ取りに帰って学校へ届ける——郵便局へ寄ってミリアムに荷物を発送してから——と約束した。

ジェーンはチャーリーの書斎の戸口に立ったまま、振り向いて食堂のテーブルを見た。陶器のはいった段ボール箱は今もまだテーブルの上に置いてある。そのうえ新たにふたつ箱が増えている。あとで仕分けするために置いたリネン類の箱だ。しかし、テーブルがほとんどふさがれていても、重たい皿のはいった段ボール箱の下には水色の紙の角が見えていた。

ああ、この目を覚ましたい。目覚めたら、これが心配性の母親の悪夢の一場面だったときっとわかる。この場で気絶したい。意識をなくしてつぎに目覚めたら、すべては恐ろしい幻覚だったとわかる。だけど、こんなに深く激しく愛している子を完全に失望させてしまった。顔をそむけた息子は母親が自己憐憫《れんびん》の空想にひたる間など与えはしないだろう。

「ほんとうにごめんなさい、ニック」

やっとのことでそう言った。泣きながら。涙がこぼれている。が、なんとか声はうわずらないようにした。憐れみや同情を誘うのはフェアじゃないとわかっているから。この書斎の空間を埋め尽くす怒りも苛立ちも落胆も困惑もみなニックのものだ。それらを感じる権利があるのはニックだけだ。わたしには涙のカタルシスを味わう資格などない。

母のネリーは小柄な女性だが、汚れた床を見つければぴかぴかに磨き、焦げついた鍋を見つけてもぴかぴかに磨き、汚れた衣類の山を見つければ真っ白に洗濯せずにいられないという病的なまでのきれい好きで、幼いジェーンにとっては悪魔のような存在だった。お気に入りのぬいぐるみの熊、モーティマーは、あちこち破れて汚らしいという理由で捨てられた。二年生のときの学校劇は見にきてくれなかった。歯科衛生をテーマにしたその劇でジェーンは主役の〝歯〟の役を、親友のティムは〝フロス〟の役を演じたのに。卒業記念のダンスパーティ《プロム》に出る娘のドレス姿を見てネリーが発した言葉は〝太って見える〟だった。

それもこれも罪作りなひどい行為であることはまちがいない。けれど、学校に提出しなければならない大事な用紙をネリーがなくしたことは一度もない。ネリーは娘の宿題を床に置きっぱなしにさせたことも、冷蔵庫にしまったくさび型のチーズの塊に黴を生えさせたこともなかった。そのようなことは、ネリーの監督下においてただの一度も起こらなかった。ジェーンはネリーのような母親になるまいと、ニックにはいかなる不安の種も、心配事も、恐怖症や神経症の原因も与えまいと日々もがいてきた。それらはみな、ネリーによってこの頭のなかのささやかな庭に用意周到に植えつけられたものだったから。そして今、その闘いに負けた。いや、ちがう。わたしはわたしから見た母親の失敗例、ネリーにはならなかった。もっとずっと悪い。ニックから見た母親の失敗例、ジェーンになってしまったのだ。

「お母さんにまだなにかできることある？　これから車で送れば……」

ニックは首を横に振った。

チャーリーは穏やかに説明を続けた。ニックはチャーリーの職場にも電話をし、学部の秘書が会議中のチャーリーを探してくれたが、連絡がついたときには手遅れだったそうだ。スクールバスの出発時刻は決まっているので保護者承諾票を提出していない以上、ニックだけ特別扱いするわけにはいかない。副校長はしきりにすまながっていたという。

「今どうしてあげればいいのかわからないけど、ニック、今後は誓って……」

「もういいよ」ニックは肩をすくめた。

「いいわけないじゃない。わかってるわ」

「いいんだって。ただ……」ニックは言いよどんだ。ジェーンは待った。

「かならずいるんだ。お金を忘れてきたり、そういうことを思い出しもしない子が。とにかく、もう気にしないでよ……」ふたたび言葉が途切れた。「ただ、ぼくはその子たちと同類になりたくない」息子はそこではじめてジェーンをひたと見据えた。ジェーンは心臓にひびがはいるのを感じた。

「そうよね」

二年生のとき、長く伸ばした美しい髪をネリーに切られ、お椀みたいなおかっぱ頭にされた。毎朝ブラシで長い髪を梳かす時間がないという理由で。クラスにはジェーンのほかにもざん切りのおかっぱ頭の子がいて、なんとなく身内のような親近感を覚えたものだ。その子たちの母親も、働いているか子どもが多すぎるかして、毎朝、娘の髪を三つ編みやポニーテイルにする仕事までこなすのはとうてい不可能なのだった。そういう少女たちが、たとえば、母親を糾弾する自作の詩に合わせて縄跳びを跳ぶというような、七歳版のグループ・セラピーめいたことをして互いを慰め合うのは当然に思えたが、そうした集団をジェーンはむしろ避けていた。ニックの言うことが痛いほどわかる。そうよ、わたしもその子たちと同類にはなりたくなかった。でも、わたしにはティムという親友がいた。

ティムの母親は動物の形をしたサンドウィッチを作り、息子の誕生日にはクラスのみんなに手作りのおやつを配るような人だった。ジェーンはティムの影となったのだ。ジェーンの髪がある程度の長さまで伸びると、ティムが三つ編みの仕方を教えてくれた。

「その子たちと同類なんかじゃないわ、ニック。わたしがその子たちのお母さんと同類なのよ」

食堂のテーブルに置いていた段ボール箱を全部ガレージに移したが、ガレージの棚もすでに埋まっていた。とりあえず段ボール箱を積み上げ、中身がなんだかを箱の側面に書きつけてから、今度はキッチンへ行った。キッチン・テーブルの上にも下にもまだ箱がある。

「悪く取らないでほしいんだが」中身がきちんと無駄なく詰められているにちがいない小ぶりのダッフルバッグをおろしながら、チャーリーが言った。「物を移動させるだけじゃだめだと思うんだ」

「ええ？」

「きみはそれをどうしたいんだい？」

ジェーンは首を振った。「きれいにしようとしてるだけよ。片づけようとしてるだけ」

ニックもやってきて、チャーリーのダッフルバッグに負けず劣らずきちんと無駄なく中身を整えて詰めたとわかるダッフルバッグを、隣に並べて置いた。

「また移動させてるの、お母さん?」

皮肉めかした調子は少しもない。ニックの機嫌はなおりつつあった。実際、目を瞠《みは》る回復ぶりで、校外学習が終わってスクールバスが戻ってきたら、ニックの親友のパーカーも誘って三人でロックフォードへ行こうとチャーリーが誘うころには、完全に平静さを取り戻していた。チャーリーは明日の土曜日、ロックフォードでシンポジウムを主催することになっている。リゾートホテルのスウィートルームを予約してあるから、ニックたちはホテルの室内プールで遊ぶことができる。

ニックはぎこちなくジェーンの肩を叩き、ほんとにもう大丈夫だから、と念押しまでした。結局、得しちゃったかもしれないね、ヴォランティアのお年寄りが中学生向けにする決まりきった話よりも、お父さんの講演のほうがずっとおもしろそうだよ、と。自然史博物館では体験できない校外学習にしてやろうとチャーリーは言った。そのうえウォータースライドの無制限乗車券のおまけ付きだ。

ニックが週末の予定に満足しているようなのでジェーンは心から喜んだ。だからといって、自分が責任をまぬがれたとは一瞬たりとも思わない。当面はチャーリーによって保釈の身となったとはいえ、この失点はそうそうたやすく取り戻せないだろう。また、ここでの大きな問題はその保釈を自分が拒んでいることなのもわかっている。もっと苦しまなければならないのだ。罪の償いをしなければならない。放免されるまえに、もっとゆるやかに、もっと多くの苦しみを与えられなければならない。チャーリーにはもちろん感謝したが、感謝の念は罪悪感の塊をほぐすものではなかった。

「いつまでもひとりで家にこもってるんじゃないぞ」とチャーリー。過ちを犯したときに納得のいくまで罰を与えられるのは本人だけだと夫にはわかっていた。「ティムに電話するとかしろよ」

「ええ、そうする。このことをティムの耳に入れたら殺されるかもしれないけど。日ごろから、わたしより自分のほうが出来のいい母親だと思ってるんだもの」

　チャーリーの講演ノートを取りにふたりが大学の彼のオフィスへ出かけると、ジェーンは四〇年代に作られた入れ子式《ネスティング》のミキシングボウルのセットをキッチン用の小型テレビの上からおろした。そのテレビは夕食の用意をしながらニュースを見るのに夫婦して使っている。自分の落胆の激しさを肌で感じた。昼間からテレビ浸けになろうとするのは、とことん落ちこんだときだけだから。キッチン・テーブルの上の箱を床に移して積み重ねていると、お節介な女の大きな声が聞こえてきた。

「移動させるですって？　そんなことをしても問題はちっとも解決しないわよ」

　ジェーンはぱっとうしろを振り向いた。だれもいない。キッチンにいるのは自分ひとり。最初、声の主は母のネリーかと思った。さもければ、自分の良心が、テレビの画面に映っている女の声として聞こえたのかと。その背の高い痩せたブロンドの女は、本を片手に司会者のオプラ・ウィンフリーの隣に座っていた。

ベリンダ・セント・ジャーメインは『詰めこみすぎ／片づけられない人の治療法』の著者だ。ほかにも『自由に息をするために』や『もうごまかせない／あなたは物に所有されている！』などという本ものしている。それから一時間近く聞き入ってしまった。オプラのゲストが語っているのはまさにジェーンそのもの、この家のなかの様子、今や恐ろしい速度で崩壊しつつあるジェーンの自尊心だった。

「あなたのどこがまちがっているんでしょう？」セント・ジャーメインは吠えた。「自分が何者であるかを証明する物がなぜ必要なの？　さっさと処分なさい、今日のうちに。物に窒息させられるまえに。物に人生を乗っ取られるまえに」

「オーケー」ジェーンは低い声で言った。新たな教祖《グル》に軽い暗示をかけられてブルージーンのジャケットを羽織り、さっそくベリンダ・セント・ジャーメインの著書を買いに走ろうと決意した。当然ながら、それをすれば家に持ちこむ物がまた増えるわけで、今なによりも重要なのは新しい物を増やさないことなのだが、ベリンダは自分の著書は例外扱いしている。彼女が〝ゴミ〟と呼ぶ物のなかに彼女の本はふくまれないらしい。

「あなたに必要な物、絶対に、どうしても、必要な物はなんですか？」ベリンダは問いかけた。「靴は何足、歯ブラシは何本、口紅は何色必要？　缶詰スープの買い置きは何個必要？　買い足しにいっても量は少なめに買っているというのはほんとうですか？　いいえ、みなさん、あなたがたは買い足しにいくたびに物を多めに買って、買い置きを増やし、増えつづける物のために窒息しそうになっているのよ。もはや自分のスペースで息をすることができなくなっているのよ。ちがうかしら？」

オプラがうなずいている。スタジオの聴衆もうなずいている。ジェーンも一緒になってうなずいている。

電話のベルが急に鳴りだし、跳び上がらんばかりに驚いた。ベリンダのさらなる教えをひとことも聞き逃さないように受話器を取らずにおこうかと一瞬考えたが、なんとか分別を取り戻した。そもそも、着信音が聞こえず電話に出なかったという行動が、ベリンダの手に自分を引き渡すというこの状況を生んだのではないか。

「ミセス・ウィール？」

「オー刑事？」

「はい」

ジェーンは黙ってオーのつぎの言葉を待った。オーはいつでも言葉少なで、その少ない言葉が意味を形成するにも時間がかかった。

「わたしの申し出を検討していただけましたか？」

「したわ。でも……今はちょっと……」

「じつは家内が、クレアが、あなたの決断を知りたがっていまして」

オーがこちらの言葉を遮るとは珍しい。いきなり妻を話題にするのも驚きだ。クレア・オーが評判の高いアンティーク・ディーラーなのはジェーンも知っていた。オーが警察を辞める決断をして、大学で犯罪学と社会学の講座をもつ一方、コンサルティング会社を興《おこ》したのをたいそう喜んでいるということもオーから聞いていた。オーによれば、アンティーク・ビジネスで成功したクレアの稼ぎはかなりのものだから、オーが教職に就いただけで満足してくれるだろうし、コンサルティングという職種にも不満はなさそうだということだった。それが探偵業を意味するのは周知の事実で、いわば応援態勢のない警察業務なのに。

ジェーンが新職種、がらくた漁り、名付けて〝ピッキング〟のなかで何度か冒険をしてからというもの、あちらからもこちらからも協力を求められていた。ティム・ローリーもジェーンを〈T&Tセール〉のパートナーにしたがり、幼稚園で出会って以来、ジェーンの目を鍛えてきたのは自分だと主張している。ティムは今も変わらずジェーンの親友であり、ふたりが生まれ育った町、イリノイ州カンカキーに今も住んでいるので、定期的に会っている。カンカキーには両親のドンとネリーも暮らしているから、ほとんど毎週のようにかよっているといってもいい。

ティムはフラワーショップにもジェーンを引きこんだ。それも彼が興した数多くのベンチャー・ビジネスのひとつで、ジェーンの趣味のよさはこのぼくにはやや劣るものの、平均的なゲイの男の趣味には負けていないと顧客に豪語した。

「なぜなら」ドクター・バーナードの奥方に向かって人差し指を振りながら、ティムは言った。「ぼくはそんじょそこらのゲイの男じゃないですからね」

奥方はくすくす笑いながら、もともと買うつもりだった花の倍の量を買って店をあとにした。ぼくが花屋としても骨董商としても成功したのは、超がつくほど陳腐な演技力を会得したからなんだとティムは説明した。小さな町に適応して満足しているゲイとして生きることは自分という存在の死を意味するのだともよく言っていた。町の人々はぼくを町の変人にしたがっているからね、と。「いや、町の阿呆かな。そのどっちかだ」そうつけ加えた。

とはいえ、オー刑事の申し出には非常に興味をそそられ、いまだに迷っていた。ジェーンは事件を解決に導くことが心底好きだった。解決したときの充足感がたまらないのだ。ジャンク・アクセサリーばかりの箱の底にベークライトのブレスレットを見つけたときと同じくらい？　そう、かなり近い。それともうひとつ、最近ずっと考えていることがある。なぜどっちかひとつに決めなくちゃいけないの？　掛け持ちしちゃだめ？

「あなたの奥さんが？　なぜクレアがわたしの決断を知りたいのかわからないんだけど、オー刑事」

「これはあいすみません、今の説明では不充分でした。じつは今回わたしが扱うことになった事件に関して、あなたこそ最適のパートナーだとクレアは思っているのです。だから、あなたから返事をいただくまえにこちらから電話したほうがいいと言いまして」

ますますもって奇々怪々奇っ怪々《キュアリアサー・アンド・キュアリアサー》。オー刑事とはずいぶん親しくなったけれど、クレアとはまだ一度も会ったことがないのに。

「なんなの？」

「ああ、そうですよね、むろん。家内が、クレアが、逮捕されたのです」

「今回扱う事件って?」

「は?」

「はい?」

「おー」とジェーン。

「いえ、今のは驚きの表現。なんとまあ、みたいな。でも、どうして?」

受話器の向こうから小さなため息が聞こえた気がした。

「おー、そうですよね、むろん。どうして家内が逮捕されたか、ですよね、ええ」今度のため息ははっきりと聞き取れた。

「殺人の容疑をかけられたのです」

2

心をクリアにして、机を掃除《クリア》しましょう。今日、今この瞬間に、古いファイルを三つ捨て、保存が必要な資料のみ三つ残しましょう。ハンドバッグから不必要な物を三つ取り出して捨てましょう。

ベリンダ・セント・ジャーメイン
『詰めこみすぎ』より

ジェーンはベリンダ・セント・ジャーメインの著作『詰めこみすぎ』をぱらぱらめくりながら、懸命に頭の整理をしようとした。書店の自己啓発コーナーにベリンダ・セント・ジャーメインの等身大のカラーパネルが立っていた。ひっつめにしておだんごを結った髪、糸くずとは無縁な〈ダナ・キャラン〉のスーツ、実用的だが女っぽさもある黒のパンプス。ボール紙にプリントされた彼女の冷ややかな目がこちらをじっと見つめている。今にもボール紙でできた頭を振って、わたしのシャツについた犬の毛をつまみ取りそう。ぎょっとして周囲を見まわす。今のチッチチッチッはどこから聞こえてきたの？　なんと今のは〝内なるベリンダ〟の舌打ち？
まあ待て。まずはベリンダの本を買って、がらくたが我が家の収容能力を超えつつあることを理解しよう。それから、なにもなくさず、なにも忘れず、なにも見逃さず、なにかの期日に遅れるような過ちは二度とふたたび犯さない、いい母親になろう。そしてつぎに、ぶつぶつ独り言をつぶやくショッピングバッグ・レディではなく一線級のピッカーになろう。で、最後にもうひとつ、クレア・オーの殺人容疑を晴らして一線級の私立探偵《PI》になろう。

「待ちなさいって、ジェーン、焦っちゃだめ」

ぶつぶつつぶやきながら、自己啓発コーナーに置かれたほかの本をきょろきょろ見ていると、「なにかお探しですか？」と書店員に声をかけられてしまった。どうやら独り言をつぶやくショッピングバッグ・レディの役はすでに板についているらしい。ここで重要なのは、反省したのち、果たしてその全部を一挙にできるかどうかということだ。がらくたの整理をし、母親の務めを果たし、なおかつ事件を解決できるのか？　またしても天地がひっくり返るような事態となった。もっとずっと単純な世界に生きているはずなのに。こう見えて、女としての魅力はまだ残っているし、健康だし、若さだって……まあ、年齢的には中年なわけだけど……そういえば最近、ニックに言われたっけ。「お母さんは自分が何歳まで生きると思ってるの？　だって、今が中年真っ盛りってことはさ……」

いいだろう、そこそこ若く見える中年で、魅力的な大学教授の夫をもち、賢くて（ときに小賢しい口を利くにせよ）スポーツの得意な息子がいる。自作の職種ながら、アンティークとコレクティブルのピッカーとして自営もしているし、幸せで安定した家庭も築いている——チャーリーが家を出ていたあの一時期のちょっとしたつまずきはべつとして。

そんななかで何件かの殺人事件に遭遇した。隣人の死体を発見したときはなにがなんだかわからなかった。そのあと、親友のティムのフラワーショップでも殺人があった。結果的に両親のドンとネリーと、ふたりが営む居酒屋、〈EZウェイ・イン〉にまつわる過去を暴くことになった事件では、さすがに神経をすり減らした。そして、あの切断された指。でも実際、今日までは、ニックの校外学習のための保護者承諾票を食堂のテーブルに置き忘れるまでは、結構しっかりしていたのだ。これは人生の分かれ目なのかもしれない。

他人の写真で埋まったアルバムや、ほころびのあるキルトや、ハッピー・ダンスをする果物を刺繍したテーブルクロスの束や、紙魚《シミ》に食われた古いカレッジの卒業アルバムや、昔のガソリンスタンドに置かれていた黴臭い道路地図に押しつぶされそうな気分になったのは、今日がはじめてだった。昨日までは他人が残した物でいっぱいの家と折り合いをつけてきたのに、今日はがらくたのなかで溺れそう。

だが、もしかしたら、変われるかもしれない。ベリンダ・セント・ジャーメインの本を読んで、片づけの極意を会得して、家のなかをすっきりさせられるかもしれない。秩序立った仕事ができるかもしれない。そういうことが起こるかもしれない。わたしにもそれができるかもしれない。お財布はどこ？　ハンドバッグのなかを手探りして取り出したのはクロスワードパズルの小辞典だった。それをもう一度バッグに戻し、また手につかんで取り出したのはイタリア語の慣用句集だった。ええそう、ベリンダはこういう物をハンドバッグのゴミと思うんでしょうね。だけど、ベリンダにはエステート・セール開始まで三時間の待ち時間を車のなかでつぶす必要なんかないでしょ？　入場整理券を受け取ってから三時間よ。ピッカーには無人島に取り残されることを予測した旅行者のような装備が求められるのよ。気分転換の娯楽も食料も水も最低限の消毒用品も応急処置用品も全部、ハンドバッグの必需品なのよ。でも今は、書店のレジの列に並んでいるわけで、お財布はどこ？

こんなわたしでも無駄と贅肉をそぎ落とした禅の実践者のようになれるかもしれない。秩序立った仕事ができるようになるかもしれない。ガレージ・セールで買いこんだ古い写真の詰まった箱を解くときにも、座りこんで写真の一枚一枚の埃を払いながら、家族ピクニックの話や同窓会で羽目をはずしたおじさんの逸話やらを創作することはなくなるかもしれない。売り物にならないほど古びて破損がひどく、自宅の地下室と屋根裏部屋と食堂をふさぐだけで自己満足にしかならない物を買いたい衝動を抑えられるかもしれない。

クレア・オーが殺人容疑で逮捕されるなんてことが起こりうるなら、なんだって起こりうる。そう、世界がひっくり返り、元刑事の妻たるアンティーク・ディーラーが殺人容疑で逮捕されたりするのなら、このジェーン・ウィールがきれい好きで配慮の行き届いた妻にして母親となり、家のなかの整理も仕事も完璧にこなすということもありえなくはないだろう。そのうえで探偵となり、クレアの事件を解決に導くことだってできるかもしれない。

あった！　ジェーンは財布を見つけ、チケットの半券やら古いレシートやらのあいだに挟まったクレジットカードを一枚引き抜いた。そうよ、クレアが巻きこまれた事件はわたしが解決してみせる。お財布だって、こうして見つかったんだし。

女ヒーロー、ジェーン・ウィール。なんだかいい響き。クレア・オーの現状についてブルース・オーから聞いたときには、適切な質問がなにひとつ思い浮かばなかった。〝現状〟というのはオーが使った言葉だ。で、ジェーンは、優秀な探偵であればまず口にするであろう〝だれ〟〝なぜ〟〝どこ〟で始まる質問をするかわりに差し入れを申し出て、こう尋ねた。歯ブラシはあるの？　最近の留置場で女性が必要とする物はなに？

オーは弁護士がクレアの保釈手続きを取っているという情報でジェーンを安心させ、詳しい事情は書店の隣のコーヒーショップで話すと言った。クレアの身柄を弁護士に預けたのは、じつはクレア自身の希望で、なんとかジェーン・ウィールを説得して協力を取りつけてくれとオーに言っているそうだ。需要があるなんてありがたいことだわ。今週末はニックの用事はない。ジェーンは本のはいったハンドバッグ——ベリンダ・セント・ジャーメインのシリーズ物のほかにもクロゼットの整理や暮らしの単純化をテーマにした本も数冊買ってしまった——とともにコーヒーショップの席に陣取った。

そのハンドバッグ、すなわち丈夫な古布の切れ端を編みこんだラグラグで作った大判の手提げ袋を覗きこんだ。そうよ、このなかに入れたたくさんの物は全部わたしに必要な物よ。でも、たぶん、三つなら手放せるかも。芝居のチケットの半券が何枚もあるけど、それは栞《しおり》の代わりになるから便利。ベリンダ・セント・ジャーメインの本をこんなに買ってしまったから、大事な個所に挟む栞も必要になるだろうし。〈EZウェイ・イン〉の古いキーホルダーは、ドンとネリーが六〇年代前半にクリスマス・プレゼントとして客に配っていた物だ。ペンは六本。だって、いつインクが出なくなるかわからないもの。しわしわの栃の実は、何年かまえにニックが近所の家の庭に落ちていたのを拾ってお守りにしていたのだが、そのうち捨ててしまったので、まだ少し運が残っているかもしれないと思ってニックの部屋のくず籠から拾ってきた。このなかに捨てられる物がきっとあるはず……。

「ミセス・ウィール？」

ブルース・オーが向かい合わせの席についた。ジェーンにとってブルース・オーは、警察を辞めて大学で教鞭を執ろうと、コンサルティング会社を興そうと、今や身分証明が警察バッジではなく私立探偵免許になっていようと、永遠にオー刑事だった。

オーは微笑んだ。あるいは、少なくとも微笑もうとしているように見えた。感情が顔に出にくい人なのだ。

「皺取り注射《ボトックス》もあなたには無用の長物なんでしょうね」

「は？」オーはウェイトレスに合図を送り、ジェーンのカップを指差してから、両手の人差し指でT《ティー》の字を作った。

「あなたは眉間に皺を寄せないし、顔もしかめないし、目を細めたり鼻に皺《しわ》を寄せたりもしないから。だけど……」

「はい？」オーの口角がかすかに上がった。

「無表情というわけじゃないのよね。どうしたらそんなふうにできるの?」

「クレアはわたしの目を見れば自分の知りたいことが全部わかると言います」オーはステンレスのポットの湯をカップのティーバッグの上にそそいだ。

ジェーンはうなずいた。たしかにそうだ。今、彼の目は困惑の痛みとでもいうような表情を浮かべている。物理的に傷ついているのに、その場所も傷の種類も特定できないというふうだ。

「さすがね。彼女のほうはあなたが知りたいことをどうやって全部伝えてるの?」

コーヒーカップに視線を落として尋ねた。もっと正確にいうと、そう質問する自分の声が聞こえた。今のはいくらなんでもあつかましい質問ではないかしら。立ち入りすぎだし、親密すぎるのでは?

オーはこの質問に不快を覚えるというより、困惑の度を深めたようだった。

「一週間まえでしたら、クレアはわたしに対して遠慮も隠し立てもなく、はっきりとものを言うと答えたでしょうが」

ウェイトレスがポットの湯を交換にくると、オーは礼を述べた。

「で、今は?」

オーが無言のうちに紅茶を注文でき、ちょうどよい頃合いに礼儀正しくそれを受け取り、さらにおかわりまで持ってきてもらえるのがジェーンには不思議でならなかった。こっちはコーヒーのおかわりをついでもらおうともう十五分も頑張っているというのに。

「現時点でははっきりしたことはなにも言いません。あなたの協力を求めてくれとしか。それが家内から発せられた最も明確なメッセージです」

オーは事件について語った。まさに事件と呼んでさしつかない出来事だ。今回の一連のトラブルの発端となった家具は、シェリダン・ロードに面したある屋敷の地下室にあった整理箪笥《だんす》で、クレアはその箪笥の抽斗《ひきだし》のなかにはいっている古い工具に目をつけたのだが、箪笥自体が値打ち物の可能性もあると思い、これは売り物かと訊いてみた。すると、持ち主はそれを彼女に譲ってくれた……。

ジェーンはオーの話を遮った。「譲った？ いくらで？」

「ただで」

「い、い、いくらのただだ？」

オーはジェーンを見つめた。ジェーンに対して彼がよく見せる表情だ――〝あなたの言葉は聞こえていますし、あなたが英語を喋っていることもわかっていますが、その英語の独創的な用法がわたしには謎なのです〟。

「いくらで買ったのかとチャーリーに訊かれると、わたしもしょっちゅう言うのよ、ただよって。〝その壊れたランプはいくらしたんだ、ジェーン？〟〝ただよ〟。微々たる額のときはそう言うの。以前はただは五ドル以下という意味だった。最近はインフレだから、ただも値上がりして十ドル以下になったけど」

「わたしの言うただとは〇ドルという意味です、ミセス・ウィール。係の女性は持ち主と相談するとクレアに言いました。セール業者はハンマーや釘や刷毛《はけ》のはいったその古い箪笥を地下の作業室の作り付け家具だと思いこんで値付けをしていなかったのです。戻ってきた女性はクレアにこう言いました。その日の午後にセールが終了したあと、自分で箪笥を地下室から運び出すならただでいいと」

この日、ジェーンはクレア・オーにも会って話を聞き、最も驚くべき部分を理解した。〝ただでいい〟の奇跡のような部分を。オー夫妻の自宅の玄関で出迎えを受け、いっさいの無駄をはぶいた紹介――ジェーン・ウィール、クレア・オー――をオーがした。ジェーンは一瞬、クレアの背の高さ――少なく見積もっても百八十五センチはありそうだ――に目を奪われた。クレアはそれから、鮮やかで深みのあるアプリコット色の壁に囲まれた広い部屋にジェーンを導いた。

部屋に置かれた調度にすぐさま目がいった。西向きの窓の下の立ち机。その上にはカットクリスタルのペーパーウェイトが三つあるだけ。それらが斜陽の光をとらえている。フレンチ・トワレ（薄地の亜麻布）を張った羽毛ソファに、見事な均整のウィングチェアが二脚。暖炉の両脇に飾られた十八世紀のイングランドの風景画。どれもがすばらしく、配置も完璧だ。優雅で洗練されていて、しかも、無駄がない。余分な物がいっさいないのだ。〈パイレックス〉のミキシングボウルが大量にはいっている段ボール箱も、五〇年代の手芸雑誌『ワークバスケット』の束も。この家はもうベリンダ・セント・ジャーメインの洗礼を受けたのかしら？やっと同好の士だとわかったのは、ピッカー特有の興奮に目をきらきらさせたクレアがかすれた声で話しはじめてからだった。

「信じられない幸運だったわ」クレア・オーは居間をぐるりと見まわし、これが見納めだとでもいうようにうっとりとした表情になった。

「先方はその箪笥をわたしに譲ると言ってくれた。箪笥の上部はすでに買っていたの。どこかの時点で上の棚と下の抽斗部分を切り離した人がいたんでしょうね。わたしが買った棚はコーヒーテーブルがわりに使われていて、値段は十ドルだった。さっき買ったのはその箪笥の上の部分なんだとぴんときたわ。どちらにも同じ彫刻があるとわかって……もう……狂喜乱舞したわよ……」

クレアはジェーンのほうに身を乗り出しながら、向かい合わせのウィングチェアに腰をおろした。両手をまえに出すと、掌で抽斗の横幅を示そうとした。クレアの手は角張っていて、爪の手入れはされているが、マニキュアは塗られていない。今は青白い顔をしているが――警察に何時間も留置されれば青白くもなるだろう――あきらかに長年お陽さまを見てきた肌の色だ。ちょっと長く見すぎたかもね。ジェーンは心のなかで言った。

そういえば、オー刑事の年齢については考えたこともない。彼は六十歳にも四十歳にも、そのあいだの何歳にも見える顔をしている。特定の青色の染料がテーブルクロスに使われていれば何年の物だか正確にわかるし、〈マッコイ〉の花瓶の製造年もほとんど誤差なく当てられるが、人の歳となるといつも苦労した。たいていの場合、目は唇の曲線に比べるとうんと若いか、うんと老けているかのどちらかだ。前髪によって一歳を差し引いたり足したりすることが多い。目のまわりの皮膚の弾力と透き通り具合で、さらに一歳足し引きすることもある。話しているときのクレア・オーの目は若々しく熱っぽいが、顎のたるみと、灰色がかった緑の目のまわりの小皺はまたべつのことを物語っている。

「ウェストマンの箪笥だったの、持ち主がわたしに譲ろうと言ったのは。邪魔なので持っていってくれたら助かるって」

クレアはまだ両手をまえに差し出していた。わたしの両手をつかんで握手したいの？　その気持ちは手に取るようにわかった。掘り出し物を見つけるのはむろん感動だが、それがただで手にはいれば感動もひとしおである。

「まさかそれがウェストマンの〝ひまわり箪笥〟のはずはないと思った。この世に二棹しか存在しない箪笥だもの。だけど、使われた木と彫刻でわかった。二度塗りされた塗料の下にそれがいるのが。丸鑿《まるのみ》できれいに彫り出されているのが。繊細な輪郭をした脚の先のほうは地下室の床に溜まった水で傷んでいたし、金具もなくなっていたけれど、感じたのよ。彫った人の技量を。ひまわりを手でなぞって、こう思った。もし、〝ひまわり箪笥〟が三棹あったら？　もし、マシュー・ウェストマンが〝ひまわり箪笥〟を三つ作っていたら？」

「木の感触でわかったのか？」オーが妻に訊いた。

ジェーンとクレアは同時にオーを見た。それからまた互いの顔に目を戻した。

家具にされた木の感触がどういうものだか、ジェーンもよく知っていた。オークの無垢材が使われた〈EZウェイ・イン〉のどっしりしたバーカウンターの、丸みを帯びた厚いへりの表面は、人の肘にこすられてなめらかになっていた。客はそこを指で叩いて曲のリズムを取ったり、両手を置いた上に頭を載せて人生の不可思議に思いを巡らせたりしてきた。幼いころは、夜に店仕舞いをしたあとや開店まえの午前中に両親がそのカウンターをきれいにするのを待ちながら、ぬくもりのある擦り減った木の表面を手で撫でて、端から端まで歩いたものだ。オークの木から彫り出されたゆるやかな起伏のひとつひとつが物語や歌を聞かせてくれた。

「それ、今どこにあるの？」ジェーンはクレアに尋ねた。ここではまず殺人事件について、〝だれが〟〝なにを〟〝いつ〟と尋ねるべきだと頭の隅で思い出しながら。そもそも、オー夫妻の非の打ち所のない設《しつら》えの居間に案内されたのはそのためなのだから。しかし、ウェストマンの手になる木の箪笥に彫られたひまわりを、この手でさわりたいということしか今は考えられない。

キッチンの脇にある部屋は、両親と子どもと猫と犬に占拠されていれば、家族室と命名され、その名にふさわしい使われ方をしていただろう。陽のあたるスペースのほとんどを、テレビ一台と、ココアをこぼしても目立たない色の張り地のへたったソファが占めていただろう。

だが、ブルースとクレアのオー夫妻は、その部屋を予備室にしていた。縦仕切りのある窓にはカーテンがない。といっても、ガラスの外に用意周到に配した樹木と蔓植物によって自然な感じでプライヴァシーが保たれていた。壁は暗めの黄褐色に塗られ、境目の縁の部分は濃厚なクリーム色。少なくとも一世紀を経て色が落ち着いた花と蔓の模様のぶ厚いカーペットも部屋に馴染んでいる。なめらかな革張りの椅子が二脚、ミッション・ライブラリー・テーブルを挟んで置かれている。読書室？　それとも瞑想室？　この部屋を手に入れるためなら、ベリンダ・セント・ジャーメインはどんな犠牲でも払うだろう。ここには無駄な物がなにもない。隙間を埋める物はなにひとつ。カーペットの真んなかに鎮座した大きな箪笥までが、もともとその部屋にあったかのように見える。優美な小さい博物館の展示物であるかのように。

ジェーンはその箪笥に近づき、抽斗に彫られた大きなひまわりのひとつをそっと撫でた。ひざまずいて蔓をたどり、箪笥の重々しい脚から足へと蔓がおりているのを確かめた。ウェストマンは——このたぐいなき逸品の製作者がほんとうにウェストマンだとして——箪笥の足をグリフォン（鷲の上半身とライオンの下半身をもつ伝説上の生物）の鉤爪にもライオンの毛深い肢にもせず、庭園のモチーフを続けていた。脚に絡みついた蔦の葉は丸く盛り上がった足にも官能的に絡みついていた。ジェーンは腰を上げて立つと、抽斗三段を擁する本体とふたたびつなげられた棚の天板に手を這わせた。

「この棚を取りはずして細長いテーブルにした人がいたんでしょう。子ども部屋に置かれていたこともあったと思うわ」クレアが言った。「表面のいたるところに絵の具や蠟のような痕が残っているから。クレヨンかもしれない。これを見て、テーブルの脚が載く天板にひまわりの彫刻を見つけた瞬間、これは名匠の手になる作品だとわかった」

ミッション・
ライブラリー・テーブル

Mission Library Table

アーツ＆クラフツ運動のアメリカの指導者グスタフ・スタックリーが提唱した質素な“ミッション様式”よる大型の書き物机。

クレアが口にした〝名匠〟という言葉にジェーンは思わず背筋を伸ばした。そうだ、たしかにこれは、人がまれに、幸運の女神が微笑んだときに、部屋の向こう側に見つけることがある、名匠の手になる作品だ。

「テーブルが本来は箪笥の上部の棚なのだとすぐに気づいたわけじゃないの。天板がやけに細長いけれど、規格外の手作り家具なんだろうと思っただけ。下の抽斗部分を見てはじめて両者が結びついたのよ。つまり、文字どおりの意味で」クレアはブルース・オーに笑みを送った。すまなそうに。オーはジェーンが家のなかにはいってからほとんど口を利いていなかった。

「美しい」ジェーンはつぶやいた。「誇らしげにそこにある……」宝物を過不足なく表現できる言葉などありはしないとわかっているけれど。抽斗の引き手に触れ、その抽斗にほどこされた大ぶりの彫刻のひとつを撫でた。

木が話せるということは、物語を聞かせてくれるということは知っている。彫刻のあるこの箪笥も、物語を聞くにふさわしい相手にだけ聞こえる声で囁いたにちがいなかった。わたしを連れて帰って、クレア。わたしは掘り出し物よ、と。

「そうなの」クレアは箪笥をまわりこんで裏側へ移動すると、振り返ってジェーンと夫を見た。クレアの背は箪笥よりも高かった。箪笥の上部の棚越しにこちらを見られるほどに。その棚の上に顎を載せ、薄目になって、クレアはため息をついた。

「偽物なのよ、これ」

3

靴を何足持っていますか？　まだ調べないで。全部で何足？　さあ、シューズクロゼットへ行って数えて。その二倍あったでしょう？　三倍かしら？　覚えておけないほどの数の靴をどうして持っているの？

ベリンダ・セント・ジャーメイン
『詰めこみすぎ』より

「すばらしくよくできた偽物。でも、偽物は偽物よ」クレアが言った。

ジェーンはクレアの目から抽斗の引き手へ視線を移した。さらに、ひまわりの彫刻へ。幾度も視線を行き来させてから、首を横に振った。

「まさか、賭けてもいいけど、これは……」

クレアは最後まで言わせなかった。「やめたほうがいいわよ。負けるから」ふたたび簞笥をまわりこんでまえに戻ると、抽斗を開けた。「ところどころに木の経年変化を出すための細工が見られるけれど、少しのっぺりしすぎなの。変にきれいにまとまりすぎているというか。蟻継ぎ（木材の接合部の突起。形が蟻や鳩の尾に似ている）もこんなに大きくて完璧すぎる。ほら見て、このはまり方」

クレアは抽斗を滑らせて元に戻した。

「たしかに完璧ね」

「ええ。だけど、そこがおかしいのよ。本物なら抽斗がこんなに奥まではいらないわ。こんなにぴたっとは収まらない。背面に通気のためのスペースがもっと取られているはずよ。ほかにも手がかりがある……」

コーヒーをトレイに載せて静かに運んできたブルース・オーは、テーブルにトレイを置くと、椅子に座るよう手振りでジェーンをうながした。

「クレアはめったにミスを犯さないのですが」

「でも、犯すときには……」クレアはそのまま考えこんだ。

「ミセス・ウィールに協力していただければ……」

省略の国で迷子になってしまったみたい。ここらでだれかが一文を完結させたほうがよさそうね。

「いったいわたしになにを……」

クレアは咳払いをして姿勢を正した。百八十センチを優に超える長身が目いっぱい伸び上がった。ここまで背の高い相手をジェーンはふつう信用しない。正直にいえば嫉妬心からだと自覚していた。不安なのだ。背の高い人たちには平均以下の背丈しかない自分が見逃している物も全部見えるのではないかと。冷蔵庫の上の埃《ほこり》も、天井の蜘蛛《くも》の巣も、人間の心の弱さも。クレア・オーが今、極度の疲労状態にあるのはあきらかだ。それでも彼女はけっして鍵をなくさないし、左右不揃いな靴下を穿《は》いたりもしないのだろう。保護者承諾票を置き忘れるなんて失敗ももちろんしないのだろう。

「手伝いのスタンリーに電話してトラックをその屋敷にまわさせ、ふたりで箪笥を積みこんでここへ運んだ。置いていたの、ガレージに。ホーラスが見にきて、彼もこれはウェストマン、もしくはウェストマンにかぎりなく近い作品で、これ以上の物を見つけることは今後も不可能だろうと認めた。内金の小切手を切ってくれたから、それならさっそくこれを〈キャンベル&ラサール〉へ持っていくとわたしは言った。クリーニングと修復をしたいからと」

クレアはジェーンの頭のてっぺんからつま先まで眺めおろした。

「〈キャンベル&ラサール〉のことはご存じ？」

クレア・オーのこの質問には自分でも意外なほど腹が立った。なるほどわたしは、拾い屋《ピッカー》であって、骨董商《ディーラー》じゃない。なるほどわたしは、年月を経て価値が高くなった物より、年月とともに使い古された物のほうが好きだ。なるほどわたしが着ている服は、クレアのように〈アルマーニ〉のスリムなグレイのスカートとシルクのブラウスじゃなく、みすぼらしいくらい細身のジーンズにヴィンテージのボックス型のウール・ジャケットだ。なるほどクレア・オーは、留置場に何時間もぶちこまれたあとでもディーラー然として、〝わたしにはこれまであなたの手に触れたすべての物の価値がわかっているのよ〟という顔をしている。なるほど彼女は、〈マノロ・ブラニク〉のハイヒールも履いている。でも、だからといって、骨董家具の修復・復元・再生にかけては全米随一とされている〈キャンベル&ラサール〉をわたしが知らないと決めつける権利があるの？　わたしが身につけているアクセサリーは、彼女が今左手首にはめているような、ダイヤモンドをちりばめた四〇年代の〈カルティエ〉の腕時計じゃなく、バター飴色のサクランボがぶら下がったベークライトのブローチだという理由だけで？　ジェーンは、自分がブルース・オーの人柄を本心から好いていること、そのオーからクレアの話を聞いてやってくれと頼まれたのだということを自分に思い出させた。

「ホーラスというのは？」とクレアに尋ねた。

「ホーラス・カトラーはヨーロッパの骨董を扱っているディーラー。だから、これは彼の趣味には合わなかったけれど、買い手がついたのよ。だれもがこれでひと稼ぎしようともくろんでいたというわけ」クレアは簞笥の表面を軽く叩いた。

持ち主以外のだれもがでしょ。ジェーンは言った。声には出さず心のなかで。エステート・セールの主になにかをただで譲ると言われたら、わたしは拒むだろうか。いらないから持っていってくれと言われたら。いいえ。でも、それがとんでもない値打ち物である可能性が出てきたらどうする？　そのことを持ち主に教える？

「〈キャンベル&ラサール〉にいる木工師のひとりにこれをあずけて、最小限の修復をお願いすると頼んだの。全体の汚れを落とし、元どおりに組み立て、家具の年齢を維持してほしいと。つまり、古艶《パティナ》をね」

ジェーンはうなずいた。

「ミシガンの〈キャンベル&ラサール〉まで自分で車を飛ばして、その箪笥を引き取った」とクレア。「ひと目見て、すばらしい仕上がりだと思ったわ。で、それをホーラスの骨董店へ届け、彼のアシスタントが受領のサインをした。家へ戻って、病院の補助団体がコミュニティ・ハウスで開くアンティーク・ショーに参加するための着替えをした。現地に着くと、ホーラスがすでにわたしの割り当てスペースで待ち受けていて、わたしの助手にわめき散らしていた。届けられた箪笥は偽物だから、内金を即刻返せ、品物はもう送り返したと」話しながらクレアは箪笥の木の表面を撫でつづけていた。「わたしの姿を見るとますます興奮して、そりゃもういろんな言葉を駆使して罵倒したわ。そばを通る人に片っ端からわたしが大嘘つきの詐欺師だとわめき立てた」

長らく無言だったブルース・オーは妻に近寄り、片手を優しく叩いた。箪笥の彫刻の上を動くクレアの手がいささか病的な執拗さを帯びていることにジェーンは気づいた。オーは妻をソファまで導いて腰をおろさせると、話を引き継いだ。

「ミセス・ウィール、そういうショーにはあなたもいらしたことがあると思いますが、初日の夜はいわば慈善パーティで、着飾った人々がシャンパンを飲みながら過ごすエレガントな夜です。ミスター・カトラーのわめき声は集まった人たちをナイフさながら切りつけました」

「それからどうなったの?」ジェーンは訊いた。

「警備員がやってきて、彼を外に連れ出した」クレアが答えた。「すると、一分の隙もないスーツをエレガントに着こなした小男は狂ったようにまたわめいた。顧客に対する信用を台無しにされた、この借りはかならず返してやると叫んだ。それだけじゃなく――」クレアは言葉に詰まり、唾を飲みこんだ。「――おまえを殺してやるとも」

「なんとね。あなたはなんて言い返したの？」

「わたしが先にあんたを殺したら、殺せないでしょうね、って」クレアはかぶりを振った。

「軽率だったわよ、もちろん。怒りにまかせて口走ってしまったのを今は悔やんでいる。その夜、アンティーク・モールの自分のブースに商品のはいった箱をいくつか戻した。いつもそうしているから。ブースの金庫に入れておけば鍵を掛けられるでしょ。宝飾類とか小物だけだけど。モールの裏口は施錠されていた。鍵を開けてなかにはいると、わたしのブースのそばの明かりがついていて、そこにホーラスがいた。キリム（トルコの平織りの敷物）の上で死んでいた。ペンブローク・テーブルのまえで」

「死んでるとわかったのはどうして？」

「息をしていなかったし、一面、血の海だったから。象牙の柄に彫刻がある刃渡り二十センチの短剣が胸から突き出ていたし」クレアは肩をすくめた。「それはある種の警告だった」

ふたたびオーの手が妻の手に重ねられた。

「ごめんなさいね。とにかくひどい一日だったのよ」

「わたしのことは気にしないで」とジェーンは応じた。背の高い人間に対する印象はまちがっていたかもしれないと思いながら。彼らが多少傲慢でも許されているのは標準的な身長の

ペンブローク・テーブル

Pembroke Table

18世紀後半から英国で流行した天板の両側を折り曲げられるテーブル。別名バタフライ・テーブル。

人より視界が開けているからなのだろう。

「でも、時間的なことは？　その人が死んでからどれぐらい経ってたの？　すぐに通報した？」

「わたしが死体を見つけたすぐあとに警察がやってきたわ。アンティークモールの警報装置が作動していたから。装置をオフにしてからなかにはいったんだけど、そのまえに一度警報が鳴って警察が受信していたの。正面側の窓をこじ開けたのね。まるでテレビドラマのワンシーンよ。警察が来たとき、わたしはひざまずいて男の死体の上に覆いかぶさっていたんだから。しかも、その男を殺すとわたしが言ったのを聞いた、きちんとした身なりで信用のおける証人が少なくとも三十人はいる」

「ネットワーク」ジェーンの視線はクレアを素通りして、ブルース・オーに据えられた。

オーはぽかんとした顔でジェーンを見返した。

「そういうシーンのあとに最初のコマーシャルを入れるのは、三大ネットワーク制作のドラマの常套《じょうとう》手段よね」

ジェーンは食堂の床に大きな段ボール箱を四個置いた。分類こそが最優先事項であるとベリンダ・セント・ジャーメインが第一章の最後で言っていたからだ。ベリンダ・セント・ジャーメインによる四分類――ゴミ、寄付、地下室行き、そして、しかるべく配置された必需品――を自分の仕事場兼家庭のスペースに適用するには若干の修正を要した。〝ゴミ〟はあくまで相対的な言葉だ。ガレージ・セールに集まる人々が唱えるお馴染みの呪文――ある人のゴミがべつの人のお宝となる――はよく知られているが、ピッカーにすれば、そんな単純な話ではない。ジェーンは四つの箱にこう記した。〝たぶんミリアム用〟〝まずティムに訊くべきかも〟〝保留〟〝ほぼゴミ〟。

頭に浮かぶいくつかの考えを仕分けできるのもこうした一種のラベル貼りの効用だ。それどころか、かつての広告代理店幹部時代の方式で懸案事項の可否を一覧にしたのち、キャッチフレーズをつけて進むと、自分の考えがよりはっきりすることに気がついた。

この事件を引き受ける理由
・本物の探偵になるため。
・ブルース・オーという人間が好きである。
・骨董家具についての知識が増える。であれば、かりに今回の探偵仕事がうまくいかなかったとしても、ピッカーとして上達する助けにはなるはず。いや、うまくいかないなんてことはたぶんないはず。
・母親としての役目も果たせる。

この事件を引き受けない理由
・母親としての役目を果たせる。

どう見ても肯定が否定に勝っている。ただし、唯一の否定の理由が抜きん出ている。探偵ごっこを始めれば、保護者承諾票をなくしたり情けない弁当を持たせたりする危険が増すのではないだろうか？　ベリンダ・セント・ジャーメインの指摘はさすがに的確だ。彼女は物の仕分け――大事な物とそうでない物のちがいを知ること――は人生のほかの局面で答えを出すよりはるかにたやすいと言っているのだ。

まず、ここにある物から始めるべきなのだろう。ジェーンは今、フェルトに加工したい人がいるのではないかと考えて買った着古しのウール・セーターの山と、カリフォルニアへ休暇旅行に行った人の古いスナップ写真がどっさりはいった靴箱と、ティムの店なら装飾として使い途があるかもしれないと思って買ったシルクフラワーで満杯の洗濯袋ふたつに、膝まで埋もれて立っていた。仕分けして箱に収めるためにガレージから食堂まで運び、そのために必要な四つの箱も引きずってきて印をつけたのだが、これによって食堂はすでに、テーブルの上に置き忘れた保護者承諾票のことをチャーリーとニックに教えられたときにも増して通行不可能な状態となっている。

携帯電話がジングルベルのメロディを奏ではじめると――ニックがまたも着信音のメニューを勝手に操作したにちがいない――この現代機器を目の敵にしているのを忘れ、感謝さえ覚えて飛びついた。神経を集中できる物があればなんでもよかった。目のまえの山……この山積みの物以外ならなんでも。

「はい？」

「おや珍しい、ふつうに携帯電話に出た人みたいな第一声とは。着信音が切れるまでバッグのなかを引っかきまわしてたんじゃないんだ」

「ティミー、造花とか使うことある？」

「ハロウィーンのコスチュームで発泡スチロールのサンドウィッチボードに糊づけしたことなら一度ある」

「なら、これは〝ほぼゴミ〟の箱に入れるべきだわね、たぶん」ティムにというより自分に問うた。

「庭の花壇の扮装をしたときさ。あれはかなりクールだった」

「じゃあ、欲しい？」

「なにを？」

「もういい」目のまえに築かれた山に目をやり、一大決心をした。「わたしたち、明日の早朝から車で遠出することになりそうよ」

「ウォーキショーのオークションへ行くとか？」

「じゃなくて、ミシガン。〈キャンベル＆ラサール〉まで」

ティムは笑いだした。「冗談だろ？　〈キャンベル＆ラサール〉に持ちこむ骨董家具なんかひとつも持ってないのに？」

「ティム・ローリー、たしかにわたしは骨董家具を買えるお金も、それを運ぶトラックも持ち合わせてないわ。でも、だからって、それがどんな家具かを知らない、その価値がわからないってことにはならないはずよ。それすらできない三流の……」ジェーンはそこで口をつぐんだ。クレア・オーの事件はもちろん引き受けたい、自分の人生をもう一度自分でコントロールしなければならない。深呼吸を一回。もてる威厳をかき集め、プロに徹していたかつての自分の亡霊に応援を求めた。

「ティム、オー刑事からある事件の調査に協力してくれと頼まれて承諾したの。いえ、承諾の返事をしようと決心したの。で、わたしはあんたのパートナーになる件も承諾したんだから、この週末、あんたがわたしのパートナーになるのもありなわけよね。そういうお膳立てで〈キャンベル&ラサール〉でひと芝居打つのもありなわけよね。でしょ?」

「そりゃま、ありかもしれないけど。〈キャンベル&ラサール〉とは長いつきあいだし。今のは深い意味で言ったんじゃないよ……きみが言ったとおりの意味さ。きみは〈キャンベル&ラサール〉との取り引きに必要な高額の資金もトラックも持ってない。それだけさ。そんなに怒るなって」

上出来だ。探偵としてはじめて現実の事件に関わった最初の数分で、生意気なティムを早くも謝らせてやった。早急に名刺を印刷しようと頭にメモした。

クレア・オーと交わした会話をティムに聞かせると、ウェストマンの箪笥、もしくはウェストマンの箪笥とされている箪笥の説明にさしかかったところで、ティムが言葉を挟んだ。

「ホーラス・カトラーか、ああ、その話はぼくも聞いた。じゃあ、カトラーを殺したのは彼女だったんだ？　ワォ！」

「馬鹿言わないでよ、ティム。クレア・オーはホーラス・カトラーを殺してなんかいないわ」

「オーケー、ごもっとも。きみが女探偵、ジェーン・ウィールだってことを一瞬忘れてた。でも、ひとつ訊いていいかな。新聞には、骨董家具の偽物を売った売らないでいざこざがあり、当事者の一方が死に、他方がその死体に覆いかぶさるようにひざまずいていた、とあった。それを読んだら、殺人の事実があったと理解するのが自然じゃないのか？」

「まあ、そうだけど……」

「だけど、当事者がブルース・オーの妻なので、きみは因縁めいた妙な恩義を感じてる。彼に借りを返さなくちゃいけないとか。図星だろ？」

「ブルース・オーは物静かで理知的な人よ。博識で思慮深くて賢明で、でも、そのことをひけらかしたりはしない。歌詞の一節を引用したり語呂合わせをしたり。身近にもそういう人がいるけど。彼の奥さんにかぎって……」

「あのさ、きみの夫のチャーリーも——彼のこと忘れてないよね——博識で思慮深い男だけど、妻のきみはありとあらゆる種類の無茶をやってる。ヴィンテージのジャンクをトラック何台ぶんも買いこんで、それを回転させればまだしも多少の儲けはあるかもしれないのに、自分で引き取って部屋まで与えてる」

ジェーンは深々と息を吸い、食堂を見まわした。がらくたのなかで溺れてしまいそうな自分。がらくたのなかで溺れてしまいそうな家族。引きずりこもうとしているのはこのわたしだ。ええ、たしかにわたしは知識豊かで理性的な男と結婚した無茶苦茶な女だけど、人を殺したいなんて思わない。クレアは予想していたような女《ひと》じゃなかった。期待はずれだった。でも、クレアだってだれかを殺したいなどとは思わないだろう。でも。でも、なに？　やはりなにか引っかかる。

「クレアはホーラス・カトラーを殺してないわ、ティム。彼女は……ただ……」

「ただぁぁ？」

ティムは漫画に出てくる精神分析医よろしく語尾を伸ばした。

この違和感をどう説明すればいい？　クレア・オーに直接会うまえから彼女のイメージが完璧にできあがっていた。それも、屁理屈にもならない理屈によって。オー刑事のネクタイだ。あのユーモアたっぷりのゴージャスなヴィンテージ・ネクタイの数々。締めている本人はいつもどことなく照れくさそうで、ジェーンが褒めると、否定するように手を払う仕種をし、家内が買ってくるのだと言い訳する。これを締めろと言って聞かないのだと。そのことからオーの妻を想像した。エステート・セールでそれらしい女《ひと》を探そうとしたこともある。ジェーンが思い描いていたのは、家庭的で愉しい雰囲気を漂わせたぽっちゃり型のコレクター、年齢的には自分より少し先輩だが愛らしくて温かみのある女性だった。クレア・オーは慎重で控えめなブルース・オーと好一対の妻でなくてはいけなかった。彼が陰なら彼女は陽、彼がクラシックなら彼女はジャズ、彼がピーター・フォークなら彼女はミセス・コロンボ。

なのに、そうではなくて……ティムが答えを待っている。

「ホーラス・カトラーを殺害したのはクレア・オーじゃない。でも、彼女に対してかならずしも好感情を抱かなかったってことは認める。クレアのなにかに感情を逆撫でされるというか。それがなんなのか……よくわからないの。そう、たとえば、彼女が高慢ちきなチアリーダーなら、わたしは卒業アルバムの制作委員。でなきゃ……」

「実際きみは卒業アルバムの制作委員だったしね」

「そうだけど、わたしはあえてそっちを選んだの。そうじゃなければ、わたしだって……」

その先を言うのをこらえた。自分がいい歳のおとなであることを、キャリア・ウーマンであることを、妻であり母であることを、さらに、がらくたを整理して秩序立った生活を送る探偵兼ピッカーに近々なろうとしていることを思い出したので。それに、十五歳で開脚《スプリット》ができなかったのを——十五歳にかぎらず何歳でもできなかったのを——知っている人間が周囲にいるとしたら、このティムひとりなのだ。あえてチアリーダーではないほうを選んだと、ここで苦しい説得を試みるのはよそう。

「話がそれちゃったわね。たしかに、オー刑事の存在がなければ、これを引き受ける気にはならないかもしれない。でもね……」

「現実と向き合おうよ、ハニー。もし、オー刑事の存在がなければ、きみはいまだにベークライトのボタンのなかで溺れてたさ。彼は物を探し出すきみの才能とほんとうに大事なことを見抜くきみの直感を、職業に生かせる重要なスキルと認めた。その事実がきみに自信を与え、転身を決意させた、ジャンク・コレクターから……」ティムはそこで言葉を切った。

「そうね、なにへの?」ジェーンは探偵の上につく自分だけの新たな肩書きをティムが用意してくれるのを待った。

「〈キャンベル&ラサール〉を訪ねんとしているジャンク・コレクターへ」

4

ペンを貸して、とだれかに言われて、バッグのなかに片手を突っこんで引っかきまわし、結局一本も見つからない、なんていうことがよくあるのではありませんか？　あとからバッグの中身を全部出してみたら、ボールペンが三本、鉛筆が二本はいっていて、でも、ペンのインクは乾いているし、鉛筆の芯は折れている、とか？　きちんと用を成す筆記用具がわかりやすい場所に一本はいっていれば、それで十分なのではないかしら。

ベリンダ・セント・ジャーメイン
『詰めこみすぎ』より

「このなかのどこかにはいってるのよ」
ジェーンは、セールでの目下の探し物をメモするためにつねに持ち歩いてる手帳を捜索中だった。グレン・ラサールとそのパートナーのブレイク・キャンベルについてティムが語りだしたので、メモを取ろうと思ったのだ。と、ジングルベルのメロディが大きな革のバッグの底のどこかで鳴りだした。

「クリスマス・ソングを着信音にするのはまだ少し早いんじゃないの？」とティム。

「ニックの仕業よ。あの子が勝手に替えちゃうから、自分の携帯電話が鳴ってるって気づかないの」

手帳の捜索を諦め、携帯電話に目をやった。ジングルベルのメロディを奏でながら同時にぶるぶる震えている。「この設定もニックの仕業に決まってる」

「もしもし？」

「ああ、ちょっと待って」

ジェーンはため息をついた。自分から電話をかけてきて、こちらが電話に出ると、ひどく気ぜわしそうにいらついた声が返されるので、いったいどっちが電話をかけたのかわからなくなる。この事態をしばしば発生させる人物は、ジェーンの知るかぎり、ただひとり。

「もしもし、母さん」しかし、当人がべつのだれかと喋っているのがすでに聞こえていた。ジェーンの母、ネリーが電話口に戻ってきた。証明するのは難しいが、携帯電話のさっきの振動はバイブ設定されていたためではなく、母の電話のかけ方に電話機が反応したせいかもしれない。

「あんた、感謝祭には帰ってくるんだろ？」とネリー。

「感謝祭までまだ一カ月近くあるわよ、母さん。ええ、そのつもりだけど」

「ああ。だったら、そのときに持ってくりゃいいね」とネリー。これも、あきらかにジェーン以外のだれかに向かって言っている。

「わたしがなにを持っていけばいいの？」携帯電話を耳と肩で挟んで喋りながら、バッグの底にあるボールペンと鉛筆を残らず取り出した。

「食べ物を持ってきてほしいんじゃないことだけはたしかだ。覚えてるよね、きみがパンプキンパイを作ったときのこと？」ティムはげらげら笑いだした。

「ちょっと」ティムの腕にパンチをくれてやった。「わたしは本物のかぼちゃを使ったんだから、缶詰のじゃなく。特製のパイだったのよ」

「皮だかなんだかいろいろはいってた。あれはすさまじかった」

「チャーリーはそうひどくはないって言ってたわ。缶詰で間に合わせなかったのは感心だって。そもそも、レシピがわかりにくいったらなかった」かぼちゃの種とわたの塊でキッチンの床が悲惨な状態になった記憶がよみがえってきた。

「あんた、なんの話をしてるのさ？　だれがそばにいるの？」とネリー。

「パンプキンパイの話。そばにいるのはティム。今、ミシガンへ車で向かってるところ」

「運転しながら電話するのやめなさいよ。まったくしょうがないわね、ドン？　ドン？　この子ったらまた車のなかから電話してるのよ」

父の声が遠くに聞こえた。

「車を停めろって、父さんが」とネリー。

「あのね、母さん、運転してるのはわたしじゃなくてティムです。ミシガンの家具工房へふたりで行くの。用件はなに？」

「家具工房？　なんで家具をこれ以上増やす必要があるのよ？　チャーリーはどこにいるの？　ニックは？」と訊いてから、またも部屋にいるべつの人間に向かって声をあげた。「あのティムと一緒に車でミシガンへ行くんだって」

ネリーとティムは、ジェーンがはじめて家にティムを連れてきた一年生のときからのつきあいだ。あれは、医院の診療予約だったか、とにかく外部からの抗《あらが》いがたい力が働いて、夜の六時よりまえにネリーが〈EZウェイ・イン〉の仕事を切りあげた、きわめて稀《まれ》な一日だった。その日、ネリーは四時にはもう自宅へ戻っていたので、ジェーンが格子縞のブックバッグから鍵を取り出したときにはもう、玄関ドアが家のなかから開かれていた。学校から帰ったら家にネリーがいた。あの特別な日に感じた喜びは今でも思い起こすことができる。家の玄関で、まるでテレビドラマのように母が迎えてくれたのだから。

「その子だれ？」ネリーはティムのほうに頭を振って尋ねた。一番の仲良しだと答えると、さも疑わしそうに母がこう言ったのを覚えている。「男の子があんたの一番の仲良しなの？」ティムはネリーと握手を交わし、ドアの脇のフックに上着を掛け、靴を脱いだ。信仰についての一般的な記入欄にも〝カトリック〟と書きかねないネリーが、現実生活において讃美する行為がふたつある。身のまわりを清潔に保つことと骨身を惜しまぬ労働だ。ネリーは注意深くティムを観察して、うなずいた。

ティムはジェーンの紙の着せ替え人形《ペーパー・ドール》がしまってある食器棚へすたすたと歩いていった。それらはみなネリーによって、買ったときのフォルダーに収められ、きちんと保管されていた。ティムはジューン・アリソン（一九四〇～五〇年代に活躍したハリウッド女優）のフォルダーを引き抜いた。

「帽子とアクセサリーもみんな切り抜いちゃったほうがいいんじゃない？」

ネリーはふたたびうなずき、ジェーンの上着を受け取りながら言った。

「あの子は心配なさそうだ」そして、ふたりにクッキーのおやつを用意してくれた。

「あの日だけはテレビドラマみたいだった」脳裏によみがえるあの午後の記憶とともに、つい声が大きくなった。

「ティムとなにをやるつもりなの？　あんたの亭主と息子はどこにいるのよ？」

「ロックフォード。チャーリーが博物館で講演するから、ニックもついていったの。ねえ、母さん、電話の用件は？」

「やあ、ハニー」父のドンが家のべつの受話器を取った。「チャーリーがどうしたって？」

「あのティムには用心おし」内線で話している夫を無視して、ネリーが言った。

ジェーンは噴き出した。

「冗談で言ってるんじゃないからね。もしかしたら、これまでは時間稼ぎで、チャンスをうかがってるのかもしれない」

「よしてよ、母さん。ティムは安全まちがいなし」まだ笑いが止まらなかった。

「かぼちゃは缶詰を使えよ。そのほうが、皮を剝いた本物のかぼちゃの中身を確実に使うことになるんだから」ティムはなおも一九九九年のパンプキンパイ大災難の記憶に固執している。

「母さんは、あんたが今までずっとゲイのふりをしてて、ほんとはわたしを狙ってるんだと思ってるらしいわ」笑いすぎてとうとう涙が頬を流れはじめた。

「よくお聞き、ジェーン、なんでもわかってる気でいるんだろうけど、男が欲しい物はたったひとつしかないんだからね。あんたは自分で思ってるほどティムのことをよく知らないのかもしれないよ」

「そのたったひとつとはなんなんだい、ネリー？」ドンが割りこんだ。「そういうことなら、わたしは果たしてそれを手に入れたのか入れていないのか、そこのところをはっきりさせたい」

「もうそのくらいにして、ふたりとも」とジェーン。「情報が多すぎてついていけない。用件だけ話してよ、母さん。どうしてわたしに電話してきたの？」

「お祖母ちゃんの裁縫箪笥《ソーイング・チェスト》をうちへ持ってきて」

「え？」

「テーブルのところが開けられるようになってるあれ。ヴェロニカ叔母さんが見たいって言うから」

ジェーンは胸を撫でおろした。お気に入りの家具を手放さなくてはならないという話ではなさそうだ。実家へ持っていって見せればすむらしい。

「ヴェロニカはあれに秘密の抽斗がひとつあったのを覚えてるんだって。惚けたんじゃないのって言ってやったんだけど、いくら断っても聞く耳をもたないんだよ」

「そんな素敵なフレーズを聞かされれば余計むきになるでしょうね」ジェーンはつぶやいた。

「なんだって？」とネリー。

「持っていくから」

「ああ。ティムには用心おし」

「いい週末をな、ハニー」ドンが締めくくった。

ジェーンはハンバーガーの最後のひとくちを食べ終え、ビールを飲み干した。ふたりは道路沿いのレストランにいた。そこは、ハイウェイを降りてはじめて見つけた、チェーンではない店だった。

「〈EZウェイ・イン〉よりちょっと味は落ちるけどおいしかった」

「それより、ネリーはぼくのことをなんて言ってたんだ？」

「あんたはわたしをベッドに誘いこむためにゲイのふりをしてるんだって」

「どうしたらそういう突拍子もないことを思いつくのかな？」

「被害妄想型陰謀論者を見くびるなかれ。ちなみにそれはネリーに進呈したい肩書きだけど」

「ぼくは四十年も男が好きなふりをしてきたってことか。そりゃすごい。長期にわたる関係まで結んで。だったら完璧とまではいかなくても無害だろう。そのうえ花屋にまでなったんだし」ティムはジェーンの皿からフレンチフライをつまんだ。

「映画で流れる歌も覚えたし、着る物には気もお金も遣ってきたし、歴史的建造物の再建にも貢献したしね」

「川べりの長い散歩や、詩の朗読や、壊れた椅子の修繕が好きなふりもした。フットボールのテレビ中継なんかまちがっても見ない。銀磨きはお手の物、ミキサーで飲み物もこしらえる」

「正直に打ち明けるわ。今、挙がってるのは理想な男の条件で、もしネリーの言うとおりなら、今すぐチャーリーを捨ててあんたに走ってもいい」

「いや、それはない、絶対」ティムは優しい声でそう言い、ジェーンの手を取った。

「そうね、それはない」ジェーンはティムの目を覗きこんだ。「だけど、あんたと一緒に歳を重ねたいと思ってる。それって変？」

「べつに変じゃないよ。ぼくも同じ気持ちさ。そうだ、こうしよう。〈キャンベル&ラサール〉に着いたらニューエイジ・ヤッピー集団の暮らしぶりを調査して、納得がいくかどうかをきみが決めればいい。もし納得がいけば、三人編成のウィール一家とローリー単独部隊と、ぼくらのそばで十分以上耐えうる少数の精鋭部隊とで、土地を共同購入するという手もある。ささやかながらも陽あたりのいいその所有地を活用して、来るべき老後に備えるのさ」

ティムはジェーンにパンフレットを手渡した。上質の紙――タン色のマーブル紙――に焦げ茶色のレタリング。優美な木版印刷で上端に〝キャンベル&ラサール〟の文字がはいっている。

「読んでみなよ」ジェーンの訝《いぶか》しげな目に応えてティムは言った。「ぼくは車のなかからそこに電話してくる」

グレン・ラサールとブレイク・キャンベルは家具製作とアーティストの共同体建設に二十五年の歳月を費やし、三十エーカーの森林地に木工師、金属細工師、彫刻師、画家、歴史研究家、芸術家のための理想郷を築いてきました。ここを訪れ、ここに生きる場を見いだした彼らは、ここで呼吸し、成長を続けながら、美しい工芸品の妥協なき製作と復元にすべてを捧げています。

わたしたち〈キャンベル&ラサール〉は、迅速な修復や緊急の修繕が当然とされる世界とは異なる道を歩んでいます。わたしたちが信じるのは時の経過が成し遂げるものの価値です。お手持ちの家具、銀器、宝飾品、絵画に関して調査を尽くしたうえで、みなさまとともに、その作品の尊厳を維持するにはどこまでの修復・復元・再生が必要かを判断いたします。

〈キャンベル&ラサール〉は相談者を当地に招待しています。敷地内の宿泊施設および各種設備は以下のとおりです。

ジェーンは〈キャンベル&ラサール〉コミュニティの地図をつぶさに眺めた。ティムによれば、敷地内には素朴ながらも充分すぎるほどの設備が整った簡易宿泊施設《キャビン》がいくつかあり、事情通の人たちが〝相談〟したい物を持ちこむ際に利用しているらしい。また、グレン・ラサールとブレイク・キャンベルが認めた著述家や画家も一種のアーティスト共同体として自由に活用できるため、〈キャンベル&ラサール〉は〝美しく静かな環境で執筆する機会〟と〝作品が育つ空間〟を与えてくれる場所であると、手放しで称賛する現代作家も多いという。

「ただ、問題がひとつあるんだ」ふたたび車をハイウェイに乗せると、ティムは言った。「そのパンフレットには、〈キャンベル&ラサール〉で実際に生活するようになるまでのプロセスが一例も載ってないだろ。想像できるか？ 自分が売れない作家で、批評家にはまずまず評価されたけど、本屋の棚から自分の本を手に取られないまま終わろうとしてる。そんなときに、このコミュニティで一カ月間暮らしてみないかとブレイク・キャンベルから誘いを受ける。家賃は無料、食費も無料。専用のキャビンと平和と静寂と食事が与えられる……しかも、シェフの腕は極上。この理想郷の〝精神《スピリット》〟に染まるだけでいい」

「それ、どういう意味？」

「さあ。ヒッピー的、ヤッピー的、スノッブ的な労働倫理とでも解釈しておこうかな。たとえば……服装はカジュアル。仕事着だからね。ただし、〈ラルフ・ローレン〉のカントリー・コレクションから選んだように見えなければならない、とかさ。そこで暮らす目的は芸術であって、物質的なものにはこだわらないとしながら、夕食のテーブルにはワンランク上の料理がずらりと並ぶ。ワインにしろ鴨肉にかけるソースにしろ、これでもかって感じで」

ジェーンは助手席のシートに深く座りなおした。やはりバッグの中身を整理しなければ。

三つどころかまだひとつも捨てていないのだ。自宅の段ボール箱の整理も終わっていない。チャーリーとニックが予定を繰り上げて今日のうちに帰ってきたら、出発したとき以上に混乱状態にある家をふたりに見せることになってしまう。

ベリンダ・セント・ジャーメインも本のなかで〝現状を改善しようとして今以上に悪化させてしまうこともときにはある〟と言っている。ほかにも〝夜明けまえが一番暗い〟の諺《ことわざ》に類する陳腐な励ましの文句がずらずらと並んでいるが、ベリンダのつたない文章は大目に見ることにした。なんのかんのいってもベリンダの教えには一理あるから、どうにかしてそれを身につけようと思うのだ。

整理と処分。為《な》せば成る。まずは、クレア・オーに対する感情の整理から実践しよう。ワンランク上。〈キャンベル&ラサール〉の夕食のテーブルに並ぶ料理をティムはそう評したんだっけ？　クレアと接するときの居心地の悪さもまさにそれではないだろうか。実際に会うまでクレアと自分は似たもの同士だと思いこんでいた。同好の士だと。ブルース・オーの服装の趣味はクレアに負っているわけだし、ブルース・オーの人となり――礼儀正しく、情に厚く、好奇心旺盛――は好もしく思っている。現時点での興味の焦点は、そのオーがあのクレアをどうやって釣り上げたのかということだった。公明正大にして謹厳実直、偉ぶったところがみじんもないブルース・オー。一方のクレアはなんにつけ手厳しく、〈キャンベル&ラサール〉の夕食の席でワインが気に入らなければ突き返しそうに見える。

例の箪笥はホーラス自身がすり替えたのではないか、ホーラスが複製を作らせたのではないかというジェーンの問いをクレアは一笑に付《ふ》した。

「どうしてそんな面倒なことをわざわざする必要があるの？　公の場で偽物だと言い立てたら、自分の顧客に売れなくなってしまうのに」

「本物のほうをすぐに売りに出すこともできませんよ」オーがつけ加えた。

「本物の箪笥を自分が欲しかったとは考えられない？」

「彼の趣味とはちがうもの。ホーラスはアメリカの家具は一点も集めていなかったわ」

ジェーンは納得できなかった。ただ一種類の物、ひとりの作家の作品だけを蒐集しているとのたまう人は大勢いるが、セール場では案外あれこれ見てまわっている。ひとつの物の価値を認めることはつぎの物、そしてまたつぎの物の価値を認めることにつながるはずだ。

ベリンダ・セント・ジャーメインが〝物がない壮観な光景〟だの〝どこまでも広がる空間〟だのをいくら強調しようと、ふんだんに物がある状態の見事さをジェーンは知っていた。セールで出会うピッカーはみなそうだが、物に対する度しがたい渇望があるのだった。

大好きな〈ローズヴィル〉の花器がなくても、〈マッコイ〉の植木鉢があればそれが好き。

これはセールで物を漁っているときに頭に流れる歌のひとつだ。

ホーラス・カトラーがウェストマンの箪笥の見事な出来映えを認め、個人的に欲しいと思ったなら、べつの人間には複製を売ろうという考えがよぎらないだろうか。本物は自分の物にして偽物を売って儲けてやろうと思わないだろうか。だが、オーとクレアの言い分も正しい。アンティーク・ショーでわざわざ偽物を偽物だと公表する理由はどこにもない。

ジェーンはため息をつき、バッグの整理に戻った。〈キャンベル&ラサール〉に到着するまえにベリンダ・セント・ジャーメイン推奨の処分法を実行するほうが、ホーラス・カトラーを殺した犯人を突き止めるより早くけりがつきそうだ。それに、ブルース・オーがなぜクレアと結婚したのかという疑問に対する答えを出すよりも。あらやだ、それってチャーリーが陰でみんなに言われてることだったりして。彼はなぜあのジェーンと結婚したんだろう？

「見て、この可愛いハンカチ」

ティムはすばやく目をやって、刺繍の文字を読んだ。「ゲットウェル《GETWELL》？」

「そう。子どもが刺繍したみたいに見えるでしょ？」

「ってことは、それはゴミの山行きをまぬがれるんだろうな」

「あたりまえよ。どれだけの労力がこれにつぎこまれてると思うの？　風邪を引いたお母さんがよくなるのを願って刺繍したのかもしれないじゃない。そういうのはゴミと一緒にしちゃいけないのよ、ティム」ジェーンは〈スクレッツ〉のヴィンテージ缶を振った。

「おっと、缶入りの〈スクレッツ〉か。もうずいぶんまえから製造されてないよね。今でもあるのか？　ゴミの山行きに決まり。オーケー？」

ジェーンは蝶番《ちょうつがい》式の蓋を開け閉めしてから、横向きにしてティムに見えるように差し出した。「可愛らしいミニ額縁にならないかしら。工作の課題に使えるんじゃ……」言葉が途切れた。

ティムは笑いだした。「ニックの工作を最後に手伝ったのはいつ？」

「わたしは今だって……」

「ジェーン、ニックが今、学校で夢中なのはスポーツだよ。チャーリーの影響を受けて地球科学にも、ぼくと一緒に古い部品で自転車を組み立てることにも興味津々だ。咳止めドロップの缶で額縁を作るよりずっと」ティムはそのあと優しくつけ加えた。「成長してるんだぞ、息子は」

ティムの言うとおりだ。わかっている。わかっているけれど、この缶がなにかに役立たないともかぎらない。ジェーンは〈スクレッツ〉の缶をバッグに戻し、栃の実のお守りとベリンダ・セント・ジャーメインの本の仲間入りをさせた。その本のおかげでバッグがいつもの倍以上重い。

ティムは車のスピードをゆるめて方向転換し、どこから始まっているのかほとんどわからない蛇行した私道に車を進めていた。複雑な装飾がほどこされた高い鉄の門扉に近づいていく。秋咲きの花がまだ満開のクレマチスや薔薇の蔓で隠れた鉄の支柱に、最先端のインターコム・システムが取り付けられていた。ティムが自分とジェーンの名を告げると、門が開いた。

「〈キャンベル&ラサール〉へようこそ、ハニー」とティム。

「うわ、すごい」ジェーンはぽかんと口を開けたまま、〈キャンベル&ラサール〉共同体の主要建物に見入った。

その山荘《ロッジ》は、愉しいサマーキャンプの選りすぐりの思い出と大統領の別荘の中間とでもいうべき、パンフレットに謳《うた》ってあるとおりの第一印象で、威風堂々たる松林のなかに建つ、高さがあまりなく横に広がった丸太造りの家だった。外観の強烈な印象とともに、招かれたくなるような魅力も伝わってくる。これは大統領の別荘《キャンプ・デイヴィッド》？　それとも青少年クラブが運営するキャンプ場？

　横長のフロントポーチに配された小枝細工の家具の佇《たたず》まいの懐かしさもさることながら、積み上げられたクッションと詰め物のされた足置き台が、そこが写真撮影のためだけの場所でないことをことさらに主張している。軒下には蓋の開いた収納箱がひとつあった。そのなかにしまわれた〈ペンドルトン〉の毛布で体をくるんで、森の向こうからのぼる朝陽を眺めることもあるのだろう。いや、沈む夕陽かもしれない。空を見上げても太陽はまだ頭の真上にあり、この山荘がどちらの方角を向いて建っているのかを知る手がかりにはならなかった。どこにいても自分がどの方角を向いているのかを知りたいジェーンにとって、門から公道へ通じる曲がりくねった私道は憎むべき敵のはずだが、なぜかここでは戸惑いよりも恍惚感のようなものを覚えた。

　ティムが周回式の広い車寄せに車を停めると、ジェーンはすぐさま助手席のドアを開けて耳を澄ました。最初はなにも聞こえなかった。と、遠くに水音がした。流れの速い小川でもあるの？　滝かしら？　風に吹かれた木々の息吹がそんなふうに聞こえるだけ？　外に降り立ち、車のドアをできるだけそっと閉めた。この情景を乱したくなかったので。

　どっしりとした玄関扉に、手彫りで形を整えた小枝を額縁代わりに趣味よくあしらったコルクボードが掛かっている。案内文の用紙をボードに留めているのは松葉にちがいない。その紙も手漉《す》きのようで、シダや野草が優美に刷りこまれている。

当施設に到着されたみなさまへ

敷地内ではおくつろぎください。自由に散策し、呼吸し、愉しんでください。わたしたち〈キャンベル&ラサール〉は一時から四時までを創作のための午後の静かな時間と定めています。散策中、ドアの開いたキャビンを見つけたら、個々のアーティストが創作中の作品について説明してくれるでしょう。ドアが閉まっていたら、居住者《レジデント》のプライヴァシーを尊重するようお願いします。四時になったらここへ戻ってください。わたしたちは喜んでみなさまの相談に応じます。

「家具を買いにきたお客も四時までは待たせられるってことかしら。鑑定の依頼にきた人も？　そういうのがここのビジネスの流儀なの？」

「ここの存在意義はビジネスだけじゃない。ほかでもない〈キャンベル&ラサール〉だぜ、がらくた《ジャンカー》漁りの友よ。パンフレットも案内文もいちいちそのことを思い出させようとしてるだろ。〝わたしたち〈キャンベル&ラサール〉〟に来たぼくたちは、〝明日の午後までにまちがいなく退屈する。でも、きっと彼らが魔法をかけてくれる。わかったかい？　それと、ひとつお忘れなく。話すときはひそひそ声で」

ティムの言うとおりだ。この静けさを破る気にはなれない。ちょっとばかりもったいぶった静けさだと思う半面、〈キャンベル&ラサール〉にはこうした舞台設定をする権利があるとも思われた。〈キャンベル&ラサール〉の所有地の景観はそれほど圧倒的だった。ジェーンが一本の小径のほうを示すと、ティムはうなずいた。互いをよく知るふたりには相手が探検したがっているのが察せられた。開かれたドアに出くわすことをふたりとも期待していた。最初に見つけたキャビン、〝ミソサザイの巣〟はあいにくだった。青い鎧戸には飛んでいる鳥の切り絵が飾られ、窓の外の植木箱は秋咲きのパンジーの花であふれんばかり、ドアの横に置かれた銅製のケトルは焚きつけとおぼしき木っ端でいっぱい。が、残念ながらドアは閉まっていた。

〝ブルーベリーの丘〟と〝貴婦人のスリッパ《アツモリソウ》〟と〝ふたつの窓〟と〝友の隠居〟のフロントポーチにも静かな暮らしぶりが見て取れた。どのドアも閉め切られていた。

小径が終わるところに巨大な納屋のような建物があり、入り口に〝木工場〟と記した札が掛かっていた。一方の端のガレージ・サイズのドアは閉まっているが、逆の端にそれよりは小さい上下二段式のドアがあり、そちらは開いていた。

ジェーンはその開かれたドアへ向かった。ティムも続いた。

「ただの木工場じゃない」とティム。「ブレイク・キャンベルの実験室兼救急治療室ってところだな。彼はここで〈キャンベル&ラサール〉に持ちこまれる家具のひとつひとつを、患者を診察するように診るんだ。緊急性の優先順位をつけ、症状を調べ、治療するのさ」

ジェーンはティムのいわんとすることを即座に理解した。巨大な納屋のスペースの半分はたしかに木工場だった。木工具が壁の定位置に吊されたり立てかけられたりして列を成している。大型の作業台がふたつ、電動工具も見受けられる。残りの半分の大きなテントが張られたスペースは、まるで狂った科学者の私設手術室のようだ。べつの壁の一面に取り付けられた棚にはさまざまな溶解液や仕上げ剤や刷毛や筆が置かれている。階上《うえ》は回廊《ギャラリー》式図書室になっていて、教養課程のみの小規模なカレッジの図書室にも負けない広さだ。

なかに人がいる気配はないが、ドアは開かれていた。オープン階段を昇って図書室に近づくと、そこには研究書や歴史書も多くあるが、ビニールの保護カバーをされた美術書と百年まえの雑誌も同じぐらい数多くあると気がついた。この図書室はアカデミックな美術史だけでなく、特定の時代、特定の年に人気だった家具の情報まで網羅している。蔵書カード整理用のオークのキャビネットの上に、枠にはまった卓上カードが置かれていた。〝わたしたち〈キャンベル&ラサール〉は貴重な家具一点一点の歴史を、自分の頭と目と手と心で、徹底的に調査することを旨とする〟。ティムもうしろに来ていた。カードの文言を読んでいるのが肩にかかる息遣いでわかった。

「〝わたしたち〈キャンベル&ラサール〉〟はヒッコリーの手彫りなみにお堅いのさ」ティムが囁いた。

「〝わたしたち〈キャンベル&ラサール〉〟はウォッカの〈グレイグース〉をロックで飲んだ

りなさらないの？」ジェーンも囁き声で応じた。

家具関連の大型本の一冊が大きな両袖机の上に開いて置かれ、名刺サイズの小さな紙が一枚、挟んであった。そのページには矢印やら注釈やらがつけられた簞笥の写真が載っている。クレア・オーが持ちこんだウェストマンの簞笥を調べていた人がいるのだろうか。もっとよく見ようと机の逆側にまわりこむと、階下《した》へ降りようとティムから声がかかった。

「奥のオフィスで人の声がする。ブレイク・キャンベルに紹介するよ」

図書室はまたあとで訪問させてもらうことにした。それよりも〝わたしたち〈キャンベル&ラサール〉〟の主役の片割れに会うほうがずっとおもしろそうだから。

予想にたがわぬ見事な内装のオフィスにティムと連れだってはいってみると、だれもいないとわかった。ティムが聞いたのはCDプレイヤーから流れる音楽だったのだ。曲は当然のごとくモーツァルト。〈キャンベル&ラサール〉では、モータウン・サウンドもウィリー・ネルソンのヒット曲もめったに流れないのだろう。

建物の背面にあるオフィスの小さなドアが開かれていて、そこからも外に出られた。ジェーンは小川に通じる小径伝いに歩きだした。陽射しを受けてリボンのようにきらきら光る水面が小径の先のほうに見えた。太陽と森の木々。この土地の美しさに魅了されはじめた頭に、ベリンダ・セント・ジャーメインの長ったらしい文章のうち一番最近読んだ貴重な助言が浮かんだ。

木は自分を今以上に完璧な姿にするために、もう一枚の葉を必要としますか？　自分が欲しい物ではなく自分に必要な物を見極めるには、自然のさまを見ることが大切。適切な水かさの小川はささやかな宝物でも、水が岸からあふれたら危険な存在となります。小川の氾濫は異常事態、危機的状況です。では、キッチンの食器棚やクロゼットの棚からあふれている使い途のない物の氾濫はどうでしょう？

お説ごもっとも。森の木々も小川のせせらぎも、小径の石ころさえも、自然が生んだ模様と無秩序の完璧なる融合だ。西の空に落ちかかる太陽が送りこむ光は、森のすがすがしい空気を切り裂き、絵のように美しいイルミネーションを作り出している。

そうね、ベリンダ、今この瞬間、わたしはなにも必要としない。自然がわたしに与えてくれた木と水と石と光以外は。水辺にちらつく赤い格子縞のウールのシャツすら、この風景に歓迎された対比色の散らし模様《スプラッシュ》のように見えた。そうよ、ベリンダ、あなたもここへ来て、こんな完全無欠な舞台装置のなかで澄んだ小川の水を飲んでいるこの人を見られたらいいのに。今、聞こえている音は、木の葉がさわさわと鳴る音と木工場から流れるモーツァルトのかすかな音色だけだった。

水辺にいるその男をジェーンはしげしげと見た。男は水を飲んでいるのではなかった。動いていないし、息もしていないということを、まず頭がゆっくりと認識した。それから体が氾濫を起こしたように動いた。男のそばに駆け寄り、男の体を裏返し、水のなかから顔を出させた。呼吸を耳で確かめてから胸を押し、口に自分の息を吹きこんだ。学校で習った心肺蘇生法《CPR》の記憶が正しいことを祈りながら。足音が背後に聞こえ、振り返るとティムが携帯電話の番号ボタンを叩いていた。べつのだれかがうしろから現われ、ジェーンをどかして心肺蘇生を引き継いだ。その男は赤い格子縞の男に息を吹きこみながら懸命に声をかけた。

「おい、リック、頼む、息をしてくれ！」

ジェーンはティムのほうを向いた。電話の相手にこの場所を教え終わったティムは、声をひそめてこう言った。

「〝わたしたち〈キャンベル&ラサール〉〟は死人を出してしまったらしい」

5

あるクライアントを訪ねたときのこと。買い物しているあいだが最高に幸せなのだと彼女は言いました。でも、その幸せは、家に帰って新しい〝掘り出し物〟の置き場所がないとわかったとたん、絶望に変わってしまうのだそうです。自分の部屋をぐるりと一回見まわしただけで〝置き場所〟のない物がいくつ目にはいりますか？　そのことに不安や窮屈さを感じたり落ち着かない気分になったりしませんか？

ベリンダ・セント・ジャーメイン

『詰めこみすぎ』より

ブレイク・キャンベルは敷地内で中心的な役割を果たしているロッジの一番広い部屋にいた。石造りの大きな炉棚のまえに立ち、集まった人々と向き合っていた。〝静かな時間〟に招集がかかったときは昼寝していたそうだが、今はすっかり目覚めてリーダーにふさわしい表情をしていた。悲しみはあるが、むろんわたしが対処する、だれかがこの部隊を統率しなければならないのだから。きつく結ばれた形のいい唇がそう語っている。風貌といい声音といい、十五年間、広告業界に身を置いていたジェーンでさえ、こんなにモデル然とした容姿をもつ人物をじかに見るのははじめてだった。これまでに見たどんなモデルの完璧な顔写真も実物のブレイク・キャンベルには敵《かな》わない。ジェーンは首を振りながら小声でティムにそう言った。

「彼を見るといつもスケッチを思い出す。血肉が全然感じられないんだ。ウィリアム・ハミルトンが『ニューヨーカー』に描いてた漫画のキャラクターとちょっと似てるな。金持ちで単純素朴なナルシストに。でも悪い人間じゃない。ぼくは昔からブレイクが好きだよ。あの容姿で彼は損してるんじゃないかな。そのうえ知名度と財産もあるしね。だれも彼の言うことを真剣に受け止めない」

「わたしのお気に入りは、男と女が納屋で雌鳥を見てるところ。男が卵をひとつ手に載せて、〝自然はおれを驚かすことをやめない〟って言うのよ」

ティムはジェーンの顔を見た。

「ハミルトンの漫画ではあれがわたしのお気に入り。ねえ、あの現実感たっぷりの人はだれ？」

ジェーンが身振りで示したのは、部屋にはいってきてブレイクの隣に立ったもうひとりの男だ。カシミア糸が一分の隙もなく編みこまれたブレイク・キャンベルの〈ミッソーニ〉のセーターと、ほつれたアクリル毛糸が襟元から垂れ下がったその新たな男のノーブランドのVネックセーターは好対照を成していた。剃り残した顎ひげがブレイク・キャンベルの顔にハリウッド風のいかつさをほどよく加味しているのに対して、こちらはむさ苦しさと、どことなく不健康さを感じさせる。風邪で何日も床にふせっていたのかと思わせるような風情なのだ。目にはやはり義務感のような表情がうかがえるものの、一点凝視のまなざしはむしろ、ごたごたの処理はかならずおれにお鉢がまわってくるんだよ、とでも言いたげだった。

第三の男が部屋にはいってくると、グレン・ラサールだとすぐにわかった。アンティーク・ショーの個人ブースでジェーンも一度ならず彼のレクチャーを受けたことがあり、『アンティーク・ロードショー』のヒットのおこぼれにあずかるべく雨後の筍《たけのこ》のように誕生した骨董鑑定番組のいくつかに出演しているのを見たこともあった。標準的な身長、やや薄くなりかけている髪、生真面目そうな印象を与える眼鏡。その道の専門家らしい風貌をグレン・ラサールはまとっていた。彼にはついさっきも会っている。小川のほとりでジェーンを押しのけ、赤い格子縞のシャツの男に心肺蘇生をほどこそうとしたのは、このグレン・ラサールだった。

「〈キャンベル&ラサール〉のスポークスマンがグレン・ラサールだなんておかしいわね。ブレイクのほうがリーダーらしいのに」

「美男すぎてもだめなのさ。言っただろ、だれも彼の話を真剣に受け止めない。美貌に劣らぬ頭脳の持ち主だとしても。彼はここで化学者の役も演じてるのにな」

〝招集ベル〟が鳴って何事かと集まってきた住みこみのアーティスト《レジデント》と招待客の一団をまえにしているのはブレイク・キャンベルと無精ひげの男だが、彼らに向かって語りはじめたのは、部屋の脇のドアのそばに立ったグレン・ラサールだった。

「静かな時間を破ることになって残念だ。じつは大変なニュースがある」制服警官二名がグレンとは逆側のドアからはいってきた。ジェーンは聴衆の顔を観察した。不安が一瞬にして恐怖に変わるのがわかった。

「招待客のおひとりがある事故に遭遇した」

グレンはそこでいったん言葉を切った。語りはじめたはいいが、なにをどこまで話せばいいのかわからないという様子で、まずブレイクに目をやった。ブレイクがほんのわずか肩をすくめると、隣のむさ苦しい男に目を移した。

「わたしはマーケル巡査部長です。こんななりですみません。勤務時間外に通報を受けたもので。本日午後三時十分ごろ、こちらの住みこみのアーティスト、ミスター・リック・ムーアの遺体が発見されました」現段階ではまだ断定はできないが、ミスター・ムーアは溺死したと思われると、マーケルは続けて説明した。

このニュースに、部屋に集まった十一人の聴衆はあんぐりと口を開け、こねくりまわしていた手の動きを止め、目をしばたたき、息を呑んだ。まっすぐな長い髪を腰まで垂らした、三十代にも五十代にも見える女は、革張りのソファの左右に座った男と女の手を取って頭《こうべ》を垂れた。そのふたりをうながして祈りを捧げようとするように。

「溺死？」ティムがジェーンに耳打ちした。「たった三十センチの深さの小川で？」

「あの人、俯《うつぶ》せになってたのよ。よく見たわけじゃないけど、怪我してるようには見えなかったし、まわりの灌木や草にも踏んづけられたような跡はなかった。喧嘩があったことを示す形跡はなにも。もちろん血の跡も。服も破れてなかった。ただひとつだけ……」

「たまげたな、きみのよく見るはどういう見方なんだか」とティム。「あの現場を、聖スタニスラウス教会のラメッジ・セールのテーブルに目を走らせるときと同じ目で見てたんだ」

「……奇妙なことがあったのよ」ジェーンは茶々を入れるティムに取り合わなかった。「あの人、靴を履いてなかった。サイズの大きいウォーキング用の厚めの靴下を穿いてただけで。足の裏と甲の部分に当て物がしてある靴下よ。でも、靴は履いてなかった。というか、靴下の片方も足の先に丸まって、ほとんど脱げて裸足に近い状態だったわ。左足のほうが」

マーケル巡査部長は、この部屋にいる全員から話を聞きたいと言った。ブレイク・キャンベルの工房に仮の捜査本部を置くそうだ。ブレイクの工房とは、例の巨大な納屋ふうの建物の木工場と回廊式図書室の中間に配されたオフィスを意味するから、位置的にはこのロッジの裏からまっすぐ行ったところになる。ジェーンはここへ来るまえにティムから渡された〈キャンベル&ラサール〉のパンフレットを取り出し、裏面の地図で位置関係を確かめた。正確な縮尺ではなく、実際の建造物やランドマークはこのちんまりとした地図に描かれているよりもっと散らばっているけれども、招待客用のキャビン、アーティストが住んでいるキャビン兼工房はひとつの漏れもなく描きこまれていた。このロッジは東向きに建っていて、回廊式図書室はその西側にある。ジェーンはそれぞれの位置を腕時計の盤面のイメージで頭に叩きこんだ。厳密には、ロッジと図書室が時計の短針の十二時だとするなら、木工場の主要スペースは十時、ブレイクの工房は十一時の位置にある。そして、そこは、ジェーンがリック・ムーアを発見した森の木々のすぐうしろだ。

ブレイクが自分の右側の戸口の向こうにいるだれかを手招きしてうなずくのが見えた。戸口に立っている若い女がぴっちりしたブルージーンズにキャンヴァス地の白いエプロンを締めているところを見ると、おそらく厨房に通じる戸口なのだろう。ブレイクはつぎにグレンに合図を送り、厨房を指差しながら、うなずいた。

「シェリルたちがお茶の用意をしているが、ふだんのようにここまで運ばないので、各自厨房まで取りにいくことにしよう。警察の仕事が片づくまで、この大部屋でできるだけくつろいでもらいたい」グレンは一拍おいて続けた。「リックはティータイムをこよなく愛していた。わけても、わたしたち〈キャンベル&ラサール〉流の毎日のティータイムの過ごし方を。だから今もみんなでそれを愉しむべきだと思う」

「〝わたしたち〈キャンベル&ラサール〉〟はティータイムをこよなく愛してるんですって。グレンは動くパンフレットね」

「ぼくはもう少し寛大な目で彼を見るつもりだ」とティム。「台本どおりに喋ったほうが今は気持ちが楽なんじゃないかな」

少なくともその台本には称賛に値する部分があった。〈キャンベル&ラサール〉のティーテーブルほどにごちそうが並ぶティーテーブルをジェーンは見たことがなかった。

まずサンドウィッチ。スモークサーモンの具に、この世の物とは思えぬおいしさのバターつきパン。胡瓜にカラシナに薄くスライスしたラディッシュ。そしてまた、淡い色合いの本物のバター。それが舌でとろける瞬間、自分の名前を忘れてしまいそうだ。いや、ほんとうに舌がとろける。さらに、これ以上ないというくらい薄切りにして、茶色いマスタードをこれ以上ないというくらい美しく塗った丸いライ麦パンの上に、これ以上ないというくらい上品にパストラミが置かれている。そのひとつひとつの食材が芸術品だ。チキンサラダとカレーで和えた卵サラダの台になっているのは、雌鳥と卵の形に切り取られた食パン。

デザートのトレイにはケーキやスコーンの薄切りが載っている。高価な大理石から彫り出されたかに見える、ちっちゃなマフィン。バタークッキーにフルーツタルト。段重ねの塔のようなトレイはチョコレート専用。ダークチョコレートがけのミントケーキ、エクレア、七層のココアケーキのスライス。ホイップクリームと新鮮な果物がはいったボウルのあいだに、そうしたトレイが点々と置かれている。

「ベリー類だけは外国産ね。秋のこの時期にミシガンのどこであんな苺《いちご》が採れる?」ジェーンは目のまえに並べられた豊富な果物に圧倒された。

「グレンもブレイクも金持ちだからね。家族も金持ちだし、自分も稼いでるし、相続財産もある。ふたりとも富を引きつける磁石なのさ。この敷地はブレイクのお祖父さんの土地だった。一族が代々受け継いできたんだ。狩猟小屋も夏のキャンプ場も。ブレイクとグレンはこの土地で共同体を運営し、アーティストや工芸品を理解する人々の聖地にしようと決めたんだ」ティムは取り皿にサンドウィッチを山盛りにした。

「ふたりはカップルなの？」

「身ぎれいで趣味がよくて行儀もいい男がみんなゲイとはかぎらない。不幸なことに」ティムはつけ加えた。「グレンは何年もまえから男やもめだ。画家だった奥さんが自動車事故で亡くなってからは独身を通してる。ブレイクは一度も結婚したことがないけど、自己推薦の配偶者候補が何人も順番待ちをしてることは想像に難くない」

ジェーンは、お茶を飲みながら髪の長い女と歓談中のブレイクに目をやった。女が彼の耳に口を寄せてなにやら語りかけている。彼女のほうに身をかがめて熱心に耳を傾け、うなずくブレイク。警察官が部屋のなかをまわって招待客に声をかけ、ひとりずつブレイクの工房へ連れ出している。

ブロンドの若い男がティムのそばへ来て、長年の仲間であるかのような口調で話しはじめた。生地を覆い尽くすほど塗料が飛び散ったジーンズは、工房での作業の結果というよりは意図的な演出のように見えたが。

「木工場のテントは危険だって注意したのにリックは聞こうとしなかったんだ。知ったかぶりだったからな。知らなきゃならないことはいくらでもあったのに。プロセスを学ぶ必要がある。それがあいつの口癖さ。プロセス、プロセス、それぱっかりだった」男はカレー味の卵サラダのサンドウィッチを口に押しこんだ。

「わたしはジェーン、こちらはティム。今の話だけど、どういうこと？」

ティムはブロンドの男に背中を向けてジェーンのほうを向き、顔を寄せて、ほとんど声を出さずに口の動きで伝えた。「じつに巧妙な私立探偵《PI》テクだ」それから男に向きなおった。当人はいまはスモークサーモンのサンドウィッチをぱくついている。

「ぼくたちはここへ着いたばかりでね。さっそく散策をさせてもらってたら、ジェーンが小川でリックを見つけたというわけなんだ」

「おれはミッキー。塗装師だよ。いきなり話しかけて悪かった。それにしても、リックとはね。もし、ここで暮らすだれかがドジを踏む《ファック・アップ》としたら……あっ、ごめん」ミッキーはジェーンにぴょこりと頭を下げた。

感動した。今どき男から、それもこんなに若い男から、下品な言葉遣いを謝るという行為によって敬意を払われるとは。ラジオから流れるラップに合わせてニックの口から飛び出す言葉を聞いていると、息子は下水管のなかで育っているのかと思うこともしばしばだ。今あんたが口ずさんでいる歌詞は母親のまえで口にしてはいけない言葉なのだと教えるべきか、息子がその言葉の意味を知らないままでいてくれるよう祈願して無視するべきか、それが問題だ。気がつくといつも、こうあってほしいという親の夢と迷いの狭間に陥っている。しかし、ブロンドの髪をエミネム（白人のラッパー）ふうのクルーカットにしたこのミッキーなる若者は、Fワード爆弾を落としたことを詫びてくれた。礼儀に適った会話というものをまだ信じている人がいるとわかって嬉しかった。

「いいのよ、はじめて聞く言葉じゃないし」ジェーンはにっこり笑った。

「クールだ」ミッキーはジェーンの足もとを見おろしながら言った。「警察が来るなんてはじめてだと思うけど、たまに突発的なことが起こると若い女たちがおっかながるんだよね」

ジェーンも自分の足もとを見おろした。ブーツのつま先にサーモンとクレーム・フレッシュが落ちているのが見えた。オイルと乳脂肪が混ざり合って永遠に消えない染みを残すまえに急いで拭き取りたいが、どれぐらい間をおいたらいいのだろう。

「で、さっきの続きだけど、もし、ここで暮らすだれかがドジを踏むとしたら、リックじゃなくおれだろうって、神経質なくそったれ《ファッカー》どもは思ってたのさ。リックは用心深い性格だから。ラベルもしちめんどうくさい説明書きもちゃんと読むし」

ティムはうなずいた。「つまり、きみはこの事故が化学薬品に関係してると考えてるってことかい……？」

「ああ、もちろん。リックはドクター・キャンベルシュタインの実験室で過ごす時間が長かったからね」ミッキーは鼻を鳴らし、チキンサラダをジェーンの右のブーツに落とした。今回は謝罪はなく、にっと笑っただけだった。ハイタッチでもしてきそうな顔つきで。

「ミッキー？」まっすぐな長い髪を垂らした女が彼の名を呼んで手招きをした。彼女はブレイク・キャンベルとともにデザートテーブルのまえにいた。

「天の助け。フードファイトのキャンヴァスにされるところだったわ。化学薬品ってなんのこと？」

「ほかの人たちがリック・ムーアについて話してるのを小耳に挟んだんだ。彼は家具の修復作業のなかでも木の経年変化や彩色を受け持つことが多く、ブレイク考案のレシピを実験していた。それに失敗して取り乱し、外へ出ていったんじゃないかというのがおおかたの見方らしい」

「それで、最後は小川に俯せに倒れた？」

「アンモニアで目をやられれば、あるいは、息ができないとか喉が詰まるとかすれば、そういうことも起こりうる……冷たい小川の水を飲もうとふらふらと近づいて……」

「失礼？　ティムじゃない？　以前にここでお会いしたロクサーヌ・ペルよ」

その女がこの部屋にいることにジェーンは気づいていなかった。マーケル巡査部長が話しているときからいたのだろう。そのとき気づいていれば忘れようがない。目が覚めるような赤毛。長身でスレンダー。泰然自若と呼ぶしかないような立ち居振る舞い。ありのままの自分でいることに満足している人。チャーリーはロクサーヌのような人間をそう表現する。そういう人は自分を受け入れることで美しくなるのだと。ふと思った。わたしの場合、この種の自信を獲得するにはすでに遅すぎるのかしら。

「……こちらはぼくの新たなビジネス・パートナーのジェーン・ウィール。ラッキーな家具やアートが息を吹き返す場所を自分の目で確かめてもらうために連れてきた」

「こんな不幸な形で〈キャンベル＆ラサール〉を紹介することになってしまって残念だわ」ロクサーヌはジェーンと握手を交わした。「こんな事故は前代未聞なのよ。木工作業の現場でさえ、どこかを切って縫わなくてはいけない事態になったことすらないんですもの。こんなことになってみんな胸を痛めているの」

「ミスター・ムーアは家族か友人と一緒にここで暮らしてたのかしら？」ジェーンは訊いた。

ロクサーヌは首を横に振った。「リックは毎年ひと月ほどの割合で滞在していたの。彼のための特別なプロジェクトが組まれたときはもう少し長いけれど。彼はブレイクのスタッフだから。もっとも、リックは工芸のあらゆる作業に参加していたわね。組み立てはもちろん、精巧な彫刻もこなすし、絵も描けたから。自分では素人だと謙遜していたけれど、彼の描いた風景画なんて、それは見事なのよ。グレンはリックの作品を図書室のギャラリーに飾りたがっていたぐらい。でも本人は、遠慮しておくの一点張り。自分はプロセスを学びたいだけなんだからって。今回は仕上げのプロセスを学ぼうとしていて、ブレイクがつきっきりで教えているところだった」

「まだよく理解できないんだけど、ここは学校も兼ねてるの？」

「ここは、そうねえ、画廊《アートギャラリー》であり、サマーキャンプでもあり、静養所でもあり、聖地でもあり、生活共同体《コミューン》でもあるわ」ロクサーヌは間合いを取ってティムを見た。「ほかにもなにか思いつく、ティム？」

「信徒の集会所、カントリークラブ、花嫁学校、グルメの楽園」ティムはあっというまになくなりそうなチョコレートの塔のほうを示し、ひとついただいてくると断って場を離れた。

「〈キャンベル＆ラサール〉にはさまざまな専門分野があって、ここへ来る人の目的もさまざまなのよ」とロクサーヌ。「どういうところかをひとことで表現するのは難しいわ」

「じゃあ、あなたは？　あなたの専門分野は？」〈キャンベル＆ラサール〉でこうした質問をしていいのかどうかわからなかったが、訊いてみた。

「わたしは秘書よ」ロクサーヌは笑顔で答えた。

ジェーンは驚きと懐疑が顔に出ないように努めた。

「嘘じゃないわよ、ほんとうに秘書。絵も少し描くし、短篇小説にも挑戦しているところだけど。大学の専攻は美術史だった。でも、帳簿の作成や郵便物の管理、キャビンの割り当て、鍵の受け渡し、正式文書の返信。そういうことをここでやっているの。実態はコンシェルジュとチーフ・カウンセラーのあいだの雑務係のようなものかしら。しかも、二、三年おきにブレイクと婚約している」ロクサーヌは微笑んだ。「必要のあるなしにかかわらず」

「で、今は必要あり？」ジェーンはロクサーヌの冗談めかした口調に倣った。

「ないみたいね」ロクサーヌは左手に目を落とした。陽灼けした左手の薬指を取り巻くように白い筋が残っていた。「指輪をはずしたのはたしか数週間まえよ。なぜそうなったのかは覚えていない。わたしが取り組んでいたあるプロジェクトのせいなのか、ブレイクが自分の殻に閉じこもってしまったからなのか」ロクサーヌはかぶりを振った。「ブレイクはひとつのことにのめりこむと、わたしの名前はおろか自分の名前さえ思い出せなくなってしまう人なの。そうなるとわたしも婚約指輪をはめているのが馬鹿馬鹿しく思えてきて」

「なんだかとても難しい関係のようね」

「ときにはね。ただ、〈キャンベル＆ラサール〉があるかぎり、世話を焼くべき存在がここにあるかぎり、忙しくしていられるでしょう。自分自身がのめりこめれば、あの天才に対してもときどきは寛容になれる」ロクサーヌはまた笑みを浮かべ、ごちそうを持って戻ってきたティムの腕を叩いた。「とにかく、あなたが来てくれてよかったわ。リックの件はほんとうに申し訳なかったけれど」

ロクサーヌはトリュフをつまむと、部屋にいる人々の名前を早口でジェーンに告げた。それが終わるのとほとんど同時に、威圧的なかすれ声が部屋に響きわたった。

「では、八時にまた集合しましょう、いいですね？」

振り向くと、声の主は先ほど見かけたロングヘアの女だった。今しがたロクサーヌがこの集団のおおまかな紹介として順番に教えてくれたところによると、彼女の名前はマーティーン。マーティーンはくるりと向きを変え、長い髪をケープのように肩に広げて外へ出ていった。

「マーティーンは詩人なの。詩の勉強だけじゃなく……」ロクサーヌの視線がブレイクとグレンのほうに移った。ふたりは議論の真っ最中だった。「ちょっとごめんなさい。電話を何件かかけなければならないかもしれないので確かめてくるわ。リックから家族の話を聞いたことは一度もないけれど、このことを知らせる必要がある人はきっといるはずだから」ロクサーヌは両の肩を怒らせた。「マーティーンの指揮で八時からこの大広間《グレイトルーム》でリックの人生を称える会がおこなわれることになっているの。夕食《ディナー》はそのあと九時半から。遅すぎると思わないでね。ここではヨーロッパ式の時間を守っているの」

ロクサーヌは笑みを浮かべ、ペンつきの手帳をポケットから取り出しながら、しずしずとブレイクとグレンのいるところへ向かった。

まるで『名作劇場』に登場する優雅な召使いのようだ。ロクサーヌはこの城を管理するための大きな鍵束や小さな工具を腰にぶら下げているにちがいない。家政婦長や女校長みたいに。

「唇が動いてる」ティムが言った。「これを口に入れておけよ、正体がばれないように」

「どんな正体よ？」ジェーンはエクレアを受け取って、言われたとおりにした。

「天にも昇る心地のジャンク・ピッカー。唇が動きだすのはなにかを欲しがってる証拠。ばればれだ。もう百万回も言ってるけど、きみは本心を隠せない」

「じゃあ、ここではなにを欲しがってるの？」ロクサーヌのような髪のほかに、と心のなかで言い足したが、口には出さず、部屋のなかを見まわした。家具はすべてヴィンテージの〝アーツ&クラフツ〟、絵画も、燭台も陶器も、どれもこれもが目を奪われる美しさ。だが、どのひとつも一分の狂いもなく置き場所を選ばれていて、どのひとつもその場所から離れられないというふうだ。この完璧な舞台装置からなにかを持って帰りたいなどと願うのは所詮不可能に思われた。

「なにも欲しくない」ジェーンは自分で答えた。「ベリンダ本の効果が表われてきたようね」

「嘘をつくとお尻が燃える《パンツ・オン・ファイアー》ぞってね。ほんとは欲しい物がたくさんあるんだろ。一番の大物を狙ってるんだろ」

「あらそう？」ジェーンは〈キャンベル&ラサール〉のイニシャルがデザインされたナプキ

ンで口を拭いた。「その大物ってなにかしら、口の減らないパンツ小僧？」

「答え、さ」

たしかに。たしかに答えが欲しい。クレア・オーに見せられたあの箪笥は、彼女が〈キャンベル＆ラサール〉へ持ちこんだ箪笥と同じ箪笥なのか？　まったく同じ物なのか、どちらか一方なのか——ふたつあると仮定して——？　あるいは、箪笥の一部だけが同じなのか、つまり、本物のウェストマンなのか？　そもそも、あの箪笥についていくつの疑問があるんだろう。

しかし、頭に引っかかっている疑問はそれだけではなかった。ピッカーとして、探偵として、妻として、母親として、友人として、女として、とほうもなく大きな疑問に直面していた。わたしは血も涙もない冷酷な人間になってしまったのだろうか。人がひとり死に、その遺体が発見された一時間後に、その発見者である人間がエレガントな午後のお茶《ハイ・ティー》を愉しむことを許す、いや、むしろ奨励する〈キャンベル＆ラサール〉とはいったいどういう共同体なのか？

6

もし、すべての窓とドアがふさがれていたら、どんな気分になるでしょうか？　外を見ることも外を歩くこともできず、光がはいらず、逃げ出すにも逃げ出せない。自分が溜めこんだ不必要な物や散らばったがらくたが通り道をふさいでいるのです。それらのゴミを一掃すれば陽の光がはいってきます。あなたはそこで自由の身となるのです。

ベリンダ・セント・ジャーメイン
『詰めこみすぎ』より

ほんとうに答えを知りたいのか、自分でもわからなかった。でも、やはり知りたい。ジェーンはそう結論づけた。ただし、最も重要なのはしかるべき問いに対する答えを得ることだ。

「おや、その口ぶり、ベリンダ教祖の真似っこかい？　それとも『スターウォーズ』のヨーダか？」とティム。

招待客用の小さなキャビンの質素だが趣味のいい部屋にひとまず落ち着くと、ジェーンはここまでの経緯を時系列で整理しようとした。クレア・オーは問題の箪笥を見つけたときも、それを〈キャンベル&ラサール〉に持ちこんだときも、本物だと確信していた。ならばなぜ、彼女はつぎにその箪笥を見た瞬間に偽物と見破ったのか。抽斗の収まり具合や接合部や人為的な経年変化など、本物でない理由を挙げながらも、クレアはあの箪笥をうっとりと見つめていた。箪笥にほどこされた彫刻を愛しげに撫でていた……なぜだかそれだけは本物だとまだ信じているかのように。ひどく不可解なのはそこなのだ。偽物であることを示す証拠は明白なのにどうして……？

むろん明白だ、明々白々だ。ジェーンはさりげなく部屋に置かれていたミッション様式の揺り椅子からはじかれたように立ち上がり、携帯電話を探してバッグのなかを引っかきまわした。オーの自宅の番号を打ちこむと、電話機はしばらく〝ローミング〟してから、切れた。部屋のべつの隅へ移動し、頭の向きを変え、体を一回転させてから、もう一度同じ番号にかけた。今度はつながったので、思わずにんまりした。ティムは携帯電話に起因するジェーンの一連の動きをからかって〝携帯バレエ〟と呼ぶけれども、なんにせよ電子機器にかけたまじないは威力を発揮した。ジェーンのまじないは、月単位で市場にあふれて雪崩現象を起こしている携帯電話の新製品や摩訶不思議な各種無線システムに対抗する唯一の武器なのだ。そういうものを理解できなくても手なずけることはできる。

「オー」オーが電話に出た。

なんとかして彼のこの紛らわしい習慣をやめさせることはできないものか。

「ジェーン・ウィールよ、オー刑事。クレアはご在宅？　ひとつ質問したいことがあるんだけど」

「今、休んでいます。わたしが代わりに……」

「だめ」とジェーン。そこでひと呼吸。かりにも探偵になろうというのなら、この控えめで内気な性格、〝人の邪魔はしたくありません〟的な遠慮は改めなければならない。

「とても重要なことなの。このあと連絡できるかどうかわからないし。遅めの夕食と一緒に追悼式が営まれるらしいし……」カチリと音が聞こえた気がしたので、ジェーンはいったん言葉を切った。「もしもし？」

「だれが亡くなったの？」クレアが尋ねた。

「寝ているんだと思っていたよ、クレア」とオー。

「電話が鳴ったから。ねえ、だれが？」

「リック・ムーア、木工師で、絵も描く人。なんでもこなす、定期的にここに滞在するアーティスト。わたしが彼を見つけたの……」

「ミセス・ウィール、まさかまた死体を発見したのではないでしょうね？」オーの小さなため息らしき音が聞こえた。

「リックが？」とクレア。

「彼を知ってるの？」

「彼はそこの常連だもの。よく知っているわ」

またカチリと音がした。だれが通話を切ったのかジェーンにはわからなかった。

「もしもし？」

「わたしです。クレアが受話器を置きました」とオー。

「知りたいことがあるのよ。クレアはあの箪笥が偽物だという証拠を列挙したでしょう。抽斗の収まりがよすぎるとか、機械カットをされてるとか。そんなにあきらかな証拠があったのに、なぜ最初に気づかなかったの？　ホーラス・カトラーの骨董店に箪笥を運ぶまえに」

「いい質問です」

「わたしの頭に浮かんだ答えはひとつ、それを言うわね。なぜなら、彼女は気づきたくなかった。自分の見つけた物が本物、つまり、正真正銘のお宝かもしれないって思うと、全部を見ないでおこうという気持ちが働くことがあるのよね……」

「そのとおり」ティムが網戸で接した隣のキャビンからこっちへやってきた。「その種の一時的盲目は歴史的にも証明されてる」

「は？」オーが訊き返した。

「ごめんなさい。ティムが部屋にはいってきたの。一時的に目が見えないような状態になることがあるのよ、なにがなんでも見つけたい物があると。リヴィアの燭台とか、マイセンのティーポットとか、ファベルジェのイースターエッグとか……」

「〈ティファニー〉のランプとか、本物のガレとか」ティムがつけ加えた。

「そうそう」

「は？」とオー。

「黙っててよ、ティム。話がこんがらかるから。つまりね、オー刑事、もしクレアがあの箪笥にぞっこんだったとしたら、なにかを見逃した可能性があるということなの。でも、わたしは今〈キャンベル&ラサール〉にいて……」

「そうだ」とティム。「まったくもってきみの言うとおり」

「そうなのよ」ジェーンは満面の笑みを浮かべた。

「申し訳ないのですが、ミセス・ウィール、わたしには話が読めません、なにかを聞き逃し《ミッシング》ているのでしょうか」とオー。

「〈キャンベル&ラサール〉が問題の箪笥に関してなにかを見逃したとは思えないの。〈キャンベル&ラサール〉が調査なり鑑定なりをしたからには、本物であることを証明するか偽物であることを暴くか、とにかくなにかをしたはずよ。クレアがわたしに教えたようなことをここの人たちが見逃したとは思えない。偽物ならだれかがクレアにこう言ったはずだわ。これは逸品です、古びた感じも彫刻も、新たに加えた部分もすばらしい、どれぐらいの予算で家具に仕上げたいんですかって。彼らはあれを本物のウェストマンの箪笥だなんて認めなかつたはずよ、本物だと信じたのでないかぎり」

「信じたのかな？」ティムがまた口を挟んだ。

ジェーンはぽかんとした顔でティムを見た。

「箪笥はホーラス・カトラーに直接届けられたのか？」

「いいえ。クレアはここにトラックをまわさせて箪笥を自分で引き取り、ホーラス・カトラーのところへ運んだと言ってた。受け取りのサインをしたのはホーラスのアシスタント。だから、クレアはアンティーク・ショーの初日の夜の慈善パーティまでホーラスには会ってないのよ」

「クレアが簞笥を引き取ったときに、〈キャンベル&ラサール〉の人間が彼女と一緒に仕上がりを確かめたにちがいない。自分たちのやったことを説明しながら。ここの人間が抽斗の接合部の不自然さを見逃したなんてありえない」

「クレアは夜のパーティに遅れないよう急いでた。しかも、夜明けまえからずっと運転しどおしだった。ひょっとしたら確認しないで急いで車に積んだのかも……」

「ジェイニー、きみなら見たいと思わないかい？　可愛い我が子を。きちんと組み立てられて目いっぱいおめかしした姿を」

「ミセス・ウィール」オーがこんなに大きな声を出すのを聞いたのははじめてだった。

「ごめんなさい」ジェーンは携帯電話に向かって言った。「ティムとの話に夢中になってしまって」

「わたしはまだなにかを聞き逃しているようですね」とオー。

もちろん彼はなにかを——いや、あらゆることを——聞き逃している。オーの妻は見るチャンスをほんとうに逃したか、故意に偽物をホーラス・カトラーにつかませたのかのどちらかなのだ。どうしたらそのことを、中立的な仮説に基づいた疑問、または感想のようにオーに伝えられるだろう。

「新聞を見て、〈キャンベル&ラサール〉でおこなわれている仕事を調査する必要があるわ。情報蒐集よ」

「ちくしょう、鍵が」これはかならずしも受話器に向かって発せられたのではなかった。

「え？」オーが汚い言葉を口にするのを聞いたのははじめてかもしれない。〝ちくしょう〟は一応汚い言葉よね？

「……うっかり見逃していた《ミッシング》」とオー。

「ごめんなさいね。ティムとなにを話してたのか、あなたにも詳しく教えるから」

「いや、ちがいます、ミセス・ウィール。今のは家内のことで」とオー。「大いにありうることだ。ああ、ちくしょうめ」

「オー刑事？」

「家内と車が消えてしまったんです、ミセス・ウィール」オーはそこで、ふだんの非の打ち所のない礼儀を思い出したようだった。「のちほど電話をかけなおしてもよろしいでしょうか？」

「わたしは今しか電話できそうにないからかけたんだけど」携帯電話はすでにジェーンの手のなかで沈黙していた。クレアがあの箪笥の問題点に気づいていなかったという可能性は捨てきれないが、もし、そうじゃなかったら？　彼女が偽物を本物に見せようとしていたとしたら？

「ティム、もしかしたらクレアはあの箪笥がよくできた古い箪笥だとわかっていたのかもしれない。つまり、よくできたというのは、だれかに継ぎ接《は》ぎさせて……」

「〝わたしたち〈キャンベル&ラサール〉〟は継ぎ接ぎはしないだろう……」

「リックは彫刻師でもあるんでしょ？　彼は彫刻もこなすとロクサーヌだかミッキーだかが言ってなかった？　ひょっとしたらリックがなにか……」

「オーが言ったことを聞かなかったのか？　一件落着だよ」

ジェーンは小さなキャビンの室内を見まわした。ゴージャスな木の床、鉄のベッドの側面に掛けられた小さめのハンドフックト・ラグ（ラグラグの別称）。羽根入りマットレスに羽毛の掛け布団、ふっくらとした枕が数個。狭いながらも設備は完全に整ったバスルーム。壁の低い位置に一列に取り付けられた掛け釘には大判の白いタオルが掛けられ、手作りの大きな石鹸がひとつ、太い撚り糸に通されている。可愛らしい暖炉まであって、テラコッタの張り出し部分に置かれた真鍮《しんちゅう》のバケツには焚きつけの木切れがはいっている。もっとロマンチックな明かりが必要なときのためか、オークの炉棚にはまるっこい蜜蠟のキャンドルが並べられている。

「まるでハネムーンの人気スポットね」ジェーンはやれやれというように首を振った。

「お隣さんとこれだけ接近してると生活様式に支障をきたす人もいるかもしれないけど」

木の網戸の外に目をやると、小さなポーチに揺り椅子が三脚と木の安楽椅子が一脚置かれていた。そのポーチを挟んだ向こうにもまったく同じ網戸があり、ジェーンのキャビンと瓜ふたつのキャビンに通じている。ぼくの部屋もチャーミングなことではひけを取らないとテイムは請け合った。

「ディテールは彼らのトレードマークなんだ。撚り糸に通したあの石鹸は〈キャンベル&ラサール〉学校の工芸プロジェクトの課題作品といったところだろう。ここはクソい大麻の栽培までやってるしね」

「いつから〝クソい〟なんて言葉を使いはじめたのよ?」

「きみが使いはじめたときから。というか、ニックが歌ってるラップの歌詞がどうのこうのときみが言ったときから。歌ってるんだろ、ラップに合わせて? いや、ラップに合わせて高速喋りをしてるのか」

「今なんて言った?」ジェーンは尋ねた。

「おいらの名前はティミー・L、言いたいことがチョットある」ティムは精いっぱい悪ガキぶった作り声で歌いだした。

「もっとまえ。なぜ一件落着なんて言ったの?」

「元デカの妻がずらかった/偽の箪笥と知っていた/おまけに銃まで持っていた」ティムはラップの振りもつけようとしてるらしいが、害虫にでも刺されたようにしか見えない。

「うるさい。そんな単純な話じゃないわよ」

「じゃあ、それを聞こう。きみが話を複雑にするのを聞かせてもらおう」

「わたしたちが今、話題にしてるのはクレア・オーよ。評判の高いディーラーなのよ。偽物だとわかってたなら、いくらそれがよくできていようと、どうしてホーラス・カトラーにつかませたりするの？　そこが問題よ。かりに魔が差したんだとしたら、なぜお客に売りつけなかったの？　頭から信用して代金を支払ってくれ、真贋《しんがん》に疑問を挟んだりすることが万にひとつもない素人に。もっと重要なのは、なぜそれを、優れた木工師たちの大学たる〈キャンベル&ラサール〉に持ちこんで通過させるなんていう手間も費用もかかることをわざわざしたのかってこと。べつの箪笥をそれの代わりにするためだけに。そんなのシカゴのだれかにやらせればすむことよ。修復をして彼女が出すいくつかの注文に応じるぐらい、やれる人間はいるはずだわ。期限の問題があるにせよ」

ジェーンはベッドに腰掛けた。ベリンダの本の第三章にあった〝最重要課題・荷造りの挑戦〟を受け入れ、この遠征には六種類の物しかバッグに詰めてこなかった。そういうわけで、早くも可愛い小さなキャビンでゆったりと腰を落ち着けられた。

「クレアはここで箪笥を引き取り、ホーラスの店へ持っていった。それから、帰宅してシャワーを浴び、着替えをし、時間どおりにアンティーク・ショーの会場に着いた。ほかの場所に立ち寄る時間はなかった。箪笥を交換したり、あんな大きな家具をどこかに隠したりする時間は。それももうひとつの重要なことよ」ジェーンはベッドで跳ねはじめた。「クレアの運転する車にはほかにだれも乗ってなかった。彼女ひとりじゃ、あの箪笥になにかしようにもできなかったはず。だれであれ、あんな重い家具をひとりで動かすのは無理だった」

「査定額はいくらだったんだろう？　彼女はあれをいくらでホーラスに売ったのかな？　偽物と知った彼はいくらの賠償請求をしたんだろう？」とティム。

ジェーンはかぶりを振った。

「ウェストマンのひまわり簞笥は精密科学の製品じゃないのよ。市場に出まわったことすら一度もない。残ってるとしても、せいぜい博物館に一点か二点か──」

ティムは電卓を瞼《まぶた》に浮かべて計算しているようだった。「──そういうアーリー・アメリカンの稀少な作品は噂が先行すると二千ドルぐらいの値がつくかもしれない」

「今、わたしの頭を一番悩ませてるのがなんだかわかる？」

「パジャマを持ってこなかったことか？」とティム。

「ベリンダのお許しが出た六点のなかにパジャマを入れられなかったのよね。このセーターは絶対にはずせなかったし、シルクの肌着は着てきた。シルクのほうがよく眠れるから。じつは何枚も重ね着してるの。重ね着についてはベリンダはなにも……」

「そういう細部は割愛して、きみの頭を一番悩ませてるのがなにかを早く言ってほしいね」

「うん、ネクタイ」

「きみがアルツハイマーを発症した場合、ぼくはどうやって見分ければいいんだろ。点と点を結ぶのをやめたときに、それとわかる方法を教えておいてくれないか？」ティムは降参だというように両手を投げ出した。

「クレア・オーには今まで一度も会ったことがなかったのに、わたしは彼女が好きだった。それは彼女がオー刑事に買ってくるあのネクタイのせいなの。あんたも知ってるでしょ、ボウリングのピンや、〈ドクター・ペッパー〉の瓶の絵柄のあのネクタイ。クレアはオー刑事のためにああいう珍しいヴィンテージのネクタイをセールで見つけてくるの」

ティムはうなずいた。

「そのことが、クレアがどんな女性か、どういう種類の人間かを知る手がかりをわたしに与えてくれた。本人に会ったらもっと好きになるだろうと思ってた。ちょっぴり嫉妬もあったかもしれないけど。ピッカーの食物連鎖の順位では、だれが見たって彼女のほうがずっと上のほうにいるんだから。それでも、ユーモアのセンスがある女《ひと》だろうと思ってた。斬新というか奇抜というか……そういう起伏に富んだセンスの持ち主にちがいないと」

「ところが、会ってみたら、平べったかったわけか」とティム。

「そう、パンケーキほどにも。よくいるディーラー・タイプの平凡な気取り屋で……」

「要するに、ホーラス・カトラーと同類だったんだな。彼も鼻持ちならないやつだったから、アイオワかどこかの出身なのに似非《えせ》オックスフォード訛りで喋るような」

「本物のクレアに会ったという実感がまだないの。なにかが彼女に起こってて、それが夫すらも混乱させてるという感じで。きっとなにか……」キャビンのドアをノックする控えめな音が聞こえたので、ジェーンは口をつぐんだ。

ティータイムが始まるまえの〝集合〟の際に自己紹介をした、しわくちゃの私服姿の警察官が戸口から顔を覗かせた。「ああ、おふたりともここでしたか。よかった」マーケル巡査部長は言った。「時間がかかってすみませんね。やっとあなたの番です」

「事情聴取ならティータイムのまえに受けたけど」とジェーン。

「ええ、はい。それはわかってますが、もう二、三、お訊きしたいことがあって。はっきりしない部分がいくつかあるんですよ」

ジェーンはうなずいた。警察の捜査に関して知り尽くしているわけではないが、刑事が〝はっきりしない部分〟という場合の意味はわかっている。今やそのあたりは事実上の専門分野と称しても過言ではないくらいだ。

「ミセス・ウィール、あなたが〈キャンベル&ラサール〉へ来た理由はなんだと言いましたっけ？」

「言ってないわ。訊かれなかったから。でも、喜んでお話しするわよ。ティムがここに何点か家具をあずけてるの。彼は目下わたしにアンティーク・ビジネスを仕込んでるところで、すばらしい家具がよみがえる現場をそろそろ見せてやろうと考えたわけ」

「だが、運悪く、あなたはミスター・ムーアを発見することになってしまった」

ジェーンはティムに目をやった。遅かれ早かれこういうことになるとは思っていた。午後のお茶を愉しんだ罰をこれから与えられるのだろう。自分には死体を発見する才能があるということはもはや認めざるをえないようだ。ベークライトに〈マッコイ〉の植木鉢に、死体――これも事実上の専門分野なのかも。

「ええ」ジェーンは認めた。「わたしもそのことについてお訊きしたかったの。ミスター・ムーアが溺れた状況は正確にわかってるんですか？」

「溺れた？　だれがそう言いました？」

「あなたが。さっきロッジで言ったでしょ。わたしが見つけたときの彼は小川に俯せに倒れてたのに」

「ふうむ」とマーケル。「なるほど。その暖炉はちゃんと使えるんですかね？」

「と思うけど」この刑事は本気で聴取する気があるのだろうかと疑念が芽生えた。招待客用のキャビンの室内を見たいだけなんじゃない？

「ミスター・ムーアは溺死と見受けられます、ええ」マーケルの視線は相変わらず室内をさまよっている。

「彼は化学薬品のようなものを取り扱ってたの？　それが原因でなにかが……」ジェーンは途中で口をつぐんだ。

「もう一度お話を伺う必要が出てきたら、ここへ来ればよいでしょうか？　今日はこちらに泊まるんですよね？」

「ブレイクはぼくたちに問題がなければ、そうしてかまわないと言ってましたけど」ティムが答えた。

「で、あなたにはなにも問題はないんですね？」マーケルはジェーンを見据えた。「男性の死体を発見してしまったけれども」

「なんなんだ、あれ？」マーケルがポーチのステップを降りる音が聞こえ、闇のなかに消えたとわかると、ティムは言った。

「あの刑事はきみがあの男を溺れさせたとでも思ってるのか？」

ジェーンも皮膚が粟立つような薄気味悪さを感じずにはいられなかった。マーケルはなにかを探してこのキャビンに来たらしい。そういう言葉を漏らしたわけではないが、なにも見逃すまいとしていたのはたしかだ。でも、マーケルがだれかを疑っているとしたら、疑われるのは当然のごとくわたしってことになるの？　クレア・オーはホーラス・カトラーの死体を発見し、ジェーン・ウィールはリック・ムーアの死体を発見した。クレアはリック・ムーアを知っていた。ゆえに……このあとに続く固有名詞がない。なにも見つからない。だが、頭の上に蜘蛛の糸のようなものが吐かれつつあり、それが自分たちを巻きこもうとしているのが感じられる。

その夜に執りおこなわれるリック・ムーアの追悼式だか彼の人生を称える会だか、マーティーンが予定している儀式にジェーンが着ていこうとした服に、ティムは毎度のことながら難色を示した。が、ほかに選択肢はないのだから、ジーンズと黒いセーターで間に合わせるしかなかった。機能性に優れ、着やすければいいというジェーン自身のシンプルな好みに、荷造りにおけるベリンダ指定の条件を掛け合わせると、選択肢はおのずと絞られた。

「こんな事態をだれが予測する？　追悼式があるだなんて知ってた人がどこにいる？」

「さあね。でも、ここの連中はみんなそれを平然と受け止めてるように見える。マーティーンも、ぼくがデザートテーブルへ行ったときにはもう式の予定を立てていたし」

「そうなのよ、みんなやけに冷静に見えた。たぶんミッキー以外は。彼は少し動揺してたから。クレアの反応をどう思う？」

「反応？」

「彼女はリック・ムーアを知ってると言ってた。かりにわたしが、あんたの知り合いが亡くなったと伝えたら、なんて言う？」

「まさかそんな。なにがあった？　どうして彼が死ぬなんてことに？」

「そう。ふつうはそう言う。だけど、もし……」

「あ、くそ、このシャツ、染みがついてる。隣のキャビンへひとっ走りして着替えてくるよ。すぐに戻る」

ジェーンはうなずいた。どのみち、考えていることを最後まで声に出して言いたくなかったから。だが、心のなかで先を続けた。そう。だけど、もし、そのことをすでに知ってたら、そうは言わないわよね。

7

ディナーパーティのセンターテーブルの向こうを見ようと首を長く伸ばしたあとで、ついにわたしは、それを移動させていただけないかと願い出ました。ほかのお客の姿が見えないばかりか、彼らの言葉さえ聞こえなかったからです。そのテーブルの上に存在する〝物〟たちの生み出す不協和音が、部屋のなかでわたしたちが交わす意味ある会話をことごとくかき消していました。いやはや、そのテーブルひとつのために……。

ベリンダ・セント・ジャーメイン
『詰めこみすぎ』より

懐中電灯をバッグに入れたままにしておいてよかった。最初はこれもベリンダ・セント・ジャーメインが〝消耗品〟と呼ぶ物に分類されると考えていた。じつはバッグから取り除いた物はまだなにもない。あとから足した物はいくつもあるけれど。〈キャンベル&ラサール〉のパンフレット、地図、ここへ来る途中ティムと立ち寄った、道路沿いのレストランの大判の紙ナプキン数枚、ベリンダ・セント・ジャーメイン監修の学習帳。これは、ベリンダいわく〝今まであなたが営んできた複合的生活から差し引くことができる〟と思われる物を記録しておくための帳面。ジェーンはあらためてベリンダのことを思い出していた。この懐中電灯は最初は車のなかにあったのを持ってきたのだ。おかげでバッグは出発まえよりだいぶ重くなったが、性能のいい懐中電灯は持ち運びの手間をかけるに値するということを、ジェーンは少なからぬキャンプの経験から学んでいた。

　懐中電灯で行く手を照らすと、ティムが声をあげて笑った。

「さすがだ、ナンシー・ドルー、芸が細かい！」

「あのね、ベス（少女探偵ナンシー・ドルーの相棒）、わたしはこんなところで首の骨を折りたくないだけ。この大草原のささやかな明かりは――この際、呼び名はどうでもいいわね――ロマンチックなだけで、満足に足もとを照らしてくれないの。歩きにくいったらありゃしない」

　小径を照らす薄暗く小さな明かりは闇に沈む周囲の風景に溶けこんでいた。星が空に描く風景をよく見るためにできるだけ照明を減らそうという考え方なのだとティムは説明した。たしかに夜空の眺めはすばらしい。空気は澄みきって、シカゴのスカイラインのぼんやりとした輝きすらここまでは届いていない。ジェーンはこんなにはっきりと星座を見たのははじめてだ。

「あそこのキャビンで生活してるのはだれだか知ってる？」ジェーンはティムに訊いた。

　ティムは首を横に振った。「ぼくもそこまでは詳しくないんだ。ここにだれが住んでるかはだいたい知ってるけど、だれがどのキャビンかってことまではね」

「じゃあ手始めに、〝だれ〟から教えて」

「なんで？」

「なにがなんで？」

「なんでだれなんだ？」あきらかにティムは大昔のアボットとコステロのコントもどきの不毛な会話を愉しんでいる。

「ウェストマンの箪笥――真贋はともかく――のことをさっきから考えてるのよ。さしあたり、クレア・オーがここへ持ちこんだときにはそれは本物で、彼女が受け取ったときにも一見したところ本物に見えたという仮定で話を進めさせて。クレアはアンティーク・ショーに間に合うように急いでたから、よく調べずにホーラス・カトラーに届けた。とすると、ここのだれかがすり替えた可能性が出てくるでしょ。ウェストマンの箪笥なら実際に大儲けできるわけだから。ここは終日、家具を積んだトラックが出入りしてる。家具の一点を出し入れするチャンスはいくらでもあった。午後の例の静かな時間にはさながら墓地のごとくひっそりしてたはず」

「文字どおり墓場になっちゃったしな」

「だから、だれかが箪笥をすり替えようと思えば、クレア・オーに偽の箪笥を渡そうと思えば、いくらでもチャンスはあった」

「チャンスはあったかもしれないけど、動機は？　骨董家具を偽造するやつの目的は金だ。〈キャンベル＆ラサール〉の人間が金だけを目的にウェストマンの箪笥を世間の目に触れさせないまま売り飛ばしたりするかな？　大金を稼ぎたいならオークションにかけるという手もあるし、そのほうが話題にもなる。もっとも、そこでクレア・オーとホーラス・カトラーが名乗り出て騒ぎになれば、その時点でゲームセットだけど」

ふたりはロッジの入り口まで来ていた。ジェーンはティムの説に納得がいかなかった。ウエストマンの簞笥を個人的に欲しがる蒐集家がいれば、ゲームセットにはならない。ダイヤル錠のついた金庫があれば、手に入れた物を人目に触れさせずにしまいこんでおくことを厭《いと》わない人たちがいるのも知っている。そうした故買によって人の手から手へ渡り、ひそかに保管され、持ち主がひそかに鑑賞している芸術品も存在するのではないだろうか。彼らが作品を展示できないのは、それが盗品であると業界のだれもが知っているからだが、ある種の人たちにとっては、たとえ自分の目に触れるだけでも所有する価値のある絵画が存在するのでは？

そう考えると〈キャンベル＆ラサール〉がすり替えをおこなう可能性もないとはいえない。でも、なぜそれがホーラス・カトラー殺しにつながるのか？　彼はすでに簞笥が偽物だと騒いでいたのだから、今さら彼を殺しても口をふさいだことにはならない。〈キャンベル＆ラサール〉の何者かは当面すり替えの事実を隠しておきたかっただろうが、ホーラスが公の場で糾弾したのは〈キャンベル＆ラサール〉ではなかった。彼はクレア・オーが自分を騙したと糾弾したのだ。となると、クレア・オーは自分が〈キャンベル＆ラサール〉へ持ちこんだ簞笥と〈キャンベル＆ラサール〉から受け取った簞笥が別物であることを証明しなければならないだろう。そう指摘し、ひと騒動を起こしたかったはずだ。もう一度オーの自宅に電話して、クレアが戻ってきているかどうかを確かめなくては。クレアに訊きたい。ウェストマンの箪笥が〈キャンベル＆ラサール〉に持ちこまれたことを知っている人間がほかにいないのか？　もっというなら、あの箪笥のことを知っている人間はホーラス・カトラーのほかにはだれもいなかったのか？　そして、クレアは〈キャンベル＆ラサール〉のだれがあの箪笥を担当したかを知っていたのか？

ジェーンとティムが到着したときには、グレイトルームは早くも人があふれんばかりだった。石造りの暖炉のまえにマーティーンが立っている。あの豊かな長い髪をポニーテイルにして三つ編みで巻き、頭の高い位置から垂らしていた。一ダースのキャンドルを背にした彼女の姿は、今夜の生け贄《にえ》を告知しようとしている巫女のように見えた。ミッキーは今まさに始まらんとしている神話じみたパフォーマンスには関心がないとみえ、クルミ材の特大サイズのサイドボードから勝手にスコッチを取り出そうとしていた。だが、ブレイクを見かけるとすぐにその瓶を置き、部屋を横切ってブレイクのそばへ行った。ジェーンはその様子を注意深く見守った。ミッキーが話を始めるとブレイクは、絵の具が飛び散ったように見える献立カードを手持ち無沙汰に振りながら、彼のほうを見ていた。が、見るというよりは探ろうとしているような目つきだ。ミッキーのほうはブレイクの関心を惹くためならいつでも彼のまえでダンスを始められる、なんなら両手を振りまわしてもみせるというふうだった。

ティムはジェーンの肘を取り、ジェーンと面識がない〈キャンベル＆ラサール〉の招待客やスタッフがひと塊になっているところへエスコートした。その一団の中心にいるのがグレン・ラサールだった。

「あなたの〈キャンベル&ラサール〉訪問の初日とリックの悲劇的な事故が重なるとは、ほんとうに残念でならないよ」とグレンは言った。

ジェーンは同意のうなずきを返した。だんだんベテランの域にはいってきた死体の第一発見者としてのエチケットに則《のっと》れば、同意のうなずきによってすべてが丸く収まると心得ているから。もしかしたら、これを自分の得意分野としてベリンダ・セント・ジャーメインのように本を書けるのではないかしら。タイトルは『人が息をしていないというニュースを人に伝える法』。どうしてこんなに不謹慎な気持ちになってしまうのだろう。芝居がかった深刻な顔をしたマーティーンに対する反感の表れ？　彼女はここにいる人たちを代表しているらしいが、周囲のだれひとりリック・ムーアの死を悼んでいるようには見えない。彼らはただ、リックの事故がここで――それも静かな時間に――起きたために困惑しているだけのように見える。故人には真の友もひとりの家族もいなかったのかしら。

「グレン」ジェーンが声をかけたのと、グレンがその場を離れようとしたのはほとんど同時だった。「ここにはリックの友達はいなかったの？」

「友達？」グレンは訊き返し、首を横に振った。「わたしたちは」彼はふと言いよどんだ。決まり文句の〝わたしたち〈キャンベル&ラサール〉は〟と言いなおすにちがいないとジェーンは思った。「わたしたちは全員アーティストだから、互いのプライヴァシーを尊重しているんだ。リックは自分の担当する作品に没頭していた。つまり、わたしたちの仕事と、みずからの工芸《クラフト》の向上に。彼はブレイクの木工場にある図書室で長い時間を過ごしていた。博士号《PhD》を取得するために勉強しているのかと思うほどだった。わたしたちはひとつの家族だったんだよ……」グレンはそう言ってから肩をすくめ、小さく微笑んでみせた。「でも、ほんとうに互いのことを知っていたんだろうかと今は思うけれども。たいていの家族もそうなのかもしれないが。今の質問に対してはノーと答えざるをえないだろうね」

グレンが立ち去ると、がだれだったのかは教えていただけなかったわ」

「〝わたしたち〈キャンベル&ラサール〉〟は友達をつくらない。わたしたちの友達は工程表だ。ただし、ベッドメイトはたくさんいる。しかも、組み合わせがいっぷう変わってる。たとえば、マーティーンはグレンとブレイクの両方のベッドメイトだ。ロクサーヌは、本人の口からきみも聞いたとおり、十何回もブレイクと婚約した。ミッキーの相手は、ぼくの勘では、あそこにいるテキスタル・アーティストのアニーだな。といっても、アニーがマーティーンと寝てないときだけ。今のところアニーは貞操を守ってるのかな？　いや、そんなやつはここにはいないな。この意味がわかればだけど。木工師のジェフとジェイクはここの古株中の古株でいつも一緒。ふたりとももとは腕のいい大工だった。敷地内のキャビンはほとんどあのふたりで建てたんだ。最初のころの複合家族の時代にはキャビンなんかなかったのさ。そんなふたり組も周囲に感化されて今や修復や復元の腕前も名人級。特上の顧客のための注文家具もふたりで手がけてるけど、自分たちの巣に閉じこもって、アーティスト《レ・ザルティスト》というよりはむしろ働きバチさ」

「あそこでやけに目立ってる人は？」ジェーンが尋ねたのは、サイドボードのそばでミッキーと話している、カフタン風の丈の長い流れるような衣をまとった長身の男のことだった。

「ああいう特殊な衣装を着こなせる男性はそう多くはいないと思うけど、あの人は例外ね」

「シルヴァー。一語の名前。マドンナとかシェールとか……」

「チャロ（七〇年代に舌足らずな英語と巨乳で人気を博したスペイン出身の歌手）とか？」

「やっぱり歳は隠せない。ポップカルチャーの話をすると育った年代がわかる。でも、うん、チャロもそうだね。シルヴァーは十年ぐらいまえに文芸誌『イエス《YES》』を創刊した。以来、彼を信奉する読者たちは彼がカフタンを脱ぐことを許してくれない」

「それほんとの話？　文芸誌の発行で食べていける人なんているの？」

「カフタンを着た発行者ひとりだけなら。経費はゼロだから。彼の生活の場はほとんどどこか、ほかにもある作家のコロニーだから。ほうぼうの助成金を受けて、ほうぼうの学びの場で詩人として活動してる。芸術系の小規模なカレッジに非常勤の働き口があるのさ。一度、彼の活動の全容を聞かせてもらったよ、〈キャンベル＆ラサール〉の上等なブランデーを傾けながら。シルヴァーはここの招待客のなかでも別格で、彼の存在がパーティやイベントに気品を添えてる。彼の詩はこの十年間に何度も州の芸術評議会の賞を獲ったしね。文学界の輪の内側にぎりぎりはいれる知名度はある。でも、純度が損なわれるほどの知名度はないという御仁だ」

「その彼もここのだれかのベッドメイトなの？」

「マーティーンとはときどき服を貸し合う仲のようだけど、彼はほんとうに孤独が好きなんだと思うな。神秘性を保つための表面的人格《ペルソナ》と最小限の欲求をつねに満たすための負荷をあえて選んでるんだろうよ」

「なにか飲むかい？　そろそろマーティーンの長い演説が始まりそうだけど」右手のうしろで低い声がした。振り向くと、茶色の巻き毛のハンサムな男がけだるい笑みを浮かべて立っていた。茶色の目がジェーンの目をじっと覗きこんでいる。男は自己紹介をした。

「おれはスコット・テイラー。テイラーはお針子のスペルと同じく」

ジェーンは握手に応じた。

「やあ、スコット、午後はここにいなかったじゃないか」ティムはスコットに会えたのが本心から嬉しそうだ。

「この二日ばかり筆探しに出かけてて、今夜のディナーに間に合うように帰ってきたんだ。そうしたらリックのことを聞いた」スコットが首を横に振ったので、ジェーンはなにか慰めの言葉をかけなくてはという気にさせられた。で、ジェーンの「悲しい出来事だったわね」と、スコットの「大馬鹿野郎だ」がぶつかった。

「なんですって？」

「そもそも、窓はかならず開けておけと日ごろからみんなに言ってる。かならず開けておけと、なにがあろうとも。なのに、あの大馬鹿野郎ときたら。昨日今日仕上げ剤を使いだした新参じゃあるまいし。あれをまともに吸いこんだら命の危険があるってことぐらい、わかってたはずなんだ。アンモニア・テントのなかで作業をするなら、なおさらだ」

今度はジェーンが首を横に振った。

「木材を扱う手法のひとつなのさ。〝アーツ&クラフツ〟の時代からの。アンモニア・テントを張り、そのなかで家具を治して、しかるべき色を見つけるのは。しょっちゅう用いる手法じゃないが」

「今、大家族〈キャンベル&ラサール〉についてジェーンに説明してたところなんだけど、きみは不機嫌な義兄役で登場かな？　リックに対して同情の余地はまったくない？」ティムはスコットに言った。

「いや、すまん。だが、それにしてもさ。あいつはもう何年もここに出入りしてるんだぜ、子犬みたいにブレイクのあとを追っかけて。くそ、ブレイクが急に足を止めようものなら、リックの姿は消えてる。地面に鼻づらを……」

「つまり、彼はもっと分別を働かせるべきだったということ？」とジェーンは訊いた。

「彼なりの分別を働かせたさ。だから、小川へ行って溺れた。マーティーンがここに住みこんでるときに。彼女はこういうチャンスの到来を今か今かと待ち受けてるんだ。ライフコーチだかなんだかわけのわからんものになるための訓練を積んで。こういう非常事態の対処はお手の物さ。去年は依存症のカウンセリングの勉強をしてたっけ。もっとも、本人に言わせれば、カウンセリングは規制がありすぎるし、自分にはそれよりもっとたくさんできることがあるんだそうだ」スコットはグラスの中身を飲み干し、おかわりをついだ。「冗談で言ってるんじゃないぜ。きみも一杯やりなよ。なにしろ彼女は汎用にして三重の脅威だからね。人は彼女から逃れるためになにかに依存する。そうなるように彼女が仕向ける。そうしておいてから、つぎに、そいつを追いつめて、その依存症から克服するためのカウンセリングを授ける。最後は、そこから抜け出すための指導《コーチ》をして、そいつの人生を生き地獄にしちまう」

「そんなに恐ろしい人がどうしてここで高い地位についてるの？」

「ハニー、世のなかは二十一世紀なのかもしれないが、ここにいる連中はいまだにコミューン暮らしをしてるオールド・ヒッピー集団なのさ。彼女はベッドでもすごいぞ」

スコットは目配せをすると、足置きがまえに置かれた張りぐるみの椅子へ向かい、ゆったりと腰をおろして足をあずけた。クッションのなかにもぐりこむような格好をして、鷹揚《おうよう》な笑みを浮かべながら、部屋の一番まえを食い入るように見つめた。両腕を高く差し上げたマーティーンが歓待の言葉を述べはじめている。

ティムはサイドボードのそばに置かれた椅子に座るようジェーンをうながす一方、すばやい動作でタンブラーふたつの氷の上から〈グレイグース〉をついだ。オリーヴを浮かべ、ジュースをほんの少し足してから、その特製ダーティー・マティーニをジェーンに手渡した。目の隅でちらりとジェーンを見たスコットは賛同するようにうなずき、ふたりに向けて自分のグラスを軽くかかげてみせた。

「彼とは親しいの？」ジェーンはティムに訊いた。

「ああ、なかなかの男だよ。憂鬱なピエロの役に徹してる。たぶん彼はロクサーヌを愛してるんだろう。でも、スコアカードなしじゃ名乗りをあげられない。ロクサーヌの目はブレイクとこの〈キャンベル&ラサール〉しか見てないからね。スコットは才能あふれる画家なんだ」

「おお、我が友よ、我が友なる旅人よ、喜びと苦しみが棲むこの人間の世界に集いし人々よ、沈黙を分かち合いましょう。わたしたちの望みと願いがそこに浮かび、この下界の小径の上にある世界へ流れこむことができるように。わたしたちの友人、リックは今、そこからわたしたちを見つめています」

マーティーンはこうした言葉を、詩を吟《ぎん》ずるような朗々たる声で繰り出した。ジェーンがチャーリーにつきあって、文学系アーティストを招いた大学の催しに参加したときに聞いた詩人の朗読の調子と似ていなくもない。

「わたしたちはみなリックを知り、彼を愛していました。寡黙な男性、優れた工匠《クラフツマン》、意志強固な研究者であった彼の魂《スピリット》がわたしたち〈キャンベル&ラサール〉にとどまり、わたしたちとともにあることを、わたしたちを励まし、導いてくれることを願いましょう……」マーティーンは顔を上げて目をつぶり、両腕を聴衆に向けて差し出した。

「どれにしようかな、神さまの言うとおり、ってスピリットたちが言いだしそうだな」ティムはヘラジカのブルウィンクル（六〇年代の人気アニメのキャラクター）の声色で耳打ちした。

ジェーンはぷっと噴き出し、その拍子にグラスのなかで氷が跳ねた。

マーティーンはジェーンをまっすぐに見つめ、突如、事務的な口調になった。

「それはいい考えですね」まだ視線を据えたままだ。

えっ、わたし？

びっくりして振り返った。マーティーンに合図を送っている人がうしろにいるのかと思ったのだが、残念ながら、いなかった。マーティーンが見つめているのはやっぱりわたしらしい。

「今夜は全員が語らなければなりません。リックにまつわる逸話や思い出をみんなで語り合い、彼とともに過ごしましょう。ジェーンは、〈キャンベル&ラサール〉の一番新しい招待客、つまり、一番最後にここへやってきた人です。そのジェーンが、悲しいことに、この世に存在したリックを最後に見ると同時に、永遠のスピリットの仲間入りをしたリックの姿を最初に見るという経験をすることになりました。さあ、どうぞ、話してください」

マーティーンはふたたび両腕を差し出した。今回はジェーンに懇願するように。

つま先からじわじわと熱くなるのがわかった。なんなの、この女《ひと》？　まるで七年生のときの担任教師の再来じゃないの。ティムがこそっと耳打ちした悪口や冗談に噴き出しただけなのに、いつもかならずわたしを名指ししては意見を述べろと命じ、まごつかせたあの女教師の。

ジェーンは真顔で魂をこめて、首を横に振った。ショックのあまり話すことなどできないというメッセージが伝わるように。が、マーティーンの鷲のような鋭い目はジェーンをつらぬかんばかりだ。鉤爪《かぎ》で首を囲い、体を空中に持ち上げるまで放してくれそうにない。こちらは自然界のドキュメンタリー番組でよく見る子兎も同然、いともたやすく餌食となり、いともたやすく山の頂から落とされる運命なのだ。

咳払いをしてから、大袈裟に両手を上げてみせた。と、上等のウォッカがジーンズにこぼれたことに気がついた。おまけに、なんたること、オリーヴがひとつ足首のところまで転がり落ちている。十メートルほど離れたところに立っていたマーティーンが、部屋のうしろへ向かって歩きだした。左右に座っている人の手を、視線を下げずにつかむと自然に人波が分かれ、彼女が進むための通路がつくられた。アニーとミッキーも、好むと好まざるとにかかわらず、今は手を差し上げてジェーンのほうに向けていた。

横目でティムを見ると、さも無邪気そうな期待に満ちた笑みをよこした。

「そう言われても、よくわからなかったわ。だって、彼はすでに……」と言いかけたところで、妙な震えを感じた。つぎの瞬間なにかが聞こえた。どうしよう、地震。とっさにそう思ったが、床が動いているとは思えない。サイドボードの上のグラス類も静止したままだ。震源が自分の胸ポケットであることにそこで気づいた。心臓発作は地震に勝るとも劣らぬ威力があるのだと一瞬思った。いや、地震以上かもしれないと。部屋にいる全員が固唾《かたず》を呑んで耳を澄ませている音をようやく聞き取ったのはそのときだった。

〝ジングルベル、ジングルベル、ジングル、オールザウェイ〟

携帯電話の電源を切っていなかったのだ。

思わず部屋を見まわした。ティムとスコットのふたりが声を殺し、肩をひくひく上下させて笑っている。ロクサーヌは顔をそむけるだけの礼儀をわきまえていた。ほかの人々は好奇心と恐怖の入り交じった目を向けている。

「この電話には出ないわけにはいかないの。なにがあっても電話には出ると息子と約束してるので。ちょっと失礼……」

立ち上がり、あとずさりで部屋から出た。携帯電話を胸のまえで武器のように構えながら。おまえら動くんじゃねえぞ。最初に動いたやつから一発お見舞いするぜ。昔のギャング映画の台詞の口真似を無声で自分に聞かせた。

グレイトルームからタイル張りの床の広い玄関ホールに出るとすぐ、携帯電話の画面を見た。電話をかけてきたのはニックではなくネリーだった。

「母さん、今話せないの。あとでかけなおす」と小声で言った。

「なんだって？」ネリーは叫んだ。「まだ運転してるのかい？」

「かけなおすってば」

「あんたは帰ってこなくてもいいからね。骨は折れちゃいないって医者が言ってるから」とネリー。「まあ、老いぼれの藪《やぶ》医者の言うことだけど」

「なんの話？」ジェーンも叫んだ。教会で会話するときのように声を落として喋らなければならないのをつい忘れて。

「あとでまたかける。父さんがいつもの番組を見ようとしてるから」

ジェーンはあんぐりと口を開けて突っ立っていた。うちの母さんはこの世に生きる人間の道筋から自分の意思ではずれ、怪しげなスピリットたちが漂う世界に迷いこんでいるのかもしれない。マーティーンは母さんのスピリットを呼び出したいのではないかしら。もはやまごついて、おたおたしている場合ではないと思いながら、窓の外に広がるミシガンの暗い夜を見やった。

左手にはまだ〈グレイグース〉の残りがはいったグラスを持っていたので、長いひと息でそれを飲み干した。全然効果なし。窓の外に見える風景は依然として完璧な静けさに包まれ、そこにいるものを完璧にジェーンの目に映していた。

両の眉をつり上げて爪の手入れも完璧な指を一本、唇に押しあて、窓の外からじっと覗きこんでいるのは、クレア・オーだった。

8

物を溜めこむことや、獲得することや、早々と消費することが人生だった過去のわたしは、森を切り開く孤独な開拓者のような気持ちになったものです。行く手に道筋はなく、目印となる地平線も見えず、迷いながらひとりぼっちでただ進んでいたのです。

ベリンダ・セント・ジャーメイン
『詰めこみすぎ』より

ブルース・オーはこの数カ月の妻の行動の変化をむろん察知していた。最初の変化は、妻が携帯電話の電源をいついかなるときも切らず、着信音が鳴ったら、どんなに電話が邪魔な状況であっても飛びつくように応答することだった。二番めの変化は、ノースウェスタン大学の卒業生という立場を利用して大学の図書館の本を借りるようになったことだった。重い大型本を自宅の仕事部屋に持ちこみ、毎晩何時間も読みふけっていた。三番めの変化は今にして思えば最もはっきりした現象だった。オーのヴィンテージ・ネクタイを買うのをぴたりとやめたのだ。

そのこと自体はヴィンテージ・ネクタイが出まわらなくなったという説明がつくかもしれない。クレアが行ったエステート・セールには布物がなかったという説明もできる。だが、クレアは未使用のヴィンテージ・ネクタイの柄や色をしつこいくらいにオーに見せていらいらさせることがなくなったばかりか、オーが型どおりの地味なネクタイを毎日締めていても気に留めなくなった。そういうありきたりな物を身につけるのはやめるべきだという主張も口にしなくなった。それどころか妻は彼を見ることすらなくなった。

クレアがクレアでなくなったのだ。そのことにブルース・オーは気づいていたが、妻の生活の個人的な部分を詮索するのはフェアでなく、どうしても一方的な判断をしてしまうだろうと感じていた。ふたりの結婚は互いのプライヴァシーを尊重するという暗黙の了解の上に成り立っており、ブルース・オーが毎日、仕事に出れば〝オー刑事〟になるように、クレアも毎日、職場ではアンティーク・ディーラーのクレア・ネルソンになっていたのだ。夫婦は毎晩、自宅で穏やかに夕食をともにした。それぞれその日の出来事をおもしろおかしく話したり、その感想を述べたりしたこともたまにはあったかもしれない。けれど、ふたりの口にのぼるのはたいてい社会情勢や哲学の話題、あるいは庭の植物の話、夏の休暇にふたりで旅行した各地の話題だった。ブルースは朝晩に瞑想し、クレアはヨガを日課としていた。傍目《はため》には、ふたりともあまりに静かすぎ、互いの生活にあまりに関わらなさすぎると映るかもしれない。が、ブルース・オーはそんなふうに感じたことは一度もなかった。夫婦のコミュニケーションには一点の曇りもなく、どちらかが求めずとも互いに対して敬意を払い、疑いもなく称賛を送り、批判はせずに興味を抱いた。

そう、クレアにはネクタイに対する病的なまでの執着がたしかにあった。いささか奇異ではあったけれども、ふたりのどちらもそのことを愉しんでいた。それが消えてしまうまでは。ブルース・オーはこの事態を夫婦関係のマイナス要素ととらえた。今は、ネクタイに対するクレアの執着こそが夫婦の親密さを維持するための不可欠な要素だったと気づいた。

ライムグリーンの円のなかに紫の四角が収まった図柄のネクタイではなく、ネイビーブルーとえび茶のストライプのネクタイを締めていくと言い張るつもりなら、あなたは世間をあっと驚かすことはできないわよ。鏡に映った夫の姿を肩越しに覗きこみながら、首を振り振りそんなふうに言うのをクレアがやめたときの彼の喪失感たるや、妻に浮気を告白されるのに勝るとも劣らなかった。そう、もっと注意を払うべきだった。妻はいつからネクタイに興味を示さなくなっていたのか？

さらに、当惑とともに興味を覚えるのは、なぜ自分は今、自分の身につける物にクレアが興味を失ったことを嘆いているのかということだった。今はそんなことより妻を取り巻く疑惑の暗雲に関心を寄せるべきであるのに。警察の取り調べでクレアが尋問されたのはホーラス・カトラー殺害に関してだけなのか？　今のこの状況は、夫にひとことの声もかけずに自宅から姿を消したいということなのか？　保釈の身で夫の保護下にある妻が自宅から消えたのだから、本来なら自分は怒り狂って妻を探しまわるべきではないのか？

いいや、怒りにまかせた行動は取らない。ブルース・オーは嘘偽りなくそう言えた。そういうやり方は自分の流儀ではない。彼はときどき書斎の机から窓の外の柳の木を見つめて答えが頭に浮かぶのを待つことがある。瞑想するのは答えのほうから近づいてこさせるためだなどと、もし警察の元同僚たちに言えば、比較的礼儀をわきまえた連中でも、彼がその場からいなくなるのを待ってげらげら笑い、東洋人のお辞儀を真似た腰を深く折る仕種をしてふざけ合うことだろう。しかし、彼の元同僚のほとんどは、怪しいと思えば隠そうとはしないはずだ。そうした警察の伝統的手法を自分は取らないというのではなく、きっと取っているにちがいないが、彼の場合は思考のほかのチャンネルにも心を開くのだ。

たとえば、今はクレアのネクタイ選びについてあれこれ思いを巡らすうちに、クレアが夫の服装を決める毎日の習慣をやめた日を特定できることに気がついた。あれは二カ月近くまえ、例のウェストマンの箪笥に巡り合ったレイク・フォレストのエステート・セールから逃げるようにして帰ってきた二日後だった。〝生涯に一度の掘り出し物〟と本人が称したあの家具がクレアの人生を乗っ取ってしまった。あれから妻はあの箪笥とその製作者であるとされるマシュー・ウェストマンの調査に没頭し、博物館の学芸員やアンティーク・ディーラーや歴史学者や鑑定人の話を聞くことに昼間の時間を費やした。夜は夜で、金具やだぼ釘や掛け釘、それにアーリー・アメリカンの抽斗の特徴であるさねはぎ継ぎ（一方の突起を他方の溝に差しこむ木工の接合法）の図解や写真を、大学の図書館から借りてきた大型本で熱心に確かめていた。

クレアの仕事部屋をドアの外から覗くと、苛立たしげに片足で床を打ちながら、ファックスの受信を待っているのが見えた。送られてきたファックスには木材の酸化のパターンが図解で説明してあった。その用紙をファックス機から引き抜くために立ち上がり、きれいに尖らせた鉛筆で歯を叩いていた。最後に「はあん!」とか「よし!」とか感嘆の声をあげると、廊下にいるオーに曖昧な笑みをよこして彼のまえを素通りした。

あんな調子では夫の締めているネクタイが目に留まるはずがない。この二カ月、彼女は夫の名前すら思い出せなかったのではないだろうか。同居している男の名前を尋ねられたら、当然のようにマシュー・ウェストマンと答えたかもしれない。クレアの関心はもはやその男にしかそそがれていなかったから。

ブルース・オーは静かに机について窓の外の柳を眺めるのをやめ、パズルのピースを収まるべき場所に収めようとしていた。柄にもなく家のなかを歩きまわってから、今、ライバルの最高傑作のまえで足を止めた。

抽斗に残されたそのひまわりの彫刻の話をクレアがしたとき、じっと見つめるジェーン・ウィールの様子をオーは観察していた。ミセス・ウィールの目に広がった欲望を彼は見逃さなかった。彼女もまた、あの彫刻に触れたがっていた。名匠の作品をその手で感じたいと願っていた。ふたりの女はこの木の家具になにを見たのだろう? なにを感じ取ったのだろう?

大学時代に美術史を学んだ妻は今や辣腕のビジネスウーマンだ。その妻がこの箪笥を自分の職業人生を決定づけるほどの、生涯に一度の掘り出し物と見なしているのはわかっているが、ミセス・ウィールなら、この木の家具のぬくもりや感触を、あるいは、こういう物を作り出す情熱や、この箪笥が目撃してきた人々の生活を熱く語るだろう。そこがミセス・ウィールならではの思考であり、あのふたりの異なるところだ。クレアは人の暮らしのなかに置くのにふさわしい物を見つけようとする。一方のミセス・ウィールは、気の毒にも、生命のない物の一生を創造することに夢中だ。

それを自分もやってみようとオーは思った。このひまわりに触れ、ひまわりが感じてきたことを感じてみようと。まず、右側の一番上の抽斗に彫られたひまわりの花に右手をあててみた。木を彫られてできた茎や葉の盛り上がりに沿って箪笥の側面を撫でおろした。もしかしたら、もうわかりかけているのかもしれない。なにか奇妙な感じがしはじめたから。波が打ち寄せてくる。これまでついぞ感じたことのない感覚だ。この不思議な感覚はいったいなんだろう。馬鹿馬鹿しいと思う気持ちもまだあるけれども。

複雑な彫刻だった。花びらの一枚一枚の鋭い輪郭が感じられる。一番上の抽斗の左右の側面に手をあてがい、縁の部分にもさわってみた。またしても、なにかがオーに襲いかかった。今度はさっきよりおもしろい感覚だ。ミセス・ウィールが語っていた古い木の感触と、自分が今これに感じているものとはちがう。この違和感によってオーはわれに返った。

キッチンへ戻り、電話機の横の剝ぎ取り式のメモ帳に目をやった。一番上の紙の下半分に〝牛乳を買いにいきます〟とある。クレアはその文字を恐ろしく強い筆圧のゴチック体で書いていた。どことなく妙なメモだ。夫婦間でメモのやりとりなどめったにしないというのがまずひとつ。第二に、近所の小さな食料品店はこんな遅い時間に開いていない。が、それ以上に奇妙なのは、夫婦のどちらも牛乳は飲まないということだ。クレアが本来のクレアであれば、もっとましな嘘を考えつく。ただ、そういう矛盾だけではないなにかが……。

そこではたと思いあたった。電話をしながらいたずら書きをするのがクレアの癖なのだ。ミセス・ウィールが〈キャンベル&ラサール〉のリック・ムーアの死を知らせる電話をかけてきたとき、クレアは内線電話で聞いていた。あのときにいたずら書きをした紙はどこにある？　子猫や子犬を、木や家を描いたメモ用紙は？　絵ではなく文字のときには字体を変えて何度もなぞる癖がある。クレアのいたずら書きはどこへ行った？

オーは調理台の下部の引き出し式大型容器のなかに思慮深くも隠されているゴミ箱に近づいた。ヨーグルト容器やオレンジの皮やコーヒー滓《かす》の上に、くしゃくしゃに丸めたメモ用紙が二枚載っていた。その二枚の皺を伸ばし、大文字ででかでかと書かれた名前を読んだ。

〝リック・ムーア〟。

クレアはその名前を小さい槍だか羽根なしの矢だかで取り囲んでいた。ブルース・オーはそのいたずら書きが意味するもののなかに埋没するまいとした。ここでなによりも重要と思われるのは、その小さな十五本の鋭い矢印が全部〝リック・ムーア〟に向けられていることだった。

9

セント・ジャーメイン家のお祖母ちゃんの口癖は〝料理人が多いとスープの味が落ちる〟でした。では、わたしはこう言いましょう。食器棚にスプーンやおたまやボウルが多すぎても同じことが起こるのですよ。

ベリンダ・セント・ジャーメイン
『詰めこみすぎ』より

「木工師に塗装師に彫刻師、あともうひとり、なんとか師と呼ばれてる人に会ったら、悲鳴をあげるつもりだから」ジェーンはティムにこっそりと言った。

ロクサーヌはジェフとジェイクを伴ってふたりのそばを離れていた。ジェフもジェイクも動揺は見られるものの取り乱しているようには見えなかった。リックの事故がいかに痛ましく悲惨なもので、自分たちの仕事も大きな痛手をこうむるだろうとは語ったが、とくに悲しそうではなかった。ここの人たちにとってリック・ムーアの死が厄介な出来事なのは事実だが、リック・ムーアの人生は大きな関心事ではないようだった。今や正式名称となったらしい〝悲惨な事故〟も追悼式も人々の食欲を奪う力はもたなかった。ジェーンが中座するとすぐにマーティーンはパフォーマンスを終了させ、遅めのカクテルアワーが始まったようだ。ジェーンが電話を切って玄関広間の窓辺に近寄った直後、厨房から運ばれる豪華な前菜と食前酒についての感想がグレイトルームが聞こえてきた。

クレア・オーの顔を窓の外に見た気がしたことをジェーンはティムに告げず、ちょっとごめんと断って今度はロッジの外に出た。さっきかかってきた電話の相手に折り返しかけると言ったので、受信状態のいいところを探さなければならないのだと言い訳した。ロッジのまわりを一周して庭のベンチを見てから、招待客用の駐車場まで足を延ばし、新しい車が停まっていないかどうかを確かめた。なんの変化もなかった。窓からロッジのなかを覗いていたクレアの顔はただの窓の汚れだったの？　なにかの影が通過しただけ？　クレア・オーはスクルージが見た〝過去のクリスマスの亡霊〟役でも演じてるの？

とにかく電話をかけることにした。まずオーの自宅に。応答なし。チャーリーの携帯電話も同様だったので、おやすみなさい、愉しい夜を、とチャーリーとニックに伝言を残した。チャーリーが博物館でおこなった講演について訊くべきだったと電話を切ってから気づいたが、あとの祭り。しかたがない、公私ともに身辺の整理がついて完璧な母親になったらすぐにも、もっと気配りのできる妻になることを心がけよう。それにしても女は一度に何役を完璧にこなすことを期待されているんだろう。

短縮ダイヤルの7を押し、耳に馴染んだネリーのがなり声を待った。

「はい、もしもし？」とネリー。そのときにはすでにドンとの会話が同時進行していた。なにかを水に浸けるべきか否かでもめている。

「なにがあったの、母さん？」

「玉葱袋をつま先に落としただけよ。父さんときたら足が壊疽《えそ》でも起こしたみたいに騒いじゃって」

「父さんに代わって」

「わたしもべつの受話器を取っているよ、ハニー」とドン。「母さんは大袈裟なんだ。わたしはただ冷やすかなにかしたほうがいいんじゃないかと言っただけさ」

「それぐらいしてもいいでしょ、母さん、なぜそんなに……」と言いかけたが、一度言ったら聞かないネリーに遮られた。

「たいしたことないんだよ。まえにも一度やったことがあるし。つま先が痣《あざ》で真っ黒くなって、つぎに爪が……」今度はネリーがドンに遮られた。

「またそういうことを、ネリー、今は細かい話はいいんだ。わたしは治りが早いほうがいいと思うから……」

一瞬の沈黙が生じた。つぎはだれの言葉を邪魔するべきか、三人ともわからなくなってしまったのだ。

「父さん、医者に診せたの？」ジェーンが尋ねた。

「電話で訊いたら、つま先を動かせるなら骨は折れてないって」ネリーが答えた。

「だが、動かせてないだろ」ドンが割りこんだ。

わたしと電話していないときに両親の会話はあるのだろうかと、ジェーンは思った。ふたりは親機と子機を使って話をしている。まるで、娘が交換手の役割を演じているときにしか意思の疎通ができないかのように。

「今はね」とネリー。「今はまだ動かせないけど、そのうち動かせるようになるわよ。おや、お湯が煮立ってる。ちょっと待って」

受話器が床に落ちる音がした。通話中べつの部屋へ移動するときにコードレスの受話器を持たずにいく人は今や世界でネリーひとりかもしれない。

「ジェーン、まだ切っていないだろう？」とドン。

「ええ、そんなに悪いの？」

「青黒い痣ができているから、たぶん骨折だ。明日、病院へ連れていくよ。野菜スープの玉葱を刻もうとしていたんだ。玉葱袋を運ぶ台車を裏のポーチへ持ってきてやるから、それまで待てと言ったのに、知ってのとおり、母さんはこらえ性がない」

ジェーンは歩きながら茂みの背後のキャビンの窓を覗くのをやめた。両親が夜の口喧嘩の証人に娘を立てようとしているあいだに、クレア・オーの姿がもう一度ちらっとでも見えないものかと思ったのだけれど。

「台車で運ぶって、どれだけ大きい玉葱袋なの？」

「二十キロ袋さ」

二の句が継げなかった。〈EZウェイ・イン〉を切り盛りするには両親が歳を取りすぎたのはわかっている。昼夜を分かたず働き、工場の従業員のためにランチを作り、冬にはボウリング大会を、夏にはゴルフ大会を主催するのはもはや難しい。父のドンはもうビール樽のタップをひねったり、ボトルケースを持ち上げたりしてはいけないし、母のネリーも――ネリーの場合、してはいけないことはたくさんあるが――二十キロの重さの玉葱袋を運ぶなんてもってのほかだ。そんな重い物を持ち上げる重労働を禁じることも娘としての親孝行ではないだろうか。とはいうものの、自由な時間が少しでもできると両親は犬と猫のように喧嘩を始め、〈EZウェイ・イン〉にいるときには油を充分に差された機械のようによく働く。怒りっぽくて文句の多い機械となることもしばしばだが。

「ところであんた、今どこにいるの？」火にかけた大釜をかきまわし終えたネリーが戻ってきた。

「母さん、そんな重い袋はもう持ち上げちゃだめよ。まえの晩にドゥエインかカールに運んでもらいなさいね」

「あんた、まだティムと一緒に森にいるの？」ネリーは、不定期に遅番のバーテンダーを務めている昔馴染みのふたりに頼んではどうかという娘の提案を無視して、単なる言葉の暴発のような問いを投げた。

「そうよ、事件を追ってるから」ジェーンは小声で応じた。

ほうら、言ってみるものね。これでやっと本物の探偵になれたんじゃない？

「なら、それをおやめ。四角い穴に丸い杭は打てないって諺があるだろ。場違いなところにいないで、さっさと家族のもとへお帰り。じゃあニックはどこにいるの?」そこでドンがシッと妻を黙らせ、くれぐれも注意しろとジェーンに告げた。

「ニックは出来のいい親と一緒にいるわ」と答えてから、明日また電話をすると父に言った。その言葉を母に直接伝えることはしなかった。

こういう感情の混乱をベリンダ・セント・ジャーメインならどういう言葉で表わす? これまでに読んだ章にはまだ出てこないが、妻と母親と娘とピッカーと探偵に同時になる秘訣を説いた章はあるのだろうか。心配になってきた。こうした自分だけの心の荷物をいつも持ち歩かなければならないのなら、革製のトレイン・ケースのヴィンテージ・コレクションのどれかに詰めこんでもいいんじゃないかしら。できれば赤かバター飴色の可愛いベークライトの持ち手がついたのがいいわね。

空腹を感じた。ロッジのテーブルにはもうごちそうが並んでいるにちがいない。自分のキャビンまでひと走りし、髪を梳かして口紅ぐらい塗ろうと思った。ディナーのための着替えができるほど服の持ち合わせはないけれど、リック・ムーアの人生を称える会への参加によるダメージの外見上の修復ぐらいはできるかもしれない。実際、マーティーンに名前を呼ばれてスピーチを求められたときはぞっとして毛が逆立つのがわかった。いったんキャビンへ戻れば、その興奮も鎮められるかもしれない。

ドレッサーの上に置かれた手作りのランプの明かりがついていた。鉛枠ガラスのシェード

トレイン・ケース

Train Case

旅行中の洗面化粧品などを入れる箱型のケース。

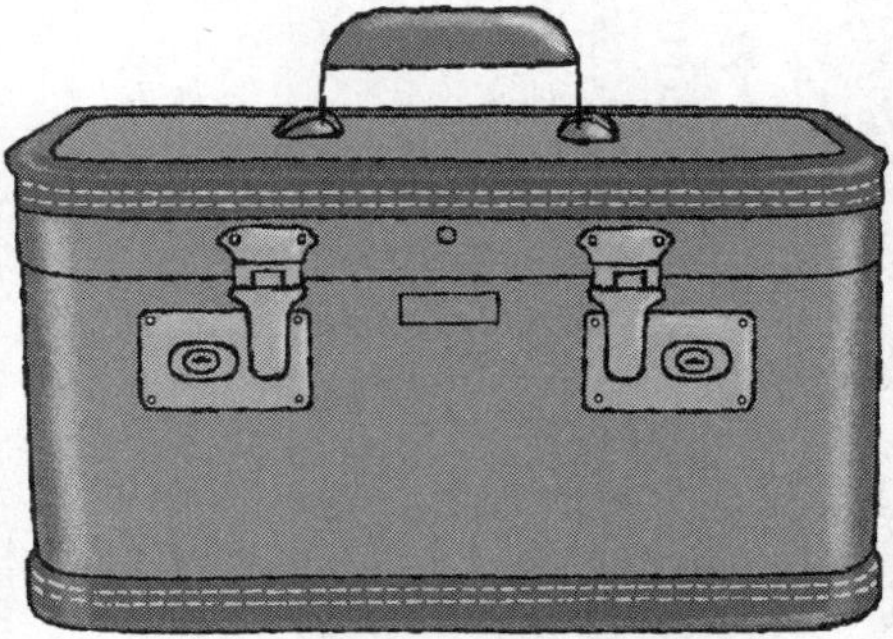

がサクラ材のドレッサーの表面に柔らかな光を投げている。化粧ポーチの横に木を台にした手鏡が伏せて置いてある。それを手に取って顔と髪のダメージの程度を確かめた。薄暗い明かりに感謝。が、その気持ちは即座に消えた。ランプの弱い光は口を囲む笑い皺や目尻の最新の皺を少なく見せてくれたが、鏡に書かれた文字を読むこともひどく困難にした。中身の残り少ない〈クリニーク〉の〝エンジェル・レッド〟の口紅で可能なかぎり丁寧に、入念に、だれかがこう書いていた。

R・Mは殺された

ジェーンはなおも手鏡に目を凝らした。口紅で書かれた文字の左右に映っているのは鏡を見つめる自分の茶色の目だ。自分の目なのに、生まれてからずっと自分の目だったのに、どうしてこんなに違和感を覚えるのか。ここに映った中年の、中流階級の女はだれ？　右でも左でもない中道派で、気がつくといつも殺人事件の中心にほうりこまれている人間はいったい何者？　オーケー、訂正しよう。殺人の可能性がある事件、殺人の可能性を否定できない事件だ。まったく！　可能性とか否定できないとか、あやふやな言いまわしはもうやめたら？　ここで起こったことは殺人なのだ。

小川に俯せに倒れているリック・ムーアを見たときからわかっていた。彼は足に靴下しか穿いていなかった。それも厳密には片足だけ。その事実だけで充分だ。リックが靴を履いていなかったことが木工場を飛び出したときの絶望と狼狽を物語っていると、マーケル巡査部長だかべつの警察官だかが語っていた。でも、ジェーンの見方はちがった。もし、ここの人々が口を揃えて言うところの有毒な薬品やニスや仕上げ剤のすべてをリックが扱っていたとしても、作業中に靴は履いているだろう。木工師と呼ばれるほどの上級者ならば——ここではだれもかれもが師なのは神もご存じだけれど——靴も靴下もなしではその場所にいられないとわかっていたはずだ。靴も靴下も？　そう、最低限それだけは必要。つま先に金属がはめこまれた作業靴のほうがもっといい。

　この手鏡もそう言っている。鏡は嘘をつかない。鏡は人の年齢も喜びも悲しみも容赦なく映し出す。国一番の美女がだれかを声高に知らせる道具としてさえ世に知られてきた。これだけではだれが白でだれが黒かはわからない。それでも〝殺人〟があったと〝エンジェル・レッド〟の口紅できっぱりと書かれている。クレア・オーは〈キャンベル＆ラサール〉の敷地のどこかにひそみ、自分にかけられたホーラス・カトラー殺害の容疑を晴らそうとしている。なぜなら、ホーラスの死とリック・ムーアの死は関係があるにちがいないから。彼女はわたしの助けを求めている。できればクレア自身の口紅を使ってこれを書いてほしかったけれど。というのも、ベリンダ・セント・ジャーメインがバッグに入れるのを許可した物のなかに予備の口紅ははいっておらず、この〈クリニーク〉の〝エンジェル・レッド〟は今や無残に折れた姿をさらしている。そのことを差し引いても、クレアからメッセージを受け取ったのは素直に嬉しかった。やはり最初の直感が正しかったのだ。

鏡に書きつけられたクレアの求めに応じようと思った理由はいたって単純だった。ティムとともに〈キャンベル&ラサール〉へやってきたのはそもそもホーラス・カトラー殺害の真相を突き止めるためなのだから。ホーラスの死が事故だとはだれも思っていない。彼がたまたま、クレアのブースがあるアンティーク・モールに侵入し、展示ケースから飛び出してきた銀色の短剣に向かって自分から倒れこんだのだろうなどとはだれも考えていない。ホーラス・カトラー殺害はおそらくウェストマンの箪笥と関係があり、ウェストマンの箪笥は〈キャンベル&ラサール〉と大いに関係がある。そうした背景から、殺人事件の真相を探るべくティムとふたりでここへ到着するやいなや、べつの人間の死体が発見された。となれば……?

みんなテレビを見ないの？　ミステリ小説を読んだりしないの？

リック・ムーアは木工師だった。ブレイク・キャンベルに心酔している弟子だった。ウェストマンの箪笥について知らないわけがないし、修復に直接関わったかもしれない。あの木工場にもぐりこんで調べる必要がある。クレア・オーを見つけて話を聞くよりはそのほうがたやすいだろう。危険の度合いがここまで増した今、リックが小川に俯せに倒れて死に、危険度が一気に増した今、クレアのあの冷静沈着な態度を支える自信も揺らいでいるのかもしれない。殺人と殺人を疑われる出来事、自分も殺されるのではないかという不安。いくら自信満々の人間でもそうそう偉ぶってはいられない。

ロッジではディナーもたけなわ、〝リックは可哀相なことをした〟から〝ブリークマンの化粧テーブルに取り組んでるのはおまえか？〟まで、スープからサラダへ進む料理のコースに負けじと会話が流れていた。ティムの隣の席について、いきなりリック・ムーアの話題を口にするのははばかられた。自分がいないあいだになにかあったかとも訊きにくかった。

「どうしたの？」ティムがこちらを見て、やれやれというように首を振ったので、とりあえずそう尋ねた。

「ずいぶん長い不在だったから、当然ぼくは想像した……」ティムはそこまでしか言わず、肩をすくめた。

「なにを？」

「ハニー、髪を軽く梳かして口紅をちょこっと塗りなおすぐらいのことはしても罰はあたらないと思うよ。今はそれしか言えない」

「まったくそのとおり。わたしも今はそれしか言えない」

「ナンシー・ドルーはだれかを追いかけてるのか？」ティムは片眉をつり上げた。

ジェーンは笑みを浮かべ、パン籠に手を伸ばすと、小声でティムに教えてやった。

「目の下にサラダのドレッシングがついてるわよ」

ブレイク・キャンベルはひとり、肘掛け椅子に座っていた。ロッジのグレイトルームに集まった一団に向けるまなざしはうつろながらも満足げだった。ディナーテーブルにはまだ大勢がついているが、席を立ったり伸びをしたり、歩きまわって会話を始めている人もちらほらいた。

ジェーンはブレイク・キャンベルの隣に腰をおろし、判断力を鈍らせまいとした。とびきりハンサムな男を間近にするとろくなことがない。ハンサムな男にとりわけ弱いというのではなくて、べつの感情が働くのである。テレビのコマーシャルを制作していたころに、それこそ数知れぬ俳優やモデルを思いどおりに動かしていたせいか、彼らの共通の欲求、男女を問わず美しい人たちの心にひそんでいる共通の切望を理解できるようになった。大金持ちは他人が自分を求めるのは自分に魅力があるからか、自分の持つ金の魅力がそうさせるのかを知りえない。それと同じで美男美女はだれかに求められても、相手が自分の中身を見ているのか、信じがたいほど美しい外見を見ているだけなのかがわからないようだ。ここにいるブレイクはあらゆるものを持っている。美しい容姿と金だけでなく、だれもが評する才能と知性も。なにもかもが彼には備わっている。コマーシャルに起用されることを願っていた多くの俳優やモデルの目に見たのと同じ、愛に飢えた孤独なまなざしまでも。

ジェーンは片手を差し出し、午後のおぞましい出来事のあとに紹介されたことをブレイクに思い出させた。

「あんな形で招待客が〈キャンベル&ラサール〉に紹介されるのを見たくなかったよ」ブレイクはため息まじりに言った。「でも、ショックはだいぶ治まったようだね」彼は口ごもり、笑みの明るさのレベルを一、二度上げてつけ加えた。「無事に乗り切ったようだね」

トラヴェリング・デスク

Traveling Desk

旅行中に手紙などを書くための携帯机。別名ラップ・デスク。

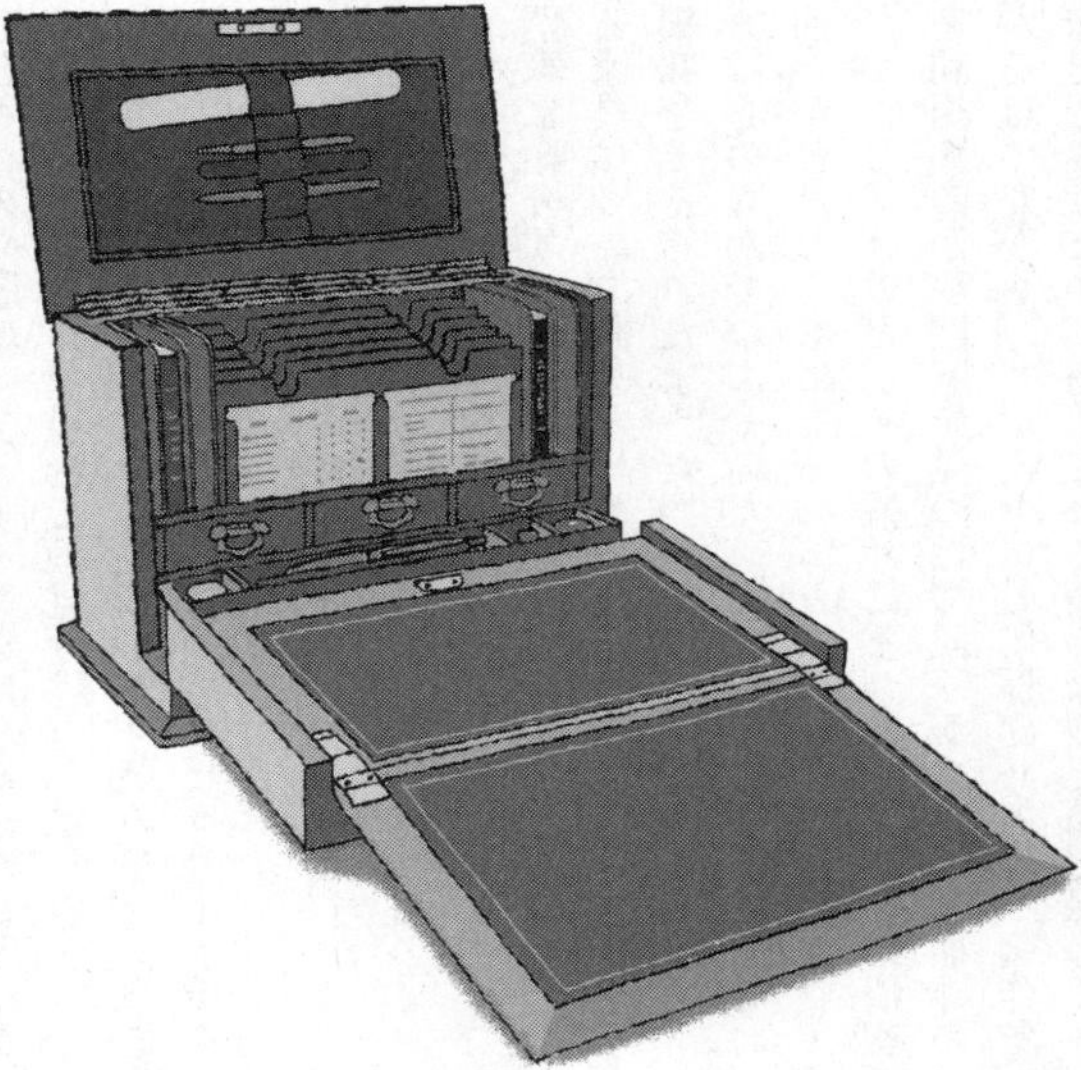

慢性的ハンサムがもたらすもうひとつの問題は、チャーミングにふるまうことに長けすぎているため、ただそこにいるだけでチャーミングな場合との見分け方が難しいということだ。現段階ではまだ探偵として接するべきでないとジェーンは判断した。笑みやため息をいちいち分析するのはよそう。それよりも〝ディーラーを目指して特訓中のピッカー〟役を演じながら、ここの内情をもっと探ることにしよう。

「こんなことになってしまいましたが、明日は課題に取りかかってもいいですか？」

「課題？」

「ティムはわたしをジャンカーからディーラーに転身させようと猛特訓の最中で、ここへ連れてきて家具の修復や製作の専門家に紹介するだけじゃ足りないらしく、ちょっとした宿題まで出されてしまったから。ある家具について調べなければならないの」

「卒業試験かい？」ブレイクは興味をそそられたようだった。

テストが好きなのね。ジェーンは心のなかでつぶやいた。よっぽど退屈してるのね。

「そんなところかしら。小さい抽斗がわたしの家にあるの。たぶんトラヴェリング・デスクかゲーム・テーブルの抽斗だったんでしょうけど、その抽斗にまつわるすべての情報を集めろというわけ。こちらの図書室を利用するか専門家を見つけて訊くかすれば、抽斗のついていたもともとの家具のこともわかるはずだから、レポートにして提出しろと。製作年、製作者、その家具がどういう冒険の旅をしてきたか、修復されているならその記録も」

「ローリーはずいぶん高く評価してくれているんだね、わたしたちを……」ブレイクの声が尻すぼみになった。

「もし自分が病気にかかったら我が国屈指の〈メイヨー・クリニック〉へ行くけど、ハイボーイ（高脚の簞笥）が病気になったら〈キャンベル&ラサール〉に診察を頼むそうよ」

ブレイクは顔をしかめて唸り声を発したが、気をよくしているようだった。

「わたしの知るかぎり、リックの事故の影響で敷地内の施設のどこかに近づけなくなるということはないよ。わたしの監視なしにアンモニア・テントで実験でも始められたら困るけれども。木工場の階上《うえ》の図書室は利用していいし、ここの人間に質問するのもかまわないよ。相手に時間的余裕と話したい気持ちがあれば。もちろん、静かな時間は遠慮してほしいが」

「うちの優等生と親しくなれたかい？」ジェーンにグラスを手渡しながら、ティムがブレイクに言った。グラスの中身はたぶんウォッカ。手がかりはオリーヴ。ティムが近づく気配にジェーンは全然気づかなかったが、こちらの様子をずっとうかがっていたようだ。ブレイク・キャンベルの魔法にかかってしまうのではないかと心配なのかもしれない。

「たしかに優秀な生徒さんのようだ」ブレイクは椅子から腰を上げると、ジェーンに言った。

「わたしの体も明日は一日あいているよ」

「静かな時間は除く、でしょ」とジェーンは応じた。

ブレイクが部屋の奥へ歩いていくのをふたりで見送った。ブレイクはロクサーヌの肩に軽く手を置いてうなずき、両開きの大きな扉から部屋を出た。

「彼とはうまくいってるんでしょうね？」ティムがうなずいたので、ジェーンはつけ足した。

「だって、あんたが来たら急に行っちゃったから」

「ぼくから逃げようとしたんじゃないよ。スコットの話では、ミッキーが彼を追いまわしてるらしい。リックがやり残したプロジェクトを引き継がせてもらおうとして。パパの秘蔵っ子になりたいんだろうとさ」

「おもしろい。みんな口を揃えて言うのね、リックとブレイクがいかに親密だったか、リックがいかにブレイクを追いまわしていたか。でも、ブレイクは傷心してるようには見えない。心から悲しんでる人がひとりでもいるようにも見えない」

「ブレイクを相手にきみがやってたのはそれだったんだ？　リックの死をどれぐらい悲しんでるかを確かめてたんだ？　昔ながらの先生と生徒のじゃれつき作戦にしか見えなかったのに」ティムは自分の飲み物をたっぷりひとくち、喉を鳴らして飲んだ。「なかなか賢い」

ジェーンはこっくりとうなずき、ウォッカをたっぷりひとくち飲んだ。が、喉を鳴らすまえにむせた。

「これ水じゃない！　オリーヴが浮かんでるのに？　いったいどういう……？」

「ぼくが考案した作戦。アルコールを口に運んでリラックスしてるように見せかける。ところが、実際には神経を研ぎ澄ませて手がかりを集めてる」

「なるほど、見えてきたわ、相棒」ジェーンはここのイニシャル、C&Lの刺繍がはいったカクテル・ナプキンで口を拭いた。「あんたは首の皮一枚でつながってる状態よ」

ティムはジェーンの肩に長い腕をまわし、兄弟のように親しげに抱き寄せた。

「きみが馘《くび》にはできないぜ、ベイビー。きみはだれも雇ってないんだから。それに、ぼくが正しいことはじきにわかる。ここにいるのは贅沢な暮らしに慣れた大酒飲みばかりなんだ。見ろよ、オールド・シルヴァーもマーティーンも見事な飲みっぷりだ。ここで取り澄ました女に見られたら信用してもらえない。ほれ、にっこり笑って、オリーヴをお食べ。ふつうにウォッカを飲んでるみたいな顔で」

ジェーンは声をあげて笑い、ブルーチーズ詰めのオリーヴが三個刺さったカクテルピックを水のなかから取り出し、三個とも食べ——オリーヴ味の水を飲むよりそのほうがまだましなので——ダンスのステップもどきの横歩きでティムとともに部屋から出た。早いところキャビンへ戻って〈キャンベル&ラサール〉偵察の長い一日に備えなければならない。スコットが歩哨のように戸口に立っていた。

「もうお帰りかい？」

「明日は予定がぎっしり埋まってるの。みなさんの起床は何時？」

「わたしたち〈キャンベル&ラサール〉は」スコットはアナウンサーばりに低音を響かせて答えた。「遊びも仕事も誠心誠意取り組むのがモットーだから、朝七時ごろから工房の作業が開始する。五時半から八時まではビュッフェ・タイム。ここの働き蜂たちはてんてこ舞いさ」

「じゃあ、また明日の朝に」とジェーン。

ロッジのフロントポーチのステップを降りながらジェーンは振り返り、ティムにおやすみの手を振ろうとした。結局ティムは寝るまえにもう一杯スコットと飲むことにしたのだ。ふたりの姿はすでに室内に消えていた。

マーティーンがジェーンを見送るようにポーチに立っていた。彼女の顔に浮かんだ笑みはおどけているようにも、いい気味だと言っているようにも見えた。マーティーンはそれから、左の肩のうしろに片手をやり、太く長い三つ編みを持ち上げると、ジェーンに向けて振ってみせた。

いい気味のほうだった。

10

いつかこれを着るだろう、いつか使うだろう、寄付するだろう、あるいは、いつかこれを修理するつもり、修繕するつもり、額にはめて飾るつもり、色を塗るつもり、形をなおすつもり、ランプに作り替えるつもり……そういうもろもろの言い訳を理由にして物を溜めているあなた、自分に嘘をつくのはもうやめにして、今すぐそれを捨てましょう。

ベリンダ・セント・ジャーメイン
『詰めこみすぎ』より

キャビンに戻ったジェーンは今夜は不寝《ねず》の番でクレアを待つつもりで、化粧ポーチの整理を始めた。といっても、整理するほどの物ははいっていない。しかたなくバッグの中身をあけて捨てられる物を探そうとした。が、気がつくと部屋のなかをきょろきょろ見まわし、新たにバッグに入れる物を探していた。ナイトテーブルの抽斗に可愛らしいノートが一冊あった。ライトブルーの羊皮紙ふうの高級紙を表紙に使った古風なノートで、ページは罫線入り。そのノートをバッグの外ポケットに滑りこませた。明日はきっとメモを取る必要がありそうだから。それに、ベリンダ・セント・ジャーメインがなんと言おうと、ノートを多く持ちすぎるということは断じてないのだ。整理簞笥の一番下の抽斗にあったボールペンと蛍光ペンもついでにバッグにほうりこんだ。

それから顔を洗い、バスルームの鏡で自分の姿をまじまじと眺めた。三十年あまり見て見ぬふりをしてきたが、そろそろこの眉をなんとかするべきではなかろうかという考えが頭をよぎる。つぎに歯のフロスをした。二回。バスルームの戸棚で爪やすりを発見。今でも充分短くて縁の丸い爪にやすりをかけた。

部屋のなかを行ったり来たり。そしてとうとう目を閉じた。ほんの一分かそこら休むつもりで。

ふたたび目を開けたときにはキャビンの正面の窓の鎧戸の隙間から光らしきものが射しこんでいた。まだ早朝のようだが、夜が明けているのはまちがいない。クレア・オーと会うチャンスを逸してしまったわけだ。

クレアが〈キャンベル&ラサール〉のだれかに見られる危険を冒してまで日中に姿を現わすとは思えない。人里離れた土地に設けられた創造的空間、個別にあてがわれた工房という特殊な環境にあっても、ロッジの書斎へ行けば主要新聞数紙が読めるのをジェーンは知っていた。シカゴで殺された骨董商のホーラス・カトラーについて新たな情報はないかと、ディナーの席でアニーが訊いているのも耳にした。しかも、アニーはそのあとこう続けたのだ。あの人、〈キャンベル&ラサール〉に出入りしてなかった？

新聞を読んだ人なら記事に書かれていたクレアの名前も目にしたにちがいない。クレアは自宅のあるエヴァンストンから出てはいけないことになっているはずで、州境を越えて〈キャンベル&ラサール〉に侵入し、口紅で秘密のメッセージを書くなど論外だろう。探偵の端くれとなってまもないジェーンにも、クレアの行動が公になったら警察当局が眉をひそめるであろうことは容易に予測がついた。

時計を見るとまだ五時半。でも、軽く腹ごしらえをして木工場の図書室で本を読むことはできる。昨日と同じ黒っぽいジーンズを穿いた。ティムになにか言われるに決まっているが、〝旅行の着替えは六点まで〟に挑戦中の身である。ベリンダの掲げるマニフェストには若干の疑問も芽生えているが、我が身を律して秩序ある世界を築く努力をするのはニックに対する義務だ。ニックとチャーリーに電話をかける義務もあるが、少し時間が早すぎる。チャーリーが昨日、博物館でおこなった講演だかパネル・ディスカッションだかシンポジウムだか――ほんとうはそれも正確に把握していなくてはいけないのに――を聞くにしても。

イリノイではまだ四時半だからブルース・オーに電話するにも早すぎるが、朝食が終わってから電話してみることにした。おそらくクレアはゆうべ二時間半も車を運転してミシガンへやってきて、あのメッセージを残し、また二時間半かけて帰ったのだろう。いや、道路の渋滞がなく、彼女が制限速度を無視すれば――殺人の容疑者にされた人間にとってスピード違反の切符を切られるぐらいなんでもないだろう――往復に四時間もかからなかったかもしれない。電話を使えば四分もかからずに、自分はリック・ムーアが殺されたと確信していると伝えられたはずなのに、わざわざ口紅に手鏡という小道具を使って伝えたのはなぜか？夫を驚かせたくなかったから？　でもクレアはすでにべつの殺人事件の容疑者だし、彼女の夫がめったなことでは驚かない人物なのはわかっている。

朝食のビュッフェの様子に目を走らせるあいだも、ジェーンはむろん考えるのをやめなかった。広いグレイトルームを独り占めできるとわかって喜びにひたりながらも、メッセージの送り主はやはりクレアだと推理していた。ゆうべティムと連れだってキャビンを出たときには口紅は使用可能な状態だった。ロッジのこのグレイトルームに着いたのはジェーンとティムが一番最後で、すでに〈キャンベル＆ラサール〉の全員が揃っていた。部屋にはいってジェーンが最初にしたのは、ひそかに彼らの出欠を取ることだった。厚切りの雑穀パンのトーストに挽きたてのピーナッツバターと自家製のストロベリージャムを塗って皿に取り、テーブルへ向かいながら、昨夜の追悼式を頭のなかで再現してみた。

グレン・ラサールとブレイク・キャンベルは部屋のまえのほうにいてマーティーンと話していた。それから飲み物が運ばれてきた。ロクサーヌも同じグループにいた。ジェーンとティムは戸口でスコットに会った。ミッキーは飲み物を自分でこしらえ、ブレイクと話をしてからアニーの隣の席に座った。ジェフとジェイクはティムとジェーンが最後列に腰をおろしたときにはもう席についていた。スコット以外の全員がふたりのまえにいて、スコットだけが少し離れた脇に立っていた。ジェーンが電話をかけるために中座して敷地内をうろつくまえにグレイトルームから出た人はひとりもいなかった。

今、ジェーンはビュッフェ・テーブルと厨房に通じるドアに背を向けて、背もたれの高い椅子に座っていた。だれかが厨房から出てきてテーブルに大皿を加える音が聞こえても、振り返らなかった。厨房スタッフだろうか。厨房スタッフの数もあとで確認しなくてはならない。チーフのシェリルは一度見かけた。あとふたり、たしか見習いの名前も聞いた気がする。もっとも、追悼式が終わるが早いか食前酒と夕食の料理が出されたのだから、料理人にしろ給仕にしろ、マーティーンの独演会のあいだに厨房から抜け出せたとは思えない。

ジェーンは立ち上がり、手書きの小さなカードに書かれている指示に従って自分の取り皿を配膳台の下の段に置くと、コーヒーをついでもう一度席へ戻った。椅子に腰をおろすのとほとんど同時に、ロクサーヌのオフィスに通じる脇のドアからはいってくるふたりの人間の声が聞こえた。

「だれにでも、なんでもお尋ねいただいてかまいませんわ、巡査部長。でも、午後のその時間にリックを見た人間がいなくても驚かないでくださいね。午後はほとんどみんな自分のキャビン兼工房にいますし、駐車場に面したキャビンはひとつもないんです。というより……」

ロクサーヌはその先の言葉を呑みこんだ。ジェーンにはマーケル巡査部長の姿は見えなかったが、彼はうなずいて先を続けるようロクサーヌにうながしたらしい。彼女が咳払いをしてまた話しだしたところをみると。

「リック・ムーアはピックアップ・トラックを持っていて、昔からある連絡道路に停めていました。彼のキャビンから四百メートルほど離れた森のなかにある道路です。リックはここへの出入りに駐車場も正面の私道も使いませんでした。かりに彼が静かな時間にここから出てシカゴへ行ったとしても、だれの目にも留まらなかったでしょう。音すら聞こえなかったと思います」

自分がこの椅子に座っていることにふたりはいつ気づくだろう。そのとき、盗み聞きしていたと思われたくない。さっきロッジの玄関扉のそばに置かれていた朝刊を習慣から手に取り、テーブルまで持ってきていた。朝はコーヒーを何杯か飲むまで喋りたくないというのはジェーンとチャーリーの共通点で、朝食の席で新聞を読むのを行儀が悪いと思わないところもふたり同じくだった。ジェーンは頭を少しかがめ、『サウス・ヘイヴン・デイリー』紙の告知欄を読みはじめた。たいした策ではないけれど、この状況下での自分なりの最善策だ。さっそくガレージ・セールの広告のいくつかを丸で囲んだ。ずっと新聞を読んでいたように見せるために。

「三時から四時のあいだにリック・ムーアがここを離れてシカゴへ行き、夜のあいだに戻ってきた可能性もあるということですね？　夕食時に彼の不在にだれも気がつかなかったんですか？」

「リックはあまり社交的じゃありませんでしたから。キャビンで食事をとることもよくありましたし、ディナータイムになっても作業を続けていることも珍しくありませんでした」

「あれは彼のものだとの鑑識結果が出ました。トラックについても確認が取れました。そのほかの遺留品に関する結果もこれから上がってきます。昨日ここで起こったことにべつの側面から光があてられるのはまちがいありません」

「そういう専門的なことはわたしにはよくわかりませんし、申し訳ありませんが、彼の遺品を調べるのであれば捜索礼状が必要になるんじゃありません？　わたしたちは隠遁者《いんとん》なんです、ある種の。それに……」ロクサーヌの言葉は途中までしか聞き取れなかった。

マーケルはなにか言いながら玄関扉のほうへ歩いていったが、彼の声も聞こえない。マーケルが外に出るのと入れちがいにはいってきたのはジェフとジェイクらしい。すぐに戻るとロクサーヌがふたりに言っている。この間合いのおかげでジェーンは立ち上がってコーヒーをつぎ足すことができた。フリッタータとスライス・ベーコンを皿に取るふたり組に会釈をしたが、まだどっちがどっちだかわからないままだ。昨夜はひとまとめにジェフとジェイクとして紹介され、ふたり同時に黙ってうなずいた。そのあとすぐにマーティーンの独演会が始まったので、ふたりを区別するための質問をするチャンスもなかった。

ロクサーヌがオフィスから戻ってきて、スコットも玄関扉から部屋にはいってきた。ふたりと朝の挨拶を交わすなかで、ロクサーヌが今しがたのマーケル巡査部長との会話を聞かれているとは夢にも思っていないことがわかった。スコットはジェーンの隣に座り、コーヒーに合うからとマフィンを勧めた。ミシガン産のブルーベリーを使っているそうだ。ロクサーヌはちょっとうるさくてごめんなさいと断ってから、厨房のそばの壁に小さな釘を打ちこんだ。

本日のメニューが書かれた小枝の枠の掲示板が掛けなおされるのを笑顔で眺めながら、スコットが言った。

「やっぱりブレイクには見つからないようにしたほうがいいぞ」

「だからこうして早い時間にやっているのよ。彼が気づかないように」

「ここでふつうの釘を勝手に使っても許されるのはロクサーヌだけなんだ」

スコットは解説がわりに言った。ジェフとジェイクは釘打ちにもこの会話にも関心を示さなかった。ふたりの目はフリッタータとテーブルに置いた化粧テーブルのスケッチにだけ向けられていた。どうやらなにかを検討中のようで、料理を口に運ぶ合間にスケッチに印をつけている。

「ブレイクはここの人間が現代の工具に迎合するのを嫌がるの」ロクサーヌは自分のコーヒーを持ってテーブルの反対側の席についた。

「現代の接着剤だろうと筆だろうと、なんだろうと」スコットは言い添えた。「フォークを使って食べるのを許されてるのが不思議なくらいだ」

ロクサーヌは微笑んだ。「だから彼の目を盗んで、ときどきあの手作りの四角い釘を現代の丸釘に取り替えているわけ。掲示板を吊す針金がずり落ちないように。先週もあの真正の釘を使ってキャビンの壁に掛けてあった鏡が落っこちて割れるということがあったばかりなのよ」

「リックのキャビンで？」とジェーンは訊いた。

ロクサーヌは驚いた顔をした。「そうよ。どうしてわかったの？」

「鏡を割ると七年間不幸が続くっていう迷信をちょっと思い出しただけ」

「それも少々控えめな表現ってことになるかもしれないな。死は究極の不幸なんだから」とスコット。

「壁掛け専門の金具《ピクチャー・ハンガー》を使うなんてここでは論外なんでしょうね」とジェーン。

「まあ、そう言いなさんな。ロクサーヌはまぎれもなくここの修理屋なんだ。その功績は全然認められていないがね」

ロクサーヌは手で目を隠すような仕種をしながら顔を伏せ、「わたしたち〈キャンベル＆ラサール〉は壁掛け専門の金具は断固使用いたしません」と、グレン・ラサールの口ぶりを真似て言った。

その口真似が誘い出したのか、グレンがマーティーンとブレイクとともに部屋にはいってきた。ロクサーヌは自分のささやかな雑務を説明するためにポケットから出していた釘をさっとつかむと、立ち上がって彼らに挨拶しにいった。マーケルがリック・ムーアに関するなにかを発見したことを報告するにちがいないとジェーンは思った。おそらくそれは〈キャンベル＆ラサール〉にとってなんらかの不都合につながる発見なのだろうと。ロクサーヌは二本の釘をつかみそこねていた。一方は新しい釘、もう一方は壁から引き抜いた古い四角い釘だ。ジェーンは急いでその二本をつかんでバッグに入れた。それぐらいはロクサーヌのためにしてやれた。少なくとも彼女はジェーンを信用して〈キャンベル＆ラサール〉のよろず屋たる自分の秘密を打ち明けてくれたのだから。

あとでロクサーヌに釘を返し、もっとこちらの調査の核心に迫るような〝わたしたち〈キャンベル&ラサール〉〟情報を集める方法を探ればいい。帳簿やビジネス文書の作成をまかされているとロクサーヌは言っていたから、ここに送りこまれる家具についても知っているはずだし、請求書の控えなどもすべて管理しているにちがいない。ロクサーヌの協力を得られれば、〈キャンベル&ラサール〉にウェストマンの簞笥が置かれているあいだになにが起こったのかを探り出せるかもしれない。

ジェーンは考え事に没頭するアーティストの表情を精いっぱい作りながら、ビュッフェ・カウンターのまえで料理を皿に取ろうとしているブレイクとグレンとマーティーンに軽く会釈した。

「任務が無事遂行できるといいね」ブレイクが言った。

一瞬ぎょっとしたが、ティムから家具の調査を命じられているという作り話をしたことを思い出し、うなずいてみせると、まばゆいばかりの例の笑みが返ってきた。美しい容姿をもつ人とこうして接することができるのはやはり喜ばしいことだ。完璧な歯並び、ぬくもりのある茶色の目、額にかかったグレイ交じりの茶色の髪。純情な女ならそれだけでイチコロだろう。コマーシャルのキャスティング・オーディションに何百回も立ち会った経験と、そのなかで培った鋼鉄の鎧のごとき図太さをもってしても、くらっとしてしまうのだから。

朝食を終えて木工場まで行くと、階上《うえ》の図書室へ上がるまえに作業スペースをひととおり見てまわることにした。舞台《リング》が三つあるサーカスのように、それぞれに特徴がある三カ所の場が組まれているが、三カ所のいずれにも、作業台の上方の棚から工具や刷毛や筆がずらりとぶら下がっていた。上を見るとカーテンレールのような物が目にはいった。病院の救急治療科で患者に最低限のプライヴァシーを与えるために頭の上のほうに巡らされたレールとよく似ている。どうやら〈キャンベル&ラサール〉の家具修復プロジェクトにもプライヴァシーが確保されているらしい。そういえば、ここは価値の高い骨董家具の病院のようなものなのだとティムが言っていた。この作業スペースはまさにその考え方を発展させたものなのだろう。

医師の白衣を着て筆を聴診器のように首から提げ、整理簞笥を問診しているブレイクの姿が目に浮かび、つい顔がにやけた。〝真んなかの抽斗がどうしました？　くっついたまま開かない？　一番上のを開けると少し痛むんですね？〟

そんなブレイクを想像すると罪悪感も少々覚えた。そろそろチャーリーに電話してもいいころだろうか。ジェーンは木工場の三面を占める回廊式図書室のオープン階段を昇りながら夫の携帯電話にかけてみた。図書室の北側は回廊よりもっと面積があるロフトに通じていた。そこは革張りのクラブチェア三脚と作業台をいくつか置けるほどの広々とした空間で、作業台の上には緑のシェードの卓上読書灯《ライブラリー・ランプ》が置かれていた。チャーリーを呼び出す電話の音に耳を澄ましながら、ウェストマンやアーリー・アメリカン家具の修復をテーマとしたシリーズの数巻を書棚から取り出した。なにを探せばいいのかもまだわからなかったが。

「もしもし、チャーリー」伝言の録音開始を告げる音が聞こえるとすぐに話しはじめた。「今ね、〈キャンベル&ラサール〉のびっくりするほど素敵な図書室にいるの。この場所はあなたもきっと気に入ると思うわ。ニックとふたりで愉しい一日を過ごせるよう祈ってる。我が家の大整理をするチャンスはまだないんだけど、バッグのほうは……」と言いかけて、バッグの整理もできていないことを思い出した。「チャーリー、わたしったら講演のタイトルを訊くのを忘れちゃって。あとで電話してくれる？　もしその時間があったら。いろいろ聞かせて。あい……」録音が終わるカチッという音が聞こえた。

講演のことは訊けたけれど、〝愛してる〟と言うには時間が足りなかった。電話の伝言だと、どうしてこうなってしまうのだろう？　伝言内容を簡潔に伝えて優雅に締めくくれる人には敬服する。わたしはいつも、そう……ええと……じゃあ……というつ、、、なぎの言葉が多すぎる。今にも『アニー・ホール』のダイアン・キートンみたいに〝あー《ラー》・うー《ディー》・おー《ダー》〟とか口走りそう。

書棚から取り出した本『大衆のクラフツマン』によれば、マシュー・ウェストマンは頑丈な造作の箪笥や戸棚で有名なだけでなく、鏡の枠や書類箱のような装飾的な作品でも有名だったようだ。彫刻や象眼にも挑み、同時代のほかの家具職人からは素人の好事家《こうずか》と見なされていた。たしかにジェーンが見ても、彼が彫刻に用いる道具はいささか好奇心が先に立ちすぎるというか安直すぎるというか、少々理解しがたいところがある。

むろん、マシュー・ウェストマンは鏡の枠や小物に模様を彫るのがほんとうに好きだったのだろう。彼は学びつづけることが許されていた。技を磨き、新鮮な感覚を保つことができた。新しい技法を試すことも許されていた。そうとはっきり本に書いてあるわけではないが、ジェーンにはわかった。

その本には、ウェストマンの最高傑作とされる、重厚な彫刻がほどこされた抽斗の上に風変わりな戸棚を載せた箪笥、通称〝ウェストマンのひまわり箪笥〟は、マサチューセッツのある裕福な家族のために製作された家具で、その一族に代々伝わり、一九八七年に博物館に寄贈されたと書かれていた。ウェストマンの作であることが証明されているもうひとつの箪笥はさらに早い時期に製作されたと考えられているが、こちらは個人所有だ。ほかにも数点、ウェストマンの箪笥が現存するとの憶測は各所であるけれども、表に現われた物は一点もない。マシュー・ウェストマンのような多作な木工師がたった数点の箪笥を世に出しただけで満足するはずがないという思いこみが数々の噂を生んでいるらしい。初期の鏡をはじめとして、意匠を凝らした一連のシャドーボックスをもふくむ装飾的な作品群は、のちに広範なシリーズとなり、遊び心にあふれたデザインやバランスの実験がおこなわれた。

ウェストマンに関する情報のもどかしいところは、本人が製作目録を保管していなかったことである――少なくとも、発見された目録はひとつもない。残っているのはウェストマンの工房で見つかったスケッチ入りのチラシ数点のみだから、作品の数や様式を特定するのは事実上不可能なのだ。ウェストマンがたびたび美術史で取り上げられるのは〝裕福な人々のためだけでなく一般大衆のための良品〟を製作したからで、多くの人が買える手頃な値段の鏡や物置き棚といった小さな作品がたくさんあるのも彼のそうした意図からだと、本の著者は強調している。興味深い指摘だ。裕福な人々は昔も今も〝大衆〟ではありえないということか。

ウェストマンの息子、ジェイムズも彫刻をものする木工師となることを期待され、六年間はマシュー・ウェストマンの工房の一員として製作に励んでいたが、病に冒され、若くして他界した。さらに、この伝記作家によれば、父親であるウェストマンは生涯、息子を亡くした悲しみから立ちなおれず、息子の死後に製作された作品のなかには依頼主から突き返された物もあったようだ。それまでは信じがたいほど写実的だった彫刻が、奇妙なほど私的な特徴を帯びるようになったからだという。

ベッドの彫刻を彼に依頼したある家族はそれを家に置くことを拒否した。理由はベッドの四隅の支柱に彫られた顔だった。その家族は、見るも恐ろしい、夜になると彫刻の目がじっとこちらを見つめるのだと語り、引き取ってくれと言って譲らなかった。噂では、ウェストマンはその家へ出向き、家族全員の目のまえでベッドの枠を叩き割ってばらばらにした。その木材を外へ引きずり出して、自宅の裏で全部燃やしてしまった。

悲しみにうちひしがれる彼に忍び寄った狂気は、当時はビジネスに悪影響をおよぼしたかもしれないが、今はむしろ、鏡であれ家具であれマシュー・ウェストマンの息子の熱っぽい顔が彫られた物は例外なく垂涎の的となっている。〝ウェストマンのひまわり箪笥〟ほどの高値は付かなくとも、ピッカーならだれしも、そこに彫り出された息子のジェイムズの顔を穴のあくほど見つめ、ウェストマンの手になる彫刻の見分け方を学ぼうとするだろう。

革張りの椅子に横座りしたジェーンは、図書室のロフトを取り巻く高窓のひとつから降りそそぐ太陽の暖かさを感じながらも、身震いが止まらなかった。あらゆる物には物語があるとつねづね信じているし、ほかの人にもそう力説している。鉤編みの鍋敷きのひとつひとつに、ぼろぼろの初版本の一冊一冊に、ベークライトのドレス・クリップのひとつひとつに秘密があるのだと。が、どういうわけか、実際にウェストマンの彫刻の秘密を知っても、自分のこしらえた物語のようには納得できなかった。芸術家や製作者やコレクティブルの元持ち主の人生に思いを馳せるのは、匿名のスリルに満ちた安全な行為だ。事実を知ってしまっては身も蓋もない。

本のページに挟まっていた紙切れがふわりと浮き、それから、ひらりと椅子の下に落ちた。本を閉じてライブラリー・テーブルの上に置いてから、しゃがんでその紙を取ろうとした。椅子の下に手を伸ばすと、そこにあるべつの物の上に落ちた紙に手が触れた。頭が床につくまでかがみこんで椅子の下を覗きこんだ。

「地面に耳をつけ、砥石《といし》に鼻をこすりつけ、地道な捜査をこつこつと？　きみのそういうところが好きさ、ナンシー・ドルー」

ティムはコーヒーのマグカップをライブラリー・テーブルに置いた。〝複製／見本〟という刻印がはいった、見るからにヴィンテージらしきタイルを先に見つけていてコースター代わりにした。静かにはいってきたのは驚かすためではなく、靴音をたてると頭のずきずきがいっそうひどくなるからだった。

「足のサイズはいくつ、ティム?」

「ハニー、強烈な二日酔いなんだ。今は心理戦を仕掛けても、きみの相手には全然……」

「いくつ?」

「11・5」ティムはジェーンと向かい合わせの椅子にどさっと座った。

ジェーンは履き古しの〈ビルケンシュトック〉のサンダルを椅子の下から引っぱり出しながら腰を上げた。

「ほんの一瞬見ただけだけど、リック・ムーアもほぼ同じサイズだった。足も見たの、靴を履いてなかったから。それに、すぐにみんなが取り囲んだから足しか見えなかった」サンダルの片方を持ち上げ、ティムの片足の隣に置いてみる。「やっぱり同じぐらい」

ティムはこめかみを揉んだ。「靴のサイズとしてはごくふつう。気にかけるほどのことじゃない。それでなにが証明される?」

「このサンダルはリックの物だってこと。これ、〝アリゾナ〟シリーズよね。わたしも持ってるわ。チャーリーも。リックの裸足の片足にあった陽灼けの跡がこのストラップとぴったりなのよ」

「すばらしい。でも、再度言うけど、それでなにが証明される?」

「リック・ムーアは溶解剤で実験してもいなかったし、アンモニア・テントのなかで長時間立ってもいなかったってこと。ここのあちこちに手書きの注意書きがあるでしょ? 階下《した》には少なくとも五カ所に箇条書きの規則が貼り出されてる。一、常時窓を開けておくこと、二、作業スペースでは頑丈な作業靴と靴下をかならず着用すること。リック・ムーアが〈ビルケンシュトック〉のサンダルを履いてたのは、彼が作業スペースにいなかったからよ。彼は昨日のあの時間、この図書室で本を読んでた。ここの椅子に座ってたのよ、サンダルを脱いで足をその上に置いて」

ティムはため息をついた。昨夜遅くまで〈グレイグース〉を飲みすぎたうえに早起きを余儀なくされた人間がつくため息を。「どうやら彼がなにを読んでいたのかもわかってるらしいね」と、伸びをしながら言った。

「なにを隠そう、彼もこのマシュー・ウェストマンの伝記を読んでたの」ジェーンはさっき本から落ちた紙切れをティムに手渡した。

リックへ、リックへ、リックへ、リックへ、リックへ

対処を、対処を、対処を

ブレイク、ブレイク、ブレイク、ブレイク。ブレイク、ブレイク、ブレイク、ブレイク、ブレイク、ブレイク、ブレイク

これがほんとうに伝言文なら書き出しと結びが長すぎて、肝腎の中身は極端に短すぎる。伝言文というより、手書き文字の練習帳に書かれたいたずら書きのようだ。

いったんくしゃくしゃに丸めたあとで皺を伸ばしてある。伝言文であれなんであれ、最後の署名はなかった。

11

高校三年生の歴史の教科書をまだ持っているですって？　なにかの資料に使えるんじゃないかと考えて？　生涯学習なる一大決心をしたからには、これで一から徹底的に勉強しようですって。何度も繰り返しますが、あなたがその本を読むことは二度とありません。さっさと捨てなさい。

ベリンダ・セント・ジャーメイン
『詰めこみすぎ』より

ジェーンが日常的に使っているこのバッグは革製の特大のトートバッグで、普通サイズのハンドバッグに加えて着替えの服もそのなかに入れることができる——場合によってはランチバッグも。ニックのサッカーシューズとウォームアップスーツの上着とウォーターボトルを入れたことも一度ならずある。マシュー・ウェストマンの伝記と、リック・ムーアが履いていた物と信じて疑わない〈ビルケンシュトック〉の〝アリゾナ〟サンダルを、バッグの底に忍ばせるぐらい造作もなかった。ファスナーつきの小さな内ポケットには謎の文が記された紙切れをしまった。

〝対処〟とはなにを意味するのだろう。ウェストマンの箪笥の本物と偽物がすり替えられたこと？　ホーラス・カトラーがアンティーク・ショーで偽物だと大声で告発したことの後始末という意味？　それともホーラス・カトラーを始末しようということ？　つまり永遠に葬るということ？

ティムを見ると、ロフトを取り巻く高窓から射しこんだ朝陽のまぶしさに手をかざしている。二分間の猶予をティムに与えてから協力要請をしようと思い、そのまえにブルース・オーの自宅に電話してみた。またも応答なしだ。至急電話くださいとの伝言を早口で残した。言いたいことをきちんと、しかも制限時間を知らせる音がはいるまえに言えたので、ちょっぴり自慢げな気分を味わったのもつかのま、終了ボタンを押した直後に自分の名前を言わなかったことに気がついた。でも、オーなら声を聞き分けてくれるにちがいない。だれだかわからなかったとしても発信者番号か、ジェーンがあずかり知らぬ機能を使って相手を突き止めるはずだ。幸か不幸か電話における匿名性は消滅したに等しく、だれがどこからかけてきたのかもオーにはわかるのだろう。ただし、彼が自宅におらず、留守番電話の確認をしていなければそうはいかない。もしかしたら彼の妻は昨夜から家に戻っていないかもしれないのだから。

「彼女はここに来てるのよ。なんとかして彼女と話をしなくちゃ」

ティムはうめいた。二日酔いだろうとなんだろうと、〈キャンベル＆ラサール〉を捜索するにはティムの存在が必要不可欠だ。ジェーンは重いバッグとティムの両方を引きずってロッジへ急いだ。朝食のテーブルにはだれもついていなかったので、肘掛け椅子のひとつにティムを座らせ、厨房へ走った。

調理台に立てかけた大型の料理本を見ながら食材をノートに書き取っていたシェリルが目を上げた。

「お邪魔してごめんなさい。友達のティムを手っ取り早く治す薬がいるんだけど、ミキサーでなにか作ってもかまわない？」

シェリルは肩をすくめてうなずくと、料理本に視線を戻した。トマトジュースにタバスコと卵を加えたネリー秘伝の二日酔いの治療薬をこしらえることにした。ネリー自身はまちがっても深酒をしないから、もっぱらドンや客のために店で作られている。ジェーンも家ではめったに作ったことがないのだが、グルメ料理を提供している豪勢なこの厨房にはさまざまな食材が揃っているので挑戦してみる気になったのだ。

「アンチョビはある？」

シェリルはこの問いに興味を示し、食器棚を開けて缶詰をよこした。手早く缶を開け、アンチョビの塩漬けのひと切れをほかの材料とともにミキサーに投入、スウィッチを入れて攪《かく》拌《はん》した。角氷を何個か加えて、もう一度スウィッチを入れる。鼻をひくつかせてにおいを嗅ぎ、ミキサーのなかのホットソースをさらに数回攪拌してから、グラスにそそぎ入れた。

「どうもありがとう」ミキサーを水ですすぎ、トマトジュースのピッチャーを冷蔵庫に戻した。

「それでなにを治すの？」シェリルが訊いた。

「ウォッカの二日酔い。母秘伝のレシピなの。わたしの母は酒飲みが嫌いなくせに居酒屋をやってて、翌朝は二日酔いの大勢のお客の看護師になるのよ。これがとどめを刺すか治すか飲ませてみようっていうのが母の口癖」

ネリーにとっては〝とどめを刺すか治すか〟の部分がこのレシピのキモなのだろうと思うと、思わず笑みが浮かんだ。ネリーという人間をよく知っているので、とどめを刺したらどんなにか……いや、ちょっとだけ、嬉しがるだろう、とどめを刺すところを実際に見られたら。

「なにがはいってるんだ？」グラスの中身を飲んだティムは口をぬぐった。

「ゆうべ、そこの窓ガラスにクレア・オーの顔が映った」ジェーンはティムの質問を無視して、ロッジの玄関の横に並ぶ小さな窓を指差した。「きっとまだ敷地内にいると思う。だから見つけて」

「なんだ、こりゃ……？」ティムはもう一度訊いた。

「わたしは今からリック・ムーアのキャビンに忍びこまなきゃならないから。マーケル巡査部長がロクサーヌに話してるのを聞いちゃったのよ。リック・ムーアに関して新たにわかったことがあるみたい。警察が封鎖するまえにキャビンへ行って、彼がなにをしてたのか探ってくるわ」

ティムはジェーンになにを飲まされたのかとなおも首をひねっていたが、そのおかげでいくらか楽になると、いっそ知らないほうがよさそうだと結論づけた。というより、ネリーのレシピと聞いてしまった以上、ほかのことはなにも知るべきではない。ジェーンに敬礼すると、ティムは敷地内巡回の任務に出立した。

ジェーンはリックのキャビンに直行した。

持ち物からその人物がどういう人間だか見当をつけるのはジェーンの特技だった。エステート・セールがおこなわれている屋敷へ行くと、クロゼットの奥に押しこまれた古い衣類の手触りを確かめ、タオルやシーツのセット数を数え、キッチンの食器棚の奥のほうまで覗きこんで、柄の合わないグラスを見つけ出す。それらはみな日常生活のなかに隠されたお守りのような存在だ。デパートの家庭用品売り場では混乱をきたして新しい物をひとつ買う決断もつかないのに、他人のキッチンをぐるりと見まわしただけで、そこにあるひとつひとつの物が使いこまれているか、愛おしまれているか、あるいは義務感や責任感からそこに置かれているだけなのかを見分けられる。他人の家の中心に立っていると、その家に住む人の人生に足を踏み入れ、その人の生きた世界に住んでいるような気持ちになるのはたびたびだった。そこにあるさまざまな物のなかにそっと身を置くだけで、その物になった気がしてくる。

なのになぜ、リック・ムーアのキャビンに忍びこんだ今、うなじの毛が逆立つような嫌な感じに襲われるのだろう。他人の持ち物に囲まれるとむしろ気分が落ち着くのがふつうなのに。リック・ムーアがここに置いている物、大事に保管している物から、彼の性格や長所や弱点を推し量ることができるはずなのに。重要なのは、彼がどんな人物だったか、なにを知っていたのかを探り出すこと。それがわかれば彼が死んだ理由もわかるかもしれないのだが。

ベッドの反対側の小さな作業台に近づき、椅子に腰掛けて台のほうに引き寄せた。いかにも使いこまれた跡のある書類挟みが台の上に置かれている。ゆっくりと、慎重に、それを開いた。一ページめを見るなり、笑いが口から漏れた。塗料の色見本と仕上げ用の筆の一覧表だったから。なにを期待していたの？　蝙蝠《こうもり》の群れが飛び出してホーラス・カトラー殺しの犯人を教えてくれるとでも？

予定が書きこまれた小さいカレンダーも挟んである。工具店の宣伝用カレンダーだ。すばやく目を通すと、アンティーク・ショーとフリーマーケットのある日に印がついている。ホーラス・カトラーがクレアのブースでひと騒ぎ起こしたシカゴのアンティーク・ショーにも印がある。電話番号のリストもうしろのほうにあった。シカゴだけで少なくとも四十人のディーラーの番号が書かれているが――ホーラスとクレアの名前もある――星印やアンダーラインは見当たらない。いったいなにを期待しているんだろう？　被害者の名前と番号に蛍光ペンで印がつけられているとでも？　だれの被害者に？　なんの被害者に？　ティム・ローリーの名前を見つけるとジェーンはにんまりとした。ティムのビジネスの拠点は正式にはカンカキーだが、こうしてシカゴのディーラー一覧にも名前が載っていると知ったら満足するにちがいない。

リックの手持ちの服はベリンダ・セント・ジャーメインが推奨する路線にぴったりだとわ

かった。クロゼットのなかにあるのは、まったく同じブルージーンズが二本と格子縞のワークシャツが三枚、ネイビーブルーのフードつきスウェットシャツが一枚。床の上には重量のある作業靴と履き古した安物のランニングシューズが一足ずつ置かれていた。効率的かつ経済的なラインナップだ。

が、なにかが欠けている。ジェーンは椅子に座りなおし、なにがここに住んでいた男を衝き動かしていたのかを感じ取ろうとした。ベッドの脇テーブルには一冊の読み物もない。〈キャンベル&ラサール〉へ来たら、このキャビンで一カ月か二カ月は暮らしていたはずなのに、写真や雑貨のたぐいもいっさいない。彼はこの住まいの表面を撫でるような暮らし方をしていただけで、部屋の空気を小さく揺らすことすらなかったとみえる。

みんなはリック・ムーアのことをどう言っていた？　腕のいい工匠《クラフツマン》にしてブレイクの愛弟子。〈キャンベル&ラサール〉を愛していた。でも、彼はほとんどこの場所に根をおろしていなかったように思えてならない。ジェーンは自分にあてがわれた招待者用キャビンにはいった瞬間から、我が家のような居心地のよさを感じた。〈キャンベル&ラサール〉のキャビンを無機質な寒々しい場所に感じさせるには努力が必要だ。それをリック・ムーアは見事にやってのけている。このキャビンには個性がない。この部屋のどこに彼という人間がいるの？　リックはすでに死んでいるのだが、彼がここに存在していないということがジェーンには受け入れがたかった。この世から旅立ったあともずっと生きつづける人たちをたくさん知りすぎたせいかもしれない。彼女たちが鉤針で編んだ鍋敷きや、彼らが大事にしていた写真のアルバムを通して。

キャビンの裏窓から外を見た。ジェーンのキャビンとはちがってここには裏口があるのだ。ドアを開けるや、おとぎ話に出てくるような眺めに息を呑んだ。これぞまさしくおとぎの森。道に迷ってへとへとに疲れ、お腹がぺこぺこのヘンゼルとグレーテルが、リック・ムーアのこのキャビンの上がり段に姿を見せても不思議ではない。ここにはお腹に入れられる物はなんにもないけどね。心のなかでそうつぶやくとロッジの朝食が思い出され、マーケルとロクサーヌの会話がよみがえってきた。今、ジェーンをキャビンの外に送り出し、森のなかの小径に誘ったのは、あのときロクサーヌが口にした言葉だった。この小径が連絡道路に通じているにちがいない。

やはりそうだった。リック・ムーアのほんとうの住まいがそこにあった。うしろの荷台に幌屋根をつけたブルーのピックアップ・トラックが。リックはここで暮らしていたのだとすぐさま悟り、運転席側のドアを開け、人の暮らしのぬくもりを確かめた。重ねられた紙類や本。修復専門の職人向けのカタログの束、蝶番のみを扱ったカタログも一冊ある。助手席のシートには使いこんだ手作りの木箱がひとつ。リック・ムーア専用の道具箱だろう。高価な宝石が収められた宝石箱を開けるように注意深く蓋を開けてみると、少なくとも一ダースの筆がはいっていた。毛がまばらになった筆も交じっているようだ。彫刻刀や鑿や、アンティーク釘。粗木《あらき》の柄の物もある。美しいとは思うが、どういうことだろう。ここにあるのは公認の道具、ブレイクをはじめとする人々が、ここの工匠《クラフツマン》が修復の作業に使用するのを許可した物であるはずだ。

箱の底に折りたたんだ紙が一枚はいっていた。紙の皺を伸ばしながら、もしかしたらそこに昔のペン習字のお手本どおりの流れるような細い文字が書かれていて、皺を伸ばしたら紙がぼろぼろに破れ散ってしまうのではとなかば期待したが、なんのことはない、現代の罫線入りのノートから破いた一ページだった。走り書きした若い男の顔がそこにあった。気味が悪いほど悲しみと怯えをたたえた表情。よく見ると、それは人間の顔ではなく彫り出された顔のスケッチだった。マシュー・ウェストマンの彫刻の細部をだれかがそこに写し取ったのだろう。スケッチには番号が振られ、使うべき刃の説明がついていた。マシュー・ウェストマンが彫った悩ましい顔と同じ顔を彫り出す方法を、だれかが簡易絵画キットよろしく番号順に懇切丁寧に指導している。この顔を彫るためにリック自身が書いたのだろうか？　それとも、ほかのだれかがリックに指示を与えたのか？

ジェーンはその紙をポケットに押しこんだ。だれがだれに、なんのために指示を与えたのかはあとでじっくり考えようと、トラックの荷台に乗りこみ、持参した懐中《しんちゅう》電灯の細い光で隅々を照らした。金属製の小さな箱を開けると、蝶番と抽斗の真鍮の取っ手、彫刻がほどこされた木の板がそれぞれ複数はいっていた。板の一枚を顔に近づけて見ると、それが教えてくれたことの意味にもかかわらず、笑みがこぼれた。これをまた見られるなんて、この彫刻を、こんなに美しく彫られた花びらを指で撫でられるなんて、幸せすぎる……クレア・オーに見せてもらったウェストマンのひまわり簞笥に咲いていた花と同じ花だ。

〝重要〟と記された大判の茶封筒を見つけたので、わしづかみにして、トラックの荷台からうしろ向きに降りた。最後にもう一度懐中電灯で照らすと、丸めた服が隅っこに置かれているのが見えた。塗料や染みがそこらじゅうについているから汚れ物らしい。同じ側に塗装作業のときにテーブルや床を覆うドロップクロスが一枚と敷物も何枚か置いてある。リックの汚れ物を検《あらた》めるのは今でなくてもいい。それはそれで興味深いけれど、〝重要〟マークがはいった封筒の中身を読むほうが汚れなくてすむ。

体についた埃をはたき、封筒から中身を引き抜いた。ウェブサイトからプリントアウトされた紙の束だ。ただし一枚めは椅子の絵で大きな見出しもついている。が、読んでいる時間はない。人の声と足音が聞こえる。ヘンゼルとグレーテルにしては声も足音も響きが重すぎる。急いで森の茂みに隠れた。この姿が木に紛れて人の目にはいらぬことを祈るような気持ちで。

グレン・ラサールとスコット・テイラーはトラックのまえで足を止めると、窓からなかを覗いた。声をひそめて喋っているが、ジェーンにはふたりの話のほとんどが聞き取れた。

「故人の遺品を盗むようで気がひけるが」スコットが言った。「大事な道具をここに置きっぱなしにして錆びつかせたり、ハイになる目的で森へやってきたティーンエイジャーに持っていかれたら、リックも悔しいだろうからな」

「そう考えれば、わたしたちのやろうとしていることへの罪悪感が薄れるなら、是が非でもその考えを採用しよう」グレンの口調はおもしろがっているように聞こえた。「ビールの六缶パックを飲むために〈キャンベル&ラサール〉の森まで繰り出すティーンエイジャーはいないだろうが。ここから舗装された幹線道路までは二マイルもあるし、ここが制限つきの連絡道路だと知っている人間はわずかしかいない」

ふたりの顔は見えないが、スコットの表情を想像してみた。嬉しそうな顔で応じたとは思えない。「リックの人生にはなにもなかった。あるとすれば作品とそれを作るのに使った道具だ。どちらも木工場に置かれるべき物だ。どこかの警察の証拠保管室だかなんだか知らんが、あのうすのろどもが投げこむ場所じゃなく」

「ああ」とグレン。「その点はおまえの言うことが正しい」

トラックのドアが開けられ、また閉められる音がした。それから、ふたりの足音が、やってきた方向へ遠ざかった。

舗装された幹線道路までの二マイルは今のジェーンが徒歩で行くには長すぎる距離だった。時間がかかるばかりか、その道に出てしまったら、〈キャンベル&ラサール〉の正面の入り口からは恐ろしく遠くなる。何分か様子を見て、いちかばちか来た道を引き返すしかないだろう。早いところ戻って、ティムがクレアの痕跡を見つけてくれたかどうかを確かめなければならない。もしかしたらクレアはまた口紅のメッセージを残しているかもしれない。今度は数語の走り書きよりは多くの情報が欲しい。リック・ムーアが殺されたのなら、なぜ——あるいは、どうやって——殺されたのかを突き止めなくてはならない。とりあえず、どうやってがわかればよしとしよう。大きな疑問のどれかひとつが解ければ最大の疑問——だれに殺されたのか――の答えも導き出されるものなのだから。

あぅ！ 携帯電話がジングルベルのメロディを鳴らしはじめた。スコットとグレンがここから一メートル半のトラックのそばに立っているときでなかったのは天の助け。着信音が鳴らないバイブ設定の仕方をニックに教えてもらわなくては。そのように設定したつもりなのに、なぜかバイブと着信音の両方が作動してしまう。自分でまたどこかをいじくって、ぱっとライトがつくのと同時にサイレンでも鳴りだしたら大変だ。てっきりブルース・オーが伝言を聞いてかけてきたのだと思った。クレアについての緊急の問いの答えを彼から聞けるだろうと。

が、電話の向こうから聞こえてきたのは、礼儀にはずれず無駄なく喋るオーの声ではなく、テレビの音を小さくしてとドンにわめいているネリーの大声だった。ジェーンが電話に向かって三回声を張りあげてから、やっとネリーは自分のかけた電話に関心を戻した。

「あんた、なに叫んでるの？ 今どこにいるの？」

「母さん、わたしはミシガンよ。叫んだのはそっちが先」

「ああ、そうかい。じつは足の指を骨折しちゃってね。とにかく藪医者のバーナードはそう言うのさ。で、父さんがあんたにこっちへ来てもらいたがってるの。二、三日手伝ってくれないかって」

ジェーンにカンカキーへ来てもらいたいなんて言った覚えはない、店は自分たちでなんとかやれると、ネリーのうしろで叫ぶ父の声が聞こえた。それを受けて、ジェーンがこっちへ来て店で働きたがっているんだと父に叫ぶ母の声。ジェーンにはもっと大事な仕事があるんだ、ジェーンはプロなんだと叫び返す父の声。

「なんのプロ？」ネリーはドンに訊いた。「プロのがらくた《ジャンク》ピッカー？　プロの私立探偵？　皿を洗ってスープを作る。そういうのをまっとうな仕事っていうのよ。ちょっとぐらい手伝ったって罰は当たらないでしょうが」

ジェーンはいつでも手伝ってくれるじゃないかと言い返す父。今回は手助けはいらない、二、三日はわたしひとりでもなんとかなる、来週の応援要員も確保してあるし……。

自分を巡るこの論争は何日も続きそうだった。ここで自分の返事はひとことも求められない、とわかっていたので、通話の終了ボタンを押した。一時間ぐらい経ってから、娘が電話に出ていないことに気づいたネリーがまた電話してくるだろう。あいにくなことに、ネリーは娘の番号だけは絶対に忘れないのだ。

リックのキャビンに戻ると、ドアのそばに置いたままにしていた自分のバッグにトラックで見つけた封筒を押しこみ、二日酔いのティムを探しに出かけた。ティムがクレアを見つけてくれていれば、本人にその場でずばりと訊けるのだが。あなたとリック・ムーアがぐるになってウエストマンの箪笥の偽物を作ったの？　リックのトラックにあったひまわりの彫刻のひとつがポケットにはいっている。それをクレアに突きつけて問いただすところを想像した。これが名匠の手になる物？　ウェストマンの偽物のことはほかにだれが知ってるの？　その人間がホーラス・カトラーを殺したの？　リック・ムーアはほんとうに殺されたの？

〈キャンベル&ラサール〉のペテンの裏にはなにが隠されてるの？　あなたはここで発生したいろんなことにどこまで関わってるの？

それにつけても、なぜわたしが——中年のなかではまだ若い部類にはいるし、そこそこ魅力的かつ知的なピッカー兼私立探偵《PI》で、新しいブーツカットのジーンズを穿くと結構イケてると息子からも言われている現代の女が——ぐるなんて言葉を使ってるの？

12

万が一、自宅が火事になったら真っ先に救出するのはなんですか？　こう訊かれてあなたがなにかひとつを挙げたとして、それが伴侶でも、子どもでも、ペットでも、あなた自身でもなく、物だったら、やるべきことはまだまだたくさんありそうです。

ベリンダ・セント・ジャーメイン
『詰めこみすぎ』より

ティムはアニーのキャビンのまえに生えている木の根っこにつまずき、紫色のパンジーと濃い橙色の小菊と、紫と黄緑がまじったスイートポテト・バインの葉でいっぱいのテラコッタのプランターに頭から突っこんだ。二日酔いがまだ抜けないティムは声に出して毒づいたが、花屋の店主という顔をもつもうひとりのティムは秋の寄せ植えに感動していた。ただ、花のほうはまさに今が盛りの時節だが、スイートポテト・バインのたくましい姿を見るにはやや遅い気がした。プランターのなかに鼻をもぐりこませたも同然だったので、植物に与えられている肥料もにおいでわかった。

「今の場面を描写する気の利いた台詞がないもんかね。たとえばこんなのはどうだい？……」うしろから歩いてきたスコットが言った。「なにかを嗅ぎまわる色男、ついに土に還った色男、花園の令嬢にはまった色男……」

「小さい声で喋ってくれ。なにも喋らないほうがなおいいけど」

ようやく立ち上がり、スコットを見おろした。ゆうべ一緒にウォッカをしこたま飲んだはずなのに、澄んだ目をして小鳥のように賑やかにさえずっている。朝から元気なスコットの様子を見ると苦しさがぶり返した。とはいえ、ジェーンに飲まされたあの毒入りカクテルのおかげで徐々に正常な状態へ近づきつつあるのは認めざるをえない。完全な回復とはいかないまでも、もう少しの辛抱だろう。

「〝わたしたち〈キャンベル＆ラサール〉〟のモットーは酒に飲まれるべからずだ、友よ。小商《あきな》いの暮らしが長すぎて、一九九九年のパーティの愉しみ方を忘れちまったんじゃないのか？」

「ここの連中には一八九九年のほうがお似合いだよ」ティムは体のバランスを取り戻しながら、スコットが左手に持っているアンティーク筆を手振りで示した。

「気に入ったかい？」スコットは顔に笑みを広げ、薔薇の花束でも捧げるようにその筆を差し上げた。「ニス用の豚毛に、細部の描写に使う黒貂《クロテン》。こっちが駱駝《ラクダ》、それも一頭の駱駝じゃない……これはロシアの栗鼠《リス》。ブレイクは古き良きアメリカの栗鼠の毛は剛《こわ》すぎるという考えだが、おれはその点は彼がまちがってることを証明してやろうと思う。油性の塗料や艶出しに向いてるのはこいつ、純粋のアナグマ。文字には、そうとも、我が愛しの雄牛ちゃん。見ろよ、この毛は耳のうしろから取った毛だぜ」

「ぼくが花のにおいを嗅いでるのを見ておもしろがったやつがよく言うよ」とティム。

「あたりまえだ、クラフツマンと道具は一心同体」スコットはキャンヴァス地の短いエプロンに筆の束を滑りこませた。「アニーになにか用か？」

ティムは自分の顔がきょとんとした表情を浮かべていないよう祈った。クレア・オーの痕跡を探して敷地内のキャビンをくまなく見てまわったが、キャビンはもちろんキャビンへ向かう途中もだれにも出くわさなかった。キャビン巡りをしている理由を訊かれたときの答えを用意していない。生まれてこのかた嘘はかなりうまくついてきたと自負しているが、中年の危機にあるジェーンが見いだした陰謀めいた職種に引っぱりこまれてからというもの、プレッシャーが増すばかりだ。説得力のある嘘をつく際にはできるかぎる事実に近づけろ。たしかそんな経験則があったような……。

「アスピリンを分けてもらいたくてさ。ジェーンが持ってなかったから。ロッジのロクサーヌをわずらわせなくても、アニーの救急箱にストックがあるんじゃないかと思って」

「気の毒だけど、相棒、アニーは処方箋のいらない市販薬はいっさい使わない。彼女はホメオパシー、アーユルヴェーダ、オーガニック、完全菜食、アロマテラピーの信奉者だから」

ティムは肩をすくめて応じた。転倒が頭をすっきりさせるのに役立ったようで、靄《もや》が晴れていくのが感じられる。「ところできみは？　きみもミス・アニーの訪問？」

「色に関して相談に乗ることになってるんだ。アニーはジェフとジェイクが作った家具シリーズのラインに沿ったテキスタル・デザインを手がける予定だからね」

「最近はここでも起業活動が活発に進められてるんだな。以前は完璧な修復の追求、一度に一点というやり方だったのに」

スコットはうなずいた。昨夜ふたりでウォッカを飲んでいるときに、共通の知り合いのコレクターやこれまでに〈キャンベル&ラサール〉で出会ったクラフツマンたちの噂話はスコットの口にのぼったが、ここでの活動の実態についてはほとんど触れられずじまいだった。

「昔はみんなグレンとブレイクの足もとにひざまずいていりゃ幸せだったけど、おれたちヒッピーも歳を取ると、それなりの自衛策が必要になってくるのさ。おれたちのような自営業者は歯の保険の支払いもままならないからな」

「そういう内情にはぼくは疎いけど」ふたりはアニーのキャビンのドアへ向かっていた。

「ほとんどのやつは二十代からここにいるだろ。大学を出てからずっと。テネシーのどこだかにあったヒッピーのビッグ・コミューンの続きみたいなもんさ。ただし、ここでは豆や玄米のかわりに豪勢なグルメ料理が食べられる。だれかに畑を耕させられるわけでもないし、仲間同士の結婚を承認する義務を負ったリーダーがいて、そいつが他人《ひと》の女と寝る権利を主張するわけでもない。ここのキャビンのおおかたはあの時代におれも手伝って造ったんだ。ブレイクにもグレンにも先祖代々の財産が腐るほどあった。みんなで車座になってこの世界をもっとビューティフルにしようと語り合った。ビューティフルな物を創造して精神《スピリット》を研ぎ澄まそうなんてね」

「ブレイクとグレンは教祖的存在だったってことか？」ティムは尋ねた。

「まあ、そうかもしれないね。ただ、あのふたりは精神世界のリーダーというよりデザイナーとしての教祖だが」

「宗教家のラム・ダスじゃなくラルフ・ローレンってわけだ」

「そのとおり」スコットは声をあげて笑った。「それに彼らは作業に対する充分な報酬を与えた。とりあえずここで生活するのに多くのものは必要なかった——ボブ・ディランを見るためのペア・チケットを買えればそれでよかった。いや、フォルクスワーゲンの中古の頭金ぐらいは必要だったかもしれない」

「なるほど。いつもブランド物の絞り染めの服を着るにはそれで充分だった。でも、だれも雨の日の備えをしてなかった」とティム。

「雨の日？　まず第一に健康保険に加入していない。永遠に生きる気でいる二十五歳のときはそれでもいいが、今は……。歯根管の治療費を支払ったことがあるかい？　ぶったまげたよ」

ティムはスコットの高価なブーツと、エプロンの下に作業着としてさりげなく着ているカシミアのVネックセーターに目をやり、グレンとブレイクは才能あるアーティスト集団を育てる一方で、洗練された趣味も彼らに植えつけていたのだと思った。口には出さなかったが。

「歯学部へ進学しろと親父が言ったときには笑い飛ばしたのにな」

ティムはアニーに挨拶をし、プランターに突っこんで乱れた着衣を整えると、色の相談に乗るというスコットを残して辞去した。色の相談？　まったくべつの種類の相談を〈キャンベル&ラサール〉流の婉曲表現で言い換えたものではないだろうか。アニーは美人だ。黒髪に白い肌、すみれ色の瞳。『緑園の天使』のエリザベス・テイラーを彷彿とさせる。だが、ドアを開けて出てきた彼女の美しい目は真っ赤に泣き腫らされていた。リック・ムーアのために涙を流す人間がやっとひとりいたということだろうか。小径に足を踏み出してから、ティムは先ほどぶつかったプランターのまえでまた立ち止まった。まえかがみになってスコットの声に耳をそばだてた。だれも彼女をこれ以上傷つけることはできないというようなことを言っている。リックはアニーの恋人だったのか？　で、今はスコットがその役を引き継ごうとしているのか？

新着のアーティストたちをまえにしたオリエンテーションでのグレン・ラサールの声が聞こえるようだ。わたしたち〈キャンベル&ラサール〉は、恋愛、色事、クイックセックス、真昼の情事——他所でそのように呼ばれているところのものを全面的に禁止する。わたしたち〈キャンベル&ラサール〉が許すのは〝色の相談〟のみである。

ティムは迷っていた。リックのキャビンへ行ってジェーンがいるかどうかを確かめるべきか、彼女の捜索の手伝いをするべきか。ジェーンの性格は知り抜いている。実際にそれを見るまで自分でもなにを探しているのかわかっていないのだろう。そうした性格が功を奏して、ジェーンはラメッジ・セールで思わぬ掘り出し物を発掘することも多い。自分の好きな物だけに執着しないのだ。

粘り強く物を見る習慣があり、見るべき物に対して心を開けるジェーンは優秀な調査員になれるとブルース・オーは言っていたが、まったくもって正しい。また、ティムからすれば、だからこそジェーンは優秀なピッカーなのだが、今後は見るのをやめるタイミングを知るための訓練も必要だ。写真の詰まった箱や型の合わない古い銀食器が載ったトレイを漁りはじめて例の恍惚状態に陥ったジェーンをわれに返させることは、ティム自身の今後の課題だった。それにしてもジェーンはいつもなにを探しているんだろう。ぼくたちはいったいなにを探しているのやら。それはそれとして、今回の探し物はわかっている。今、探しているのはクレア・オーだ。

なんとなしに馬鹿馬鹿しい気分になりながら、小径を離れて灌木の茂みの陰を探し、キャビン兼工房の背後にまわりこんで探した。敷地を一掃《スウィープ》せんとばかり、舐めるような目ですばやく周囲を見まわしながら。この見方でセール場のひと部屋を目に収めることをジェーンに教えこみたい。実際、ジェーンを訓練するなかで、テレビ番組の『スーパーマーケット・スウィープ』を引き合いに出して、ジェーンが陥りがちな状態を指摘したこともある。

小学校時代、ふたりは同じ日に仮病で学校をずる休みしては、そのゲームショーを愉しんだ。四年生とはいえ自立した子どもだったジェーンは家にひとりで置かれ、チキン・ヌードル・スープひと缶と、缶切りと、具合が悪くなったら〈EZウェイ・イン〉に電話しろという指示のみを与えられていた。

紅茶とトーストをトレイに用意してもらったティムは、罪悪感からベッドにもぐりこんでいた。心配しすぎる母には、居間のテレビでソープオペラを見ていてくれと頼みこまなければならなかった。ジェイニーの家へ電話して、やっぱり流感で休んでいるのかどうかを確かめたいからと。前夜に立てた計画どおり、ジェーンは毛布にくるまって父のドンの安楽椅子で悠々とテレビを見ており、ティムが電話すると番組を実況中継した。

「うわあ、この女の人、シリアルの箱を全部カートに入れてる。ばっかじゃない？　ハムを買え、ハムを！　肉売り場へ急行せよ！」と、受話器に向かってきいきい声でわめくのだ。

「その女の人がなんて言うかわかるだろ？　だって、うちの子どもたちはそのシリアルが大好きなんですもの。いつも値段が高いから、ここでたくさん買っておけば……」うんざりしながらもティムは応じた。「彼女、どんな服着てる？　髪の色は？」

そうしてティムは番組のなかで買い物をするその女の不幸な人生の物語をこしらえた。

「でも、そこんちの子は勉強がすごくよくできるから、お母さんの自慢なのさ。子どもたちはお母さんの喜びなんだよ」

よし、あの『スーパーマーケット・スウィープ』をまた思い出させてやろう。そうすれば、ラメッジ・セールでのジェーンの鋭い観察眼をここでもうまく生かせるかもしれない。

二日酔いがやっと完全に抜けた気がしたそのとき、一メートルばかり先に生えた木の上から縄ばしごがおろされるのが見えた。ティムは頭を振って目を細め、なんだか『ジャックと豆の木』みたいだとぼんやり思いながら、樹上を見上げた。

幻覚ではない。二日酔いが見せた幻覚なら、縄を伝っておりてきた男がいきなり罵声を浴びせてきたりはしないだろう。

スウェットパンツにキモノのようなだらりとした上衣という格好のミッキーは、びっくりしたティムが目のまえに立っていることに気づくと、罵り言葉を続けざまに発した。

「ここのなにを知ってるんだ?」ミッキーはティムの目が本物のルビーと鑑定した石がはめこまれた大きな金の塊を突き出した。

ティムは首を横に振り、もう一度上を見上げた。ミッキーは〈カルティエ〉のゴールドのイヤリングを産む鶏の巣を襲ったあとで、豆の木からおりてきたのかと思ったから。

「このツリーハウスはおれが造って、おれが管理してるんだ。ここはおれの聖域だ。おい、聞いてんのか? ブレイクとグレンも了承してる。おれに瞑想の場が必要なのはわかってくれてる。で、これを今見つけたんだよ。ついでに教えてやるが、パンの食い残しもあった。おかげで得体の知れない生き物がうじゃうじゃ寄ってくるだろうよ——おれのうちに」ミッキーはまだイヤリングを突き出している。

そのイヤリングは〈キャンベル&ラサール〉に住みこんでいる女性の物ではなさそうだ。が、今ここでなにを言っても激昂したミッキーは聞く耳をもたないだろう。ゆうべは見るからにマリファナでラリって、何度もジェーンの靴に食べ物を落としていた塗装師とは別人のようだ。

ミッキーは深呼吸を始めた。息を一で吸って、二で吐いているのがわかった。興奮を鎮めようとしているらしい。そして、どうやらそれに成功しつつあるらしい。顔の赤みが薄れ、握り拳が解かれた。

「悪かった、相棒。ちょっとばかりコントロールを失っちまった」ミッキーの声は抑えの利いた穏やかさを取り戻していた。

「気になくていいさ。でも、訊いてもいいかな。なにがあったんだい？　つまりツリーハウスで？」

「ここは自分の逃げ場として造ったんだよ。ああ、言いたいことはわかる。〈キャンベル＆ラサール〉がすでに逃げ場なのにな。でも、それだけじゃ足りないっていうか。おれは平均的な熊より神経質だから、だれにも見つからない場所が必要なんだ。ここのことを知ってるやつはほとんどいないんだけど……」声が先細りになり、ミッキーは肩をすくめた。「ゆうべはマーティーンとシルヴァーを招待した。三人ともへべれけだった。で、ここを出るとき、縄ばしごをしまうのを忘れちまったらしい。夜のあいだに上にいたやつがいる。それで頭にきてるのさ」

なるほど、そういう事情か。秘密のクラブハウスを見つけた人間がいるということか。

「なにかなくなった物でも？」と訊いてみた。

「おれが隠してるヤクとか？」ミッキーは笑った。「いいや。そいつに必要なのは場所だけだったようだ」ミッキーは片手を開いてイヤリングを眺めた。「たぶん、レディと立ち寄るための」

「なら、ぼくはシロだ」ティムはにっこり笑うと、サングラスをはずした。しょぼついて充血した目を早朝の陽射しから守るための暗い色のミラーサングラス。

「星を眺める趣味はないってか？」とミッキー。

「レディを眺める趣味はない」

「なら、おれが縄ばしごを隠すあいだ、まわれ右をしててくれ。そうすりゃ、もう一度同じことが起こったときに、あんたを容疑者リストに載せずにすむ」

ティムは素直に従った。サングラスを体のまえで持って、ミラーに映る様子を見ていると、ミッキーは木の裏側に隠れている一本の縄を引いた。その縄が縄ばしごを巻き上げて、高い位置の葉のなかに隠す仕掛けになっているのだ。つぎに、その巻き上げ縄を、やはり隠れたところにある小枝に巻きつけると、あら不思議、ジャックの豆の木は消えてなくなった。

この仕掛けは天才でなくても見破れそうだ。周囲を見まわすとここがよく見えそうな地点がいくつもある。木工場の図書室のロフトからも、二軒のキャビンの裏窓からも丸見えだろう。〈キャンベル&ラサール〉に望遠鏡が二基あることもティムは知っていた。一基はロッジのフロントポーチに、もう一基は木工場の図書室にある。ミッキーのささやかな秘密はおそらく〈キャンベル&ラサール〉の居住者《レジデント》と招待客の全員が知っているのだろう。酔っぱらって星を眺める愉しみのために彼に連れてこられなくても。

ミッキーはひとりでぶつぶつ言いながら、足を引きずるような歩き方で自分のキャビンへ戻っていった。リック・ムーアが死んだ今、ミッキーはブレイクの右腕になりたくてたまらがないのだと昨夜スコットから聞いたが、ミッキーがドラッグをやっていることをブレイクが知っているなら、無理な望みに思えた。ミッキーミッキー自身がそのことを隠しているようにも見えない。

ティムはロッジへ引き返してジェーンに会うことにした。もうすぐランチタイムで、待ち合わせ場所は決めていないけれども、ジェーンが一食抜くことはまずないとわかっているので。調査の進捗状況を尋ね、食事のあとはポーチに出て揺り椅子で話してもいい。リック・ムーアのキャビンでなにを見つけたかを聞き、こちらはクレア・オーをまだ見つけていないと報告しよう。

が、ティムも手ぶらで戻るのではなかった。

スコットとアニーは特別な仲だということがわかった。アニーが泣いていたことも。スコットが歯根管治療を必要としていることも。自分の城が荒らされたとわかると脳天気なミッキーが癇癪《かんしゃく》を起こすということも。さらに、この敷地内で人に姿を見られたくない人間が利用できるチャーミングな隠れ場所があることも。めでたくクレア・オーを見つけた暁には、クレアのルビーのイヤリングは片耳にしかついていないはずだとティムは確信していた。

13

捨てる物を箱詰めにして、はじめて家の裏の路地のゴミ置き場に出したとき、すさまじいスピードで人々がわたしの捨てたゴミを漁りはじめたのはショックでした。ショッピング・モールに足を踏み入れるたびにがらくた漁りをしている自分の姿を見せられたような錯覚に陥ったものです。どれもこれも結局はわたしたちの欲望や欲求の浜辺に、人間のさもしい欲の岸辺に打ち上げられたゴミなのではないでしょうか？

ベリンダ・セント・ジャーメイン

『詰めこみすぎ』より

ジェーンは自分のキャビンにちょっとだけ立ち寄った。クレア・オーが日中に身を隠す場所を必要としているなら、自分のキャビンが一番安全だと思うのではないかという気がしたからだ。あるいは、そんなわかりやすい場所に隠れたくないと考えたとしても、またメッセージを残していったかもしれない。今度は口紅で鏡に文字を描くなどという謎めいたやり方ではなく、もう少し直接的に。

しかし、クレア・オーはベッドの下にもクロゼットのなかにもシャワーカーテンの陰にも隠れていなかった。ジェーンはウェストマン関連の本を取り出して、大きな革のトートバッグを軽くした。本から得た情報はあとでおさらいすればいい。リックのトラックから持ってきた封筒の資料はバッグに入れたままにした。〈ビルケンシュトック〉のサンダルをクロゼットに押しこんで隠してから、ロッジへ向かった。もうすぐランチタイムだ。ティムはもう二日酔いが治っているだろうし、ティムが一食でも抜くとは思えない。

フロントポーチに近づくと、新たな訪問者がロクサーヌと話しているのが目にはいった。男のうしろ姿しか見えないが、どことなく見覚えがある。背が高くて痩せていて、立ち居振る舞いが堂々としている。左手に小さめのダッフルバッグを持ち、右手をさかんに振って話している。ちらっと見ただけでも、その男がロクサーヌの肩を叩いているのは、〝まあまあ〟という言葉に代わる仕種だとわかる。彼女をなだめているようだ。だが、そばへ寄って見ると、男が叩いているのは彼女の肩ではなく空気だった。それでも〝まあまあ〟や〝くよくよするな〟の効果はあるけれど、もっと相手に敬意が払われ、そのぶん親密度と庇護者ぶった押しつけがましさは希薄になっている。ロクサーヌとは知り合いではないために図々しく体に触れるのを遠慮しているように見える。その仕種にも見覚えがあると思った。

一メートルうしろまで近づくと、男の声が聞こえた。

「どうかわたしにはおかまいなく。ミスター・ムーアがわたしの依頼をあなたに伝えなかったのはまことに残念でした。そのためにいろいろな不都合が生まれているであろうとお察しします。結果的にこんなふうに突然伺うことになってしまいましたから」

「ロッジの部屋もとてもいい部屋なんですの。招待客用のキャビンよりは少し狭いですが。ランチがすんだらすぐに用意させていただきますわ。ミスター・キャンベルとも午後のお茶のあとに会っていただけるよう取りはからいます。あの、ご存じでしょうけど、ランチのあとは静かに過ごす決まりになっていて……」

男はふたたび空気を手ではたいた。「いやいや、お気遣いなく。ご親切に感謝します。こんな闖入者に対して。これは車に置いておきましょう」

「いえ、そんな、わたしのオフィスでお預かりします。ランチのあとで部屋のほうにお運びしますわ」ロクサーヌは男からダッフルバッグを受け取った。「ジェーン、こっちへ来て。紹介するわ、こちらはミスター……」

「オー」とジェーンが引き継ぐのと、男が振り向くのはほとんど同時だった。彼はにこやかな笑みを浮かべて、片手を差し出した。

「ミスター・クルマです。あなたは？」

「ジェーン・ウィール」ジェーンは囁き声になった。

黄褐色のスラックスにゆったりしたスポーツコートというオーの出で立ち。コートの素材はシルクリネンで、鮮やかな茶色の地に緑の強い鮮やかなトルコブルーの細い格子縞。淡いブルーのシャツに締められたネクタイがこれまた特筆ものだ。黄褐色の地の全体にきらきら光る青緑の蝉が散らしてあり、その色彩の豊かさといい精密な筆致といい、まるで３Ｄデザインのように見える。

「あなたは修復専門のアーティストですか、ミセス・ウィール？」とオー。

「いえ、わたしは……まだ勉強中」英語でもう何語か会話を進めるにはどうすればいいか、ジェーンは必死で思い出そうとした。

「見習いって、はっきり言えよ、ジェイニー」ティムがうしろから近づいてきた。「そのほうが〈キャンベル&ラサール〉の精神に沿ってるだろ。ねえ、ロクサーヌ？」

ロクサーヌはうなずき、新たな訪問者をティムを紹介しようとした。

「ティム・ローリー、こちらはミスター・クルマよ」ジェーンがその名前を口にするのと同時に、名前の主がティムに向かって片手を差し出した。

「おー」とティム。「はじめまして」

「さしつかえなければ、ここはあなたたちにおまかせしていいかしら。わたしはミスター・クルマの部屋の支度を確認したいの。ランチで会いましょう」

「こちらの工房について話を聞かせていただけますか？」

ミスター・クルマ、ジェーンとティムにとっては本名のブルース・オーのほうがやはりしっくりする人物は、ふたりをうながしてポーチから離れると、身振り手振りとともに目を動かしてロッジのまわりを見やりながら、クレアの行方がまだわからないのだと声をひそめて口早に言った。

「家内が家に戻らなかったので、自宅の仕事部屋にある物を少し調べてみたんです。家内は業務用の電話と携帯電話の通話記録を毎月プリントアウトしています。それを見て、アンティーク・ショーがあった夜、七時十八分に〈キャンベル&ラサール〉に電話をかけていることがわかりました。ホーラス・カトラーがアンティーク・モールの家内のブースに現われてひと騒動起こした直後と思われます。手帳のその日の記録にも〈キャンベル&ラサール〉に電話して、騒動があったことをリックに説明したと書いてありました。そこで、ここへ乗りこもうと決めたんです。わたしが今日、この時間に来ることは秘書が電話で伝えていると、彼女からリック・ムーアにその旨が伝わっているはずだということにして。気の毒にも、この人たちにはわたしが〈キャンベル&ラサール〉見学の申し入れをしていたことをリック・ムーアに確かめる術《すべ》はないとわかっていましたから」

「要するに、リック・ムーアはウェストマンの箪笥が偽物だったのを知っていたということ?」ジェーンは尋ねた。

「はい」オーはうなずき、「あそこがそうですか?」と声を大きくして、ロッジのうしろに見える木工場兼図書室を指差した。

「偽物を売ったと怒鳴りこんできたとき、ホーラスは具体的になんと言ったのかしら? そのことをクレアから聞いてる? 彼はウェストマンの箪笥という言葉を出したの?」

「彼が怒り狂っていたのはラッキーだったとクレアは言っていました。怒った老人のように唾を吐いてわめき散らすだけだったと。具体的なことはなにも言っていません。それでほっとしたそうです。ウェストマンの箪笥という言葉が出れば、注目を集めて論議を呼んだでしようが」

「じゃ、ウェストマンの箪笥だと知ってるのは、わたしたちの知るかぎり、クレアとホーラスとリック・ムーアだけなのね。ここの人はそのことにはひとことも触れないし」

「それが妙なんだよ。ここの連中はみんな互いの肩越しに覗きこんじゃ、どの筆を使うか、あるいはハンマー鍛造の揃いの蝶番を作るべきかどうか、そういうことでいちいち相談したり交渉したりしてる。話がまとまらないと、そこを離れてまただれかを偵察にいく。ここではみんなが依存関係にあるんだ」ティムはそこで、大事な知らせがあったことを思い出した。「ところで、ゆうべクレアはゴールドの大きなイヤリングをしていませんでしたか？　真んなかに大きなルビーがはめこんであるやつだけど」

「そういうイヤリングなら持っていますね」オーは冷静に答えた。「家を出るときにつけていたかどうかはわかりませんが」

ジェーンはオーの冷静沈着な態度に感動するべきなのか、彼の冷淡さにショックを受けるべきなのか迷った。「どうしてそんなこと訊くの、ティム？」

「彼女を見つけてはいないけど、ゆうべ彼女がどこで寝たかはわかってる。彼女が元気だってことも。ミッキーのツリーハウスにパン屑とイヤリングの片方を置いていったみたいだから。ミッキーは怒りまくってた。この〈キャンベル＆ラサール〉号に密航者がいるとは夢にも思ってないけどね」

オーはうなずいた。微笑んでるの？　オーの口角がミクロ単位で上がったり下がったりする変化がなにを意味をしているのか、どうにかして知りたい。顔面痙攣《けいれん》の持病があるのだろうか？　それとも彼にも感情があるってこと？

「ミッキーはツリーハウスを持ってるのね？」ここではティムの発見に集中することにした。「しかも、そこは自分の城だっていう意識がすごく強い。ゆうべだれかがそこへご婦人を連れこんでよろしくやったと思ってる」

「なぜゆうべなの？　どうしてそのことがわかったの……？」

「酔っぱらった彼は追悼式のあとにシルヴァーとマーティーンをツリーハウスに招待したのさ。で、今朝、朝陽を拝むために、もしくは毎朝いつもしてることをしにまたそこへ行くと、イヤリングと夕食の残飯を見つけた」

オーは咳払いをして、ミスター・クルマ・モードになった。マーティーンが竜巻雲のごとく不意に現われたのだ。

「新しいお客さまを独占してはだめよ」マーティーンはジェーンとティムに向かってブヨでも払いのけるような仕種をした。「わたしはアジアの文化と感性に傾倒しているんですの。この機会にぜひあなたの――」天を仰ぎ、周囲をぐるりと見まわし、意思の力で呼び出すことができるらしい、いんちきスピリチュアルのテレプロンプターを探した。「――天賦の知識を吸収させていただきたいものですわ」

ジェーンはマーティーンがオーをさらうのを見送った。

「そのぽかんと開けた口を閉じろよ、ジェーン」とティム。「これは釣りでいうところのキャッチ・アンド・リリースのプログラムだ。彼には潤沢な資金も出版社のコネも彼女をベッドに誘う下心もないとわかったら、すぐに逃がしてくれる」

「出版社のコネ？」

「そのためにマーティーンはシルヴァーを引っかけたんだから。ミスター・クルマに出版業界の知り合いがいるんじゃないかと踏んだのさ。シルヴァーがエージェントをつけてないとわかって驚いたとこぼしてたから。なんとかいうライフコーチ・タイプの女性がここに滞在してたことがあって、その方面のたわごとをマーティーンといつも話してた。そうこうするうちにその〝愛弟子〟――彼女のことをマーティーンはそう呼んでた――が突如、自己啓発本を何冊も書いて、ひと財産築いた。マーティーンはそのおこぼれにあずかりたいのさ。シルヴァーが出版業界のことをなにも理解してないらしいのでがっかりしたと言ってたよ。というわけで、彼女はシルヴァーをお払い箱にした」

「シルヴァーを振っちゃったの？」

「用無しは出ていけって」ティムはジェーンの肘をつかみ、そろそろランチが始まるロッジのほうへ誘導した。

子羊のシチュー《ラグー》と、ラ・フランスとロクフォール・チーズのサラダをぱくつきながら、ここで情報交換するのは不可能だとジェーンもティムも早々に悟った。それより、マーティーンがブルース・オーに例のまじないをかけるのを観察するほうがたやすかったし、ずっとおもしろかった。ふだんでも彼女のボルテージは相当に高いのだから、電圧をさらに上げた効果は絶大だった。

ミスター・クルマは自称蒐集家で、アートやアンティークを専門とする新雑誌の出版人でもあった。ただし、その雑誌はまだ始動まもない微妙な段階なので、内容や資本や裏の人脈について詳しくは話せないのだと、彼は慎重な口ぶりで語った。が、それだけでもミスター・クルマの価値は急上昇し、テーブルについている人々も彼をちやほやした。まるで、彼がレストラン評論家の重鎮で、自分たちはみなシェフだというように。

ひとりシルヴァーだけがこの餌の奪い合いから遠ざけられているように見えた。多かれ少なかれ餌の奪い合いと呼んでいい光景だろう。詩人は黙々とランチを食していた。ジェーンが数えたところでは、ラグーを四皿とサラダを三皿取っていた。この人、どれだけお腹がすいているの？　彼のカフタンにはポケットがいくつもついているから、料理の持ち帰り用にビニール袋がそこにいっぱい入れてあるにちがいない。ひょっとしたら、詩人として身につけた知恵なのかしら。不景気な時代の防衛策として、ごちそうがふんだんに並んだ食卓が出現したら目いっぱい利用するのは。それとも単に食欲旺盛な男というだけ？　ブロケード織りのテントのなかに収まったでっぷりした体の寸法を目測しながら、ジェーンは想像をふくらませた。

すると、ミッキーがツリーハウスを自分でこしらえたのはシルヴァーとマーティーンをもてなすためにちがいないという考えが頭に浮かんだ。シルヴァーとマーティーンのペアにミッキーが加われば、ツリーハウスの床の構造的テストもできる。もちろん、縄ばしごを作るのに使う大麻の品質テストも。大麻の品質……〈キャンベル&ラサール〉のレジデントのなかにはドラッグのための余分な金が必要な人間はいるのだろうか。あるいは出版事業のための。またも料理が大盛りにされたシルヴァーの皿を横目で見ながら、食べ物もそのリストに加えた。修復を目的に持ちこまれた骨董家具をすり替えて大どんでん返しを打とうというほど金に困っている人間がここにはいるのだろうか。

この一時間で〝ぐる《カフート》〟に〝大どんでん返し《スイッチャルー》〟――声に出していないのでまだ許されるけれども……。

「いいかい?」シルヴァーが小声で言った。

なにか訊かれていたのだとそこではじめて気がついた。彼の顔に苦しげな表情が浮かんでいるから重大なことらしい。

「ごめんなさい。宇宙で迷子になってたみたい」

「バターを」シルヴァーはさっきよりは大きな声で言った。発音も明瞭になった。ジェーンには難聴の気があるとでもいわんばかりに。

上等なデンマーク・バターらしき淡い色をした平たい厚切りの物をシルヴァーにまわした。どうしたらそんなぶ厚くバターを塗ったパンの塊を、ほかの物を食べ尽くしたあとにたいらげられるのか訊きたいものだと思いながら。しかし、薹《とう》の立った少女探偵ジェーン・ウィールとしては、そんな台詞を口にしたら彼の心に触れることはできないと承知している。もしかしたら、そこに、ウェストマンの箪笥になにが起こったかを知る手がかりになる情報が保管されているかもしれないのだ。ホーラス・カトラーに、リック・ムーアに、クレア・オーになにが起こったかを探れるかもしれないのだ。

シルヴァーの心にはいりこむ方法ならたぶんわかる。

「コーヒーを取ってくるけれど、サイドボードにあるあのクッキーもひと皿、持ってきましょうか？」

シルヴァーはにやけた笑みを顔じゅうに広げて、うなずいた。

ジェーンは三種類のクッキー――ピーナッツバター入りの丸形クッキー、チョコチップ入りのオートミール・クッキー、チョコレートがけのマカロン――を二枚ずつ計六枚取り揃えてピンク色のディプレッション・ガラスの大皿に並べ、シルヴァーにお持ちした。シルヴァーはこちらがぎょっとするほど盛大かつ露骨な感謝のまなざしをよこした。この人はいったいどんな詩を書くの？　きっと食べ物の比喩が多くて、テーマは空腹と飢餓ね。

「今は新しい作品集に取り組んでいらっしゃるの？　詩人に対してこんなつまらない質問をしちゃいけないのかしら」

「つまらない質問じゃないさ。ただ、わたしには悲しい答えしか返せない」シルヴァーはカフタンの袖についたクッキーの屑を払った。「ブロック」と言ってまず頭を、つぎに心臓を指差した。

作家がぶつかる創作の壁のことを言っているのか、脳の動脈が詰まっているという意味なのか判じかねた。なにしろ彼はバターをすでに百グラム胃袋に収めているのだから。

「創作空間に戻るのにかなり骨が折れたよ。いうなれば今は言葉の世界に戻ろうともがいているところかな」

ペンのかわりにフォークを手に持って。心のなかでそう言いながら、「興味深いわ」と応じた。

「マーティーンが助けてくれている。コーチをしてくれているんだ」

詩人のコーチはどういうふうにするのだろう。ものを書くという行為はあくまで個人の努力の為せる技で、そのなかでも詩作はとくに個人的要素が強いと思われるのだが。ライフコーチが彼の詩作にどんな影響を与えるの？

「マーティーンは精神世界のチャンネルを開くのが上手でね。わたしがエネルギーの方向を修正するのを手助けしてくれる」

「どうやって？」ジェーンは本気で興味を覚えて訊いたが、口からその問いが飛び出すそばから、無神経な発言と受け取られるかもしれないと後悔した。

が、心配にはおよばなかった。シルヴァーは自分が獲得した新たな英知をだれかに話したくてたまらないらしい。毎日の散歩や瞑想によって、自分の人生にはいりこむ外部からの侵入物を追い出しているのだと語った。ネガティヴなものを消し去り、現世の物質と決別しているのだと。

「今持っているのはカフタン二枚とサンダル一足だけだ。あとは、日記をつけるノートが一冊、詩作のためのノートがもう一冊。シャープペンシルが二本、ペンも二本。詩を書くときには同じペンとシャープペンシルを使うようにして、ほかの用途には使わない。それはわたしにとって神聖な道具だから、詩作のためだけに取ってある」

シルヴァーは話を中断して、クッキーを三枚、猛スピードで立て続けにたいらげた。この男が飢餓状態にあるのも無理はない。マーティーンになにもかも取り上げられてしまったのだから。彼に残されているのは食べることだけなのだ。マーティーンは一カ月以内にシルヴァーにジュース断食を課すつもりかもしれない。自分の著作を二冊契約で出版してくれるようなエージェントを彼がつけていなかったことの代償を、そういう形で払わせようとしているのかも。

シルヴァーはディナーの献立が手書きで記された小さなカードを手に取った。あれだけの量を消費したばかりなのに、また食べ物について書いてあることを平気で読める感覚にジェーンはぞっとしたが、本人は喜び勇んでその献立を声に出して読んだ。

「今夜のテーマは〝プロヴァンスの一夜〟。シルクのようになめらかなシーフードのビスクに始まり……」わずか数時間後にはその料理が現実に彼に満腹をもたらす。最初の一行のあと、ジェーンは聞くのをやめた。

そうか、これだ。これがこのパズルに欠けているピースなのだ。クレア・オーはウェストマンの箪笥についてなんと言っていた？　彼女はあるエステート・セールの地下室で問題の箪笥を見つけた。それは屋敷の持ち主によって工具やがらくたの収納に使われていた。だれもその箪笥がそこにあることすら意識していなかった。だれもそれに値段すら付けなかった。

その部分をクレアに質問するべきだとあのときは思いつかなかった。なんとしてもクレア・オーを探し出さなくては。もはやかくれんぼをやめさせる潮時だ。シルヴァーはヘビークリーム（乳脂肪分たっぷりのクリーム）がどうのこうのと言っている。これをちょっぴり、あれをひとつまみ。全身全霊を捧げるように献立表を読み上げている。この力の入れようは自分の詩を朗読するときの比ではなさそうだ。もちろん、弱強五歩格の詩のリズムを採用した料理本でも出版しているならべつだけれど。悪くないかもしれない。いっそレシピを全部十四行詩《ソネット》とかそれに近い詩の形式にしたらおもしろいんじゃない？　シルヴァーの朗読が続いているあいだジェーンの頭はめまぐるしく働いていたが、献立表の最初の一行からあとはひとことも耳にはいっていなかった。

〝プロヴァンスの一夜〟。プロヴァンス。プロヴァンス。なぜそれに今まで思いあたらなかったのだろう。

あの箪笥の彫刻がマシュー・ウェストマンの彫刻とそっくり同じに見えたからなんだというの？　箪笥がその屋敷の地下室に行き着くまでの歴史をたどった説明がなされなければ、本物であるとは立証できない。断定することはできない。たとえ、グレン・ラサールやブレイク・キャンベルのようなこの道の権威がウェストマンの彫刻だと宣言したとしても、来歴を明確にした年表がなければ、生涯に一度の掘り出し物だとして売りに出すのは難しい。

クレアにあの箪笥を見せてもらったときはただ見とれるばかりで、歴代の持ち主について尋ねることすら思い浮かばなかったが、あの箪笥はどういう経緯で地下室に置かれることになったのか。持ち主が屋敷に移り住んだときにはもう地下室にあったの？　その人たちのまえにはだれが住んでいたの？　その家族のなかにまだ生きている人はいる？　あの箪笥が歩んだ歴史をたどる手助けをしてくれる人はいる？

骨董家具に関しては新米なので、そういう質問が即座に頭に浮かばなかったのはしかたがない。おまけに、ティムをここへ引っぱってきてすぐにリック・ムーアの死体を発見する羽目になり、気が散らされてしまった。でも、クレアが修復のためにここへ箪笥を持ちこんだのなら、みんながその掘り出し物の歴史をたどろうとしたはずだ。だって、あれがウェストマンの第三のひまわり箪笥だということになるかもしれないのだもの。博物館級の大仕事だろう。大々的に情報を集めるだろう。ここの人たちのことがもっとよくわかるまではウェストマンのことには触れまいと思ってきたが、ここの人たちのだれもその話題を出さないのはなぜ？

ホーラス・カトラーが殺されたことは新聞でも報じられた。記事のなかにはクレア・オーの名前も出てきた。それなら、つい最近、彼女がウェストマンの箪笥を引き取りにきたことをだれかしら思い出すのが自然なのでは？　いったいなにが起こったのかと考えるのがふつうなのでは？

ジェーンは腰を上げたが、シルヴァーがまだ献立表を読み上げているとわかったので、もう一度椅子に腰を戻した。ティムとオーにこのことを話して意見を聞きたいけれど、よほど突飛なふるまいでもして興味を惹かないかぎり、ふたりをテーブルから離れさせることはできそうにない。そこでまず無作法にならないよう中座するために、咳払いでシルヴァーの朗読を中断させることにした。シルヴァーはなおもポー・デ・クレム（プリンよりも濃厚なカスタード風デザート）の説明を続けていたが、それを遮ったのはジェーンとはべつの人物だった。

「みなさん、ちょっとこちらを」

マーケル巡査部長がロッジに戻ってきたのだ。今回は制服警官数名を引き連れている。ロクサーヌがどういう助言をしたにしろ、とにかく今ここに必要な令状を取ってきたらしい。

「ここ〈キャンベル＆ラサール〉で起こったリック・ムーア事件の捜査を再開します。全員に事情聴取する必要がありますので、警察の許可なく敷地内から外に出ないようにしてください。前回と同じく臨時の捜査本部を置き、図書室がある木工場とミスター・ムーアのキャビンおよびトラックへの立ち入りを禁止とします」この最後の告知が部屋のなかのぼそぼそ声を大きくしたが、マーケルは黙殺した。

「さっそくですが、よろしいですか、ミセス・ウィール」形のうえでは質問でも、問いかける調子ではない。

ジェーンは立ち上がった。シルヴァーがさも愛しげに握っている献立カードをその手から引き抜き、カフタンの縫い付けポケットにあるペンを借りてもいいかと尋ねた。彼の答えを待たずにそれを拝借すると、カードにメモを書きつけ、テーブルのシルヴァーのまえにペンを投げて返した。シルヴァーのびっくりした顔から、そのペンが詩作用なのだと気づいた。神聖な道具を冒瀆《ぼうとく》してしまったわけだ。マーティーンは今日の午後にやることがたくさんありそう。悪魔払いでもする？

部屋から出ていく途中で、オーの左の席に座っているティムのまえに献立カードをさりげなく落とした。これでふたりが仕事に取りかかってくれますように。献立表の一語に加えた小さな変更をティムが見逃すはずはない。今夜のディナーのテーマはもはや〝プロヴァンスの一夜〟とは読めなかった。ジェーンは〝プロヴァンス〟を〝プロヴァナンス《来歴》！！〟と書き換えていたから。

14

あらゆる物の置き場所を決める、あらゆる物を定位置に置く。これはある人々には有効な助言かもしれません。でも、正真正銘の片づけられない人たち、筋金入りのがらくたジャンキーには助言を与えるだけでは効果がありません。あなたがやらなくてはいけないことは丸裸になること。予備はなし。ほんとうに必要な物以外ひとつの物も持ってはなりません。備蓄はもう必要ありません。あなたに必要なのは備蓄するべき物を持たないことなのです。

ベリンダ・セント・ジャーメイン
『詰めこみすぎ』より

〝来歴《プロヴァナンス》〟とは、芸術作品や骨董家具など、価値の高い物が最初にだれに所有され、その後どのような道をたどったかを表わす言葉であり、〝古艶《パティナ》〟や〝化粧板《ヴェニア》〟同様、『アンティーク・ロードショー』で連発されている言葉でもある。

警察の捜査本部となった図書室と同じ建物内のオフィスへマーケル刑事のあとについて向

かいながら、ジェーンは自分を責めた。なぜこのことを今までだれにも訊かなかったのだろう。クレアはあれがウェストマンの簞笥であることをどうやって証明するつもりだったのか。専門家のお墨付きをもらう必要があると考えたのか――〝わたしたち〈キャンベル&ラサール〉〟に鑑定してもらえれば安心ということか。だが、彼らだって、鑑定するまえに、その掘り出し物の発見についてできるかぎり多くの情報を集める必要があるはずだ。価値の高い作品が、製作された場所からも最初の持ち主が置いていた場所からも遠く離れた土地のセールやオークションで、ときには慈善団体が運営するスリフト・ショップで見つかることはもちろんあるが、そこにいたるまでの記録が文書で残されているか、少なくとも伝承による歴史が存在するのが一般的だ。文書記録が発見されたり、伝承が作品に信用証明を与えたりするものなのだ。

ウェストマンの第三の簞笥の売買証書がマシュー・ウェストマンの遺した書類のなかに見つかれば、最初の持ち主の名前に行き着くだろう。たとえば、マシュー・ウェストマンからひまわり簞笥を購入したのはスミス家の人だとか。そうして調査を進めれば、そのスミス家が数年後にシカゴへ引っ越したこともわかるかもしれない。時代が移り、スミス家の子孫は中西部一帯に散らばり、家具の一部も彼らとともに各地に散らばる。十九世紀後半のシカゴの大火で失われた家具もあるかもしれない。スミス家が経済的に困窮し、父祖伝来の家具をオークションにかけたかもしれない。そんなとき、ミスター・ジョーンズが今や使い古されて見る影もない簞笥を気まぐれに入札した。ほんの数ドルの代金を彼は支払い、簞笥を家に持ち帰った。見た目がおもしろいし、よくできていると思ったから。が、彼の妻はそうは思わなかった。それでも造作は頑丈なので、夫妻はその箪笥を人目に触れぬところで活用することにした。もしかしたら、少し色を明るくしようと塗料を上から塗ったかもしれない。また、ウェストマンのそのひまわり箪笥を上下に分けてみたら、上部の棚は子ども部屋に置く小さめの脇テーブルにするのにちょうどいい大きさで、下部の抽斗のほうは装飾が派手すぎてむしろ野暮ったいので地下室に置かれ、ペンキの缶や古くなった筆を収納する箪笥にされてしまったかもしれない。そしてまた五十年が過ぎた。ジョーンズ家の孫の代でエステート・セールがおこなわれ、クレア・オーがその箪笥に目に留めた。地下室の奥深くに埋もれるようにして置かれていたそれは、ほとんど捨てられたも同然の状態だった……。

　ありそうもない話かもしれないが、まったくありえない話でもない。〈キャンベル&ラサール〉なら、抽斗の裏面の模様やひまわりを彫るのに使われた道具を調べるのと変わらぬ熱意で徹底的にその来歴も調査したにちがいない。

〈キャンベル&ラサール〉が本物だと太鼓判を捺《お》したなら、その箪笥はきわめて重大な〝来歴〟をもつことになる。若干の疑問の余地は残ったとしても——ディーラーやコレクターのだれもが願う、遺伝学でいうところの純系ではなかったとしても、この世に出現したときから同一家族内で子から孫へ連綿と受け継がれてきた家具ではなかったとしても——裕福なアーリー・アメリカン家具のコレクターを満足させられる、信頼性の高い物語がそこにはあるはずだ。

〈キャンベル&ラサール〉が、その家具はウェストマンの手になる箪笥だと信ずるに足る文書記録も伝承の歴史も見つけられなければ、価値はいちじるしく下がるだろう。それでも、マシュー・ウェストマンの彫刻手法を用いて作られたアーリー・アメリカンの古い箪笥として売りに出されていただけなら、ホーラス・カトラーが糾弾したように偽物ということにはならないだろう。ただし、それが、マシュー・ウェストマンになりすましたリック・ムーアの彫刻手法による、ただのアメリカの新しい箪笥だったとなれば話はべつだ。

エステート・セールがあった屋敷の所有者についてクレア・オーに質問しなかったことが今となっては信じられない。箪笥を持ちこんだ際、ここの専門家たちがなんと言ったかも訊かなかった。彼らは本物だと鑑定したにちがいない。そうでなければ、クレアはホーラスに箪笥を届けたりしなかった。百歩譲って本物だと鑑定されなかった物を届けたのなら、偽物だとホーラスに非難されても驚かなかっただろう。

考え事にふけっていたので、マーケルに質問されても二回も訊き返さなければならなかった。訊き返してもまだ少しぼうっとしていた。ティムとわたしは昨日〈キャンベル&ラサール〉に着いたばかりじゃなかった？

「いいですか、ミセス・ウィール、昨日、木工場にはいったときに異臭に気づきましたかと訊いたんです」マーケルがもう一度言った。

ジェーンは木工場にはいったときの第一印象を思い出そうとした。設備が整って配置もきちんとした、見事な木工場だった。塗料やニスや溶解剤の缶が壁に沿って並んでいたのは覚えているが、蓋の開いている缶を見た記憶はない。頭のなかでもう一度オープン階段を昇り、回廊式図書室からその続きのロフトまで行ってみた。なんのにおいも思い出せない。だけど、窓が開いていた。窓が開いていれば、なにかのにおいがあっても気づかないんじゃない？

「においは思い出せないわ。でも、窓が全部開けられて軽い風の流れを感じたから、空気の入れ替わりがあったのかもしれない」

「風が吹きこんでいたのは覚えているんですね？」

「ええ。それはちゃんと。図書室にいたとき、テーブルのひとつの上に本が開いたままで置かれてるのに気がついたの。栞が挟んであったんだけど、風で数ページ先までめくれていた。それと、〈キャンベル＆ラサール〉では、持ちこまれるすべての家具に対して綿密な調査をおこなうというようなことが書かれた小さな卓上カードも置いてあって……」

ジェーンはふと言葉を切った。そうよ。あの栞こそ、クレアが引き取るまえにウェストマンの箪笥に関する真実を知っていた人間がここにいることのさらなる証しになる。〈キャンベル＆ラサール〉で修復をしたなら、あの箪笥の来歴は調査済みということだ。

「はい、それで？」とマーケル。

「風が吹きこんでいたのは覚えてる。だから、なにかのにおいがあったとしても気づかなかったんだわ」

そこでジェーンははっとした。捜査が再開された理由をまだだれからも聞かされていなかった。でも、リックのトラックで見た物、あの彫刻の道具、ウェストマンのひまわりに似せた彫刻を思い出せば、おおよその見当はつく。

「リック・ムーアは殺されたの？」とマーケルに尋ねた。

マーケルはユーモアの兆しもない笑みを浮かべた。「どうしてそう考えるんですか？」

「わたしが質問したのよ。なにか考えがあるとは言ってません」

ジェーンの考えはキャビンに置いてきたサンダルと〝重要〟マークのはいった封筒に移っていた。独自の調査のためにああいう物を勝手に取ってきた場合、相当に面倒な事態になるのだろうか。

マーケルが机に肘をついて顎を両手に載せ、顔を寄せてきたのでびっくりした。ディープでダークな秘密を打ち明けてやろうかという顔つき。ならばこちらにも聞く用意はある。

「あなたが探偵らしいということは知っていますよ、ミセス・ウィール。しかも、わたしはこう考えているんです。あなたが追ってきたものとわたしが追っているものは同じなんじゃないかと。この際、お互いの情報を共有するべきではありませんか？」

おったまげた。きっと新聞の漫画みたいに目玉が頭から飛び出し、顎が床まで落ちているにちがいない。そもそも自分が探偵だという自信などないのだから、べつの州の警察官が頰杖をついて、一緒に噂話でもしたそうなそぶりを見せているのが信じられない。

「とぼけるのはよしましょうよ、ミセス・ウィール。あなたはリック・ムーアの死体を発見したんです。コンピュータであなたの名前を検索するぐらいのことはわれわれが最低限するだろうと思いませんでしたか？　そうすれば最近起こった数件の殺人事件の捜査に関してもいろいろわかります」

「警察はわたしをググったの？」ジェーンは信じがたい思いで訊いた。

「警察はググる必要などありませんよ、ミセス・ウィール。基本的な考え方は同じですが」

ジェーンはこのテストに落ちたくなかった。こちらの知っていることを教えずに、マーケルがなにを知っているのかを知りたい。といっても、こちらはたいしたことを知っているわけではない。たいしたことなのかしら？　明快な答えの出ない気がかりな疑問なら山ほどあった。クレア・オーはどこにいるのか。彼女はなぜ大きな危険を冒してまでここへ来てツリーハウスにひそんでいたのか。リック・ムーアが〝重要〟と記したあの封筒のなかにはいっていたのはなんなのか。〈キャンベル&ラサール〉の隠された秘密とはなんなのか。彼らがウェストマンの箪笥の偽物を作ってすり替えたことだろうか。それとも、偽物と知りながらそれを本物だと鑑定したことなのか。あるいは、単に自分たちの犯した過ちを必死で隠そうとしただけなのか。ホーラス・カトラーを黙らせるために殺さなければならないほど追い詰められた人間がいるということか。そして、ここに最大の疑問が新たに生まれた。だれがリック・ムーアを殺したのか。

とりあえず今マーケルを納得させられれば、この場を切り抜けて、しかるべき人にしかるべき質問をすることもできるだろう。たぶんオーに。彼がうまくマーティーンを追い払ってくれれば。そしてティムにも。献立カードに走り書きした〝来歴〟の文字をティムが判読できて、すでに答えを探しに出かけてくれていれば。

「マーケル刑事、木工場の窓についてならちょっと考えたことがあるんだけど」そこでしばし考えこんでから先を続けた。「だれかがなにかを使って、においを充満させたんじゃないかしら。化学薬品でびしょびしょにした布をリックがいるときに部屋に置いたとか。そのときは窓がすべて閉め切られていた。木の治療をする目的でそこにいたんじゃなければ、彼は窓をわざわざ開けなかったかもしれない。で、空気の異変に気づいて、ふらつきながら外に出た彼を、その人物が小川へ誘導し、やすやすと水のなかに彼を浸け、それから木工場へ引き返して窓を全開にした。長い時間はかからなかったはずよ。それに、そのときはちょうどここの静かな……」

「ええ、〝静かな時間〟でしたね、わかっています。だれもが姿を消す時間です。したがって、なにかが起こってもだれにもアリバイがありません」マーケルはため息まじりに言った。「でも、どうでしょうか。窓は上部に蝶番がついた開き窓ですから、押せば簡単に外に開きます。やはり……」マーケルはまたため息をついた。「やはり、話を振り出しに戻さなければならないようです。あなたはここへ来たときからホーラス・カトラー殺害に関してなにか知っていたんじゃありませんか？」

　正直にノーと答えてもいいように思えた。ここで言えるようなはっきりしたことは実際なにも知らないのだから。が、その否定の一語がジェーンの口から出るより早く、マーケルは持論を進めて完結させた。

「つまり、リック・ムーアがホーラス・カトラーを殺してみずからも殺されたという事実のほかに、ということです」

マーケルはジェーンの顔を見て、にっこり笑った。

「あなたがこの捜査本部をあとにするころには、向こうでみんながその話をしているはずです。ある程度はわたしからここの秘書に説明してありますから、今朝立ち寄った際に。ある目撃者の証言からホーラス・カトラーの殺害現場にリック・ムーアがトラックで行っていたことがわかったんです。カトラーが手につかんでいた髪がムーアの髪と一致することも鑑識の結果わかりました。わたしのデスクにある大量の捜査資料もすべてムーアを指差しています。警察が取り調べた女性の容疑は晴れました。彼女の供述の裏が取れましたから」

頭がくらくらした。いや、ほんのちょっぴり。くらくらする時間が短くなってきているので探偵として上達しつつあるのだろう。リック・ムーアは殺された。そのことはもうわかっている。でも、彼の彫刻の技量や家具の偽造に関する情報が殺された理由ではなく、ホーラス・カトラー殺害の証拠隠しのためだったということ？　だけど、ホーラス殺しの犯人がリック・ムーアであることを示す証拠が現場に残されていたんでしょう？　だったら警察が彼を逮捕すればすむ話なのに。複雑な思考ができるようになって、ジェーンはほっとしていた。このぶんだと探偵としてやっていけるかもしれない。悪党のほうがもっと頭がこんがらかっているようだから。

マーケルは一応わたしをプロの探偵として扱ってくれている。こちらとしても、なにか情報を提供しないことにはこの捜査本部をあとにできない。これはプライドの問題だ。

「リックの靴なら持ってるわよ。サンダルだけど。図書室の椅子の下にあったの。彼はここの図書室で本を読んでたんでしょうね。なにかが原因で外に走り出るまで」

マーケルはうなずいた。「ほかには？」

「またわかったら教えます」

自分を私立探偵として扱ってくれた事実上はじめての人物にリックの封筒のほかいくつかのことを隠すのはうしろめたかった。自分で目を通すチャンスを得るまえに彼に封筒を預ける気になるほどではないにしろ、うしろめたいのはたしかだった。

ジェーンはマーケルが書類をめくるのを黙って眺めていた。できればもっと頬杖をついていたいというのがマーケルの本心のようだが。ジェーンは逆に、いつでも鳥打ち帽をかぶって〈キャンベル&ラサール〉のアーティストの群れのなかにはいり、矢継ぎ早に質問したい気分だった。クレア・オーも遠からず隠れ場所から姿を現わすだろう。容疑が晴れたと知ったらすぐにも。栗鼠の尻尾にメッセージでも括りつけてツリーハウスに送りこもうか。もう堂々と現われてもいいのだと知らせてあげようか。クレアが〈キャンベル&ラサール〉の敷地内に潜入してなにかを嗅ぎまわっていたという事実はまだ怪しげではあるが、彼女の心配の種はここにはないのだから。リック・ムーアがこの世で最後の水を飲んだとき、クレアは自宅にいたのだから。

ロッジへ戻るとだれもいなくてひっそりしていたのは意外だった。てっきりマーティーンが招集をかけて交霊会を開いていると思ったから。仲間のなかに殺人犯がいたとわかったら騒ぎになるのがふつうなのでは？　しばらくは敷地の外に出ることも禁じられている状況であれば、疑わしげな視線や激しい非難の応酬があって当然なのでは？　不安のあまり泣きだす人間がひとりぐらいいてもいいのでは？　でも、そういうことにはならない。

今は静かな時間だから。〝たとえ殺人犯が暴れまわっていようとも、わたしたち〈キャンベル&ラサール〉は静かな時間を遵守する〟。手書きの文字でそう記された、小さな卓上カードがどこかに見つかるのではないかと、ジェーンはなかば期待すらした。なにはともあれオーとティムを探しにいこう。ふたりが静かにしているわけはないから。ティムが暴れまわっている可能性は大いにあっても。

木工場は立ち入り禁止だが、そのそばを通って自分のキャビンへ戻ろうと思った。ティムとオーはそこにいるか、あるいは、メモを残してどこかへ行っているだろう。木工場の入り口にはテープが張られ、制服警官が一名、戸口に立っているのが見えた。窓は開けられている。一階の窓は上部に蝶番のついた大きな開き窓で、内側から外に押し出されたガラスの上端を木枠一本がつなぎ止めていた。遠くからでも開いていることは容易に見分けられる。図書室に光と空気を入れる高窓も開けられている。

「お巡りさん、図書室から本を取ってきてもかまわない？　そこの二階の図書室から」と、歩哨の警察官に尋ねた。

思ったとおり警察官は首を横に振った。ジェーンは肩をすくめると、唇を噛んで歩を進め、木工場の裏手へまわった。そこから始まる小径を通って小川に面したキャビンに戻るようなふりをして。小川に面したキャビンのひとつはアニーのキャビンだ。ジェフとジェイクのキャビンもそっちのほうだろう。よく知らないけれど。

木工場の真うしろまで行くと裏口を見た。出口であれ入り口であれ、そのドアが目立たないのは、はいってすぐのところが主要な作業スペースではないからだ。ドアの内側から裏階段が始まり、図書室とオフィスに通じている。昨日――まだ昨日?――そのドアから外に出て、小川までぶらぶら歩き、リック・ムーアを発見したのだった。ひょっとしたら警察は裏にもドアがあることに気づいていないのではないだろうか。見張りをつけていないところをみると。

そのドアが開いたとき、ジェーンとの距離は三メートル。凍りついたように動きを止め、木工場から出てきた男がこっちを振り向かないよう祈った。幸い男はちらとも見ずに足早に小径を歩きだした。ジェーンは安全と思われる距離を取って男のあとを追った。

アニーのキャビンを目前にして男は小径から離れ、深い森のなかへはいった。どこへ向かっているかはわかっている様子で、まず左へ曲がり、つぎに右に曲がったが、追いかけるジェーンはそのうち方向がまるでわからなくなった。男の足が止まるとジェーンも足を止め、男が金属でできた小屋のドアを開けるのを見守った。鬱蒼とした木々がその小屋を巧みに覆い隠していたから、十回以上そばを通りかかっても気づかないだろう。小径からもだいぶ離れているので、偶然だれかが見つけるということもありそうにない。小屋の入り口と逆の端に荷物の搬出口らしきドアもあり、木を雑に伐《き》り払っただけの連絡道路につながっているのがわかった。方向転換を繰り返しすぎたため、それがリック・ムーアのトラックが停まっていた連絡道路と同じ道なのかどうかはわからない。彼が〈キャンベル&ラサール〉からの秘密の遠足の行き帰りに利用していた道と同じ道なのかどうかは。

男は小屋のなかに消えたが、ドアを閉めなかった。キャンヴァス地のゆったりしたジャケットと、深めにかぶったフィッシング帽、それに、薄いブルーの色がついた防護ゴーグルとおぼしき装備。窓がないので、そっとドアに近づいてなかを覗いた。目を奪われるような骨董家具数点が見えた。本物のウェストマンのひまわり簞笥がどこかにないかと、小屋のなかに視線を走らせた。クレア・オーに引き渡した偽物とすり替えた本物が隠されているならこしかないと思ったから。と、男が可愛らしいバタフライ・テーブルを引き出してきたので、在庫調べを中断した。男はその名の由来でもある繊細な形をした補助板のついたテーブルを引き出すと、慈しむように片手で表面を一回撫でた。それから、ひざまずいて旋盤仕上げの優美なカーブの脚に触れた。男の足もとに蓋の開いた工具箱があった。その箱からなにを取り出そうとしているのかを見たくて、ジェーンは戸口から身を乗り出した。腰を上げてふたたびテーブルに向かった男の手に握られているのは古い木のハンマーだった。どこかに優しく釘を打とうしているのかもしれない。ジェーンは微笑んだ。木工師の仕事をこっそり覗けるのが嬉しくて。

男が全力でハンマーをテーブルに打ちおろしたときは思わず悲鳴をあげてしまった。テーブルの天板を一撃したその音はすさまじく、自分が襲われたかのようなジェーンの反応にも気づかず、男はなおも破壊行為を続けた。ついさっきまで非の打ち所がなかった木の表面にハンマーを叩きこみ、へこませることをやめなかった。狂っているの？

男の体を抱き留めて、武器のように振りまわしているハンマーを下に置かせようと思ったそのとき、なにかのにおいを感じた。最初は甘いにおいだった。それが強烈な異臭に変わるとともに、喉の隙間という隙間が埋め尽くされた。まるで、頭と胴体がたくさんの部屋でできていて、それらの部屋の扉がいっせいに閉まる音が聞こえたかのようだ。目も耳もふさがれ、思考回路も今や遮断された。

すべての原因はこのにおい。なんのにおいだか一瞬わかった気がしたが、すぐにまた忘れた。においの源はびしょびしょに浸した布きれで、それが背後から頭にかぶせられていた。きつく巻かれてはいない。そうする必要もない。化学薬品の異臭は蒸気の手となり、空気を余すところなく詰まらせ、生き物を窒息させる。ジェーンはよろよろとあとずさりした。空気を、空気を吸いたい。水で目を洗い流したい。

布が頭から落ちた。少なくともそう感じられた。走ろうとした。もしかしたらもう走りだしているのかもしれない。でも、ほんとうのところはわからない。なにも見えないのはたしかだが、ほんとうに目が見えないのか、それとも、この異臭に対する抵抗で目がきつく閉じてしまっているのかはわからない。ふたたび目を開けるにはどんな指令を出せばいいのかもわからない。だれか追ってきているの？　それもわからない。息ができない。冷たいものが欲しい。きれいなものが。だれか呼吸を再開する方法を教えて。呼吸の仕方を知っていたはずなのに、今はその能力がまるごと失われてしまったようだ。

ぜいぜいと息を詰まらせた音が聞こえる。追っ手の声？　ぞっとするような音。怪物が追いかけてきているにちがいない。とてつもなく大きいあえぎ声。ゲーゲーぜいぜい言いながら、うしろから迫ってくる怪物はいったい何者？　ゴボゴボはあはあゲーゲー。間近に迫る死の音。身の毛のよだつこの音を発しているのが自分であると思いたくない。

こんなのフェアじゃない。呼吸が自分から奪われようとしているなんて。肺にいっぱい空気を入れたい。けれど、両の肺もこの体のなかにある閉ざされた扉のひとつなのはあきらかだ。息をしたい。ニックのために。チャーリーのために。懸命に一回だけ吸いこんだわずかな空気が胸の陥没をかろうじて食い止め、かすかな希望が芽生えた。が、そのとき二本の手に片肘をつかまれ、まえへ押し出されるのを感じ、一瞬にして希望ははじけて消えた。「小川へ連れていくしかないな」だれかがそう言ったように思えたが、その声も遠くに聞こえただけだ。閉ざされた扉のどこか遠くのほうに。

体をまえに押し出し、進ませようとする力に抗った。あるいはそうしていると自分で思っているだけかもしれない。いずれにしろ、小川へ導こうとしている人間は落ち着いているとわかった。頭の曇りが晴れた刹那、うら寂しさとともにひとつの疑問が浮かんだ。なぜ、この世の終わりに目にした光景が、あの小屋で目撃した奇妙な光景なのだろう……。〈キャンベル&ラサール〉のアーティストがアーリー・アメリカンのバタフライ・テーブルを壊していた。どう考えてもおかしい、おかしすぎる。薄れゆく意識のなかでジェーンは思った。

15

風水思想の実践者なら、淀んだ気のエネルギーに取り巻かれないようにゴミ箱を全部空にしなさいと言うでしょう。わたしはこう言います。淀んだ気のエネルギーの溜まったポケットは、あらゆる物の表面に、あらゆる棚の上に、あらゆるクロゼットのなかにひそんでいます。

ベリンダ・セント・ジャーメイン
『詰めこみすぎ』より

自分のなかにあるいくつもの扉が閉まり、意識世界から遮断されて気を失ったジェーンは、今その扉がひとつまたひとつと開くのを感じていた。聴覚が急に戻ってきた。怒号。わめき立てる声、声、声。喧嘩をしているの？　なんであれ小屋から追いかけてきた有毒な蒸気を入れまいとしてぎゅっとつぶっていた目をいざ開けてみると、樹冠の切れ目からこぼれる光が目にはいり、痛みを覚えるほどのまぶしさだった。すぐにまた目をつぶった。

「……意識が回復……手遅れ……どうしてこんな……状況が……俯せ……」話しているのは

ふたりの男だ。目を閉じたままで耳を澄ますべきだと思った。わたしを始末する方法を決めかねているのなら、ガール・スカウト仕込みの〝つねに備えよ〟が有利に働くかもしれない。俯せにして小川に投げこもうとしているのでないのはたしかだ。わずか三十センチの深さの小川で二日間にふたりの人間が溺れるという事態になれば、〈キャンベル＆ラサール〉で起こっていることを捜査中の警察にますます怪しまれるのは必至だから。

ジェーンはもう息ができていることに気づかれぬよう注意しながら、できるだけ肺の奥深くまで空気を吸いこんだ。なんて気持ちがいいんだろう。ごくりと喉を鳴らして吸いこみたいが、小分けにすするだけで我慢し、筋肉をこわばらせた。男のどちらかが体に触れようとしたら、即座に殴りかかれるだけの力が出せるように。

だれかがこっちへ歩いてくる気配がした。地面に身を横たえていると葉や小枝がこすれ合う音がことさら大きく聞こえる。陽の光が遮られたのは、だれかが隣にひざまずいて、顔の上にかがみこんできたからだった。その人物の顔がさらに近づくのを感じると拳を握りしめた。目をぱっと開け、思いきり殴りつけた。ティム・ローリーの側頭部を。ジェーンのパンチのあまりの威力にティムはうしろざまに倒れた。目にはあたらなかった。こんな至近距離だから目に命中していたらかなりのダメージを与えていただろう。それでも、耳を捕らえたので、ティムは今その片耳を手で押さえて叫んでいた。

「ぼくになにをする気なんだよ？」

ジェーンは起き上がった。まだ頭がくらくらするが、ひと呼吸ごとに確実に靄が晴れた。

「いつもそうやって目を覚ますのか？　まったくもう……血が出てないだろうな？」ティムはジェーンのほうへ殴られた耳を向けた。それからブルース・オーのほうへ。オーはふたりを見おろして立っていた。

「最も無力な状態にあるときでさえ敵と対決する備えができているとはさすがです」オーは腰を落とし、立ち上がろうとしているジェーンに手を貸した。

側頭部に軽いパンチを食らったぐらいで泣き言を吐いているへなちょこに皮肉のひとつも言ってやろうと口を開いたが、口から出てきたのは泣きそうな声だった。「ああ、ベイビー」

頭はみるみるすっきりして、ティムのペットボトルの水をふたくちみくち飲んだあとは、喉も回復しはじめた。そこで、これまでにわかったことすべての報告を超特急で始めた。ふたりは途中で何度も制止しては、それがリック・ムーアのキャビンとトラックへの極秘訪問で知ったことなのか、ランチタイムの会話から、あるいはマーケル刑事の聴取を通じて知ったことなのか、はたまた小径から森の奥に迷いこんだ冒険のなかで知ったことなのかと尋ねなければならなかった。

ブルース・オーとティムによれば、マーケルの言ったとおり、リック・ムーアに関する情報は今やここのだれもが知っていた。リックがホーラス・カトラー殺害に関与しているらしいという噂はランチのあとに一気に広まった。みんなショックを受けた。あるいはそのように見えた。リックと交流がなかったのはジェフとジェイクだけで、リックと取り引きしたことがある者は細かいことにこだわる口うるさい男だと彼を評した。だが、ひととおり文句を垂れたあとには勘定をきれいに支払うとも言った。リック・ムーアとホーラス・カトラーが言い争いをしている場面を見たことがある者はひとりもいなかった。

「ウェストマンの箪笥については？　彼らにその話をした？」

「するわけないだろ。ぼくたちの正体がばれてしまうじゃないか。内部情報を入手しにくくなるよ」

「それはそうね。かなりたくさんの情報が集まってきたところだし」

「わたしはその話題に触れましたよ」とオー。「それとなくですが。アート系の新雑誌の出版人だと自己紹介をしたうえで、〈キャンベル＆ラサール〉の記事を自分で書かないかとホーラス・カトラーに勧められたと言ってみたのです。最近、特別な彫刻のあるアーリー・アメリカンの箪笥をホーラスがわたしのために見つけてくれたとも。そして、それを修復しているのはここなのかと訊きました」

「その話をした相手はだれ？　彼らはあなたの質問になんて答えたの？」

「その話はロクサーヌにしかしていません。滞在の手続きをしたときに話したのです。記録を調べなければならないけれども、今の時点ではホーラス・カトラーから預かった家具はここにはないはずだと彼女は答えました」

「だけど、ホーラスから預かった家具がないのは当然ですよ、書類上は。〈キャンベル＆ラサール〉の顧客というなら、あなたの奥さんなんだもの」とティム。

ジェーンは自分の話の補足をし、森の奥にある小屋を探すべきだと主張した。そこで恐ろしく奇異な行動を目撃したからと。そのまえに化学薬品の攻撃を受けて幻覚を見たのではないかとティムは言った。「価値の高い骨董家具とわかっていながら、それを壊すような人間はここにはいないさ」バタフライ・テーブルの天板が叩きつぶされた様子をジェーンが説明するとそうも言った。「異臭を嗅がされたぼろ切れのせいにちがいないよ」

オーは無言だった。黙れというように唇に指を押しあてて細い枝道にはいり、問題の小屋を指差した。ドアは閉まっている。今度は三人とも黙ってうしろへ下がった。耳をそばだてるとなにかを打つ規則正しい音が聞こえた。テーブルに木のハンマーを打ちつけているのだ。ジェーンは眉をつり上げてティムを見た。ティムはうなずいた。

「まだこのなかにいるんだわ」その直後、ハンマーの音が止まった。ガレージ・ドアが開けられるような音が遠くで響いた。

「来て。小屋の裏側にもドアがあるの」

生い茂る木に身を隠しながら三人は小屋の背後へまわりこんだ。大きな一枚ドアが上げられ、おんぼろのピックアップ・トラックがそのまえに停まっていた。トラックの荷台に窓づけ式の錆びついた古いエアコンが二基積まれている。扉のない冷蔵庫一台と、マットレス数枚、それに壊れた椅子もいくつか。がらくたを満載して路地に停まっているピッカーのトラックと似たようなものだ。人々はそうしたがらくたをだれかが持っていってくれるようにと期待して家の裏の路地に捨てる。汚れた格子縞のシャツを着た年配の男があのテーブルの横に立っていた。見事なカーブを描いていた脚の一本が今は打ち壊されていた。塗料か溶解剤がテーブル全体の表面にこぼされていることにもジェーンは気がついた。この角度からだと、さっきは気づかなかった表面の変色も見て取れる。

「ほんとにここではこれはいらないんだな？」年配の男の声が聞こえる。

相手の答えは聞こえない。狂ったようにハンマーを振るっていたその男の姿も、三人がいるところからは見えない。だが、男は家具の残骸を引き取ってくれる年配者に礼を述べたにちがいない。年配者のほうがそれに答えて、「いや、こっちこそ礼を言うよ。欲しがるやつはかならず見つかるだろうから。使い途はあるんだ」と言ったから。

「〝トムのガラクタカラ〟」トラックの横腹に書かれている文字をオーが読みあげた。「おふたりのどちらかトムをご存じですか？」

ティムもジェーンも首を横に振った。

ハンマー男が外に出てきて小径を歩きだすのを三人は待つことにした。ジェーンが茂みの陰から出た瞬間、トラックのドアの閉まる音が二度聞こえた。

「一緒に行くつもりなんだわ、トムと」急いでもう一度小屋の裏手へまわりこむと、ちょうどトラックが道路のカーブを曲がるところだった。その道路は〈キャンベル&ラサール〉の正面の入り口にも通じているはずだ。

「あの男がだれであれ、わたしたちが徒歩で行くよりずっと早くロッジに戻ってしまう」

「今の男は先ほど戸口にいるあなたの姿を見たと思いますか？　あなたが襲われるのを見たでしょうか？　あるいは音や声を聞いたでしょうか？」

「そうは思わない」とジェーン。「さっきわたしは裏のドアのそばにいたけど、小屋のなかの音はものすごく大きかったから。最初ににおいを感じてすぐ、ふらふらとあとずさって、それから小径があるはずの方向へ走ろうとして――」

「だれかが歩いてくる。あっちから」ティムが小屋の入り口のほうを指差した。

三人がすばやく小屋の裏側の茂みへ戻るのと同時に、スコットとアニーの姿が見えた。アニーはしきりにかぶりを振って目をぬぐっている。スコットは彼女の耳もとに口を寄せて喋りつづけている。

オーはひとことも発せず、唇に人差し指をあてると、二歩うしろへ下がってじっとしていろとティムとジェーンに合図を送った。

「わたしたちは木です」と、ほとんど声を出さずにオーが言うのが聞こえた。囁きにもならない声、かといって完全なパントマイムではない。身じろぎもせず立っている三人のまえをスコットとアニーが通り過ぎた。ジェーンが手を伸ばせばアニーの握っているハンカチを引き抜けそうなほど近くを。三人がそのまま音なしの構えで見ていると、やがてスコットとアニーは視界から消えた。

ジェーンは称賛のまなざしをオーに送った。まさしく救済者だ。オーのおかげで危機一髪のところを救われた。ティムとふたりだけだったら、彼らのまえでしどろもどろに間抜けな作り話をしていただろう。さっき彼がつぶやいたのは昔の哲人の言葉かなにかだろうか。馬鹿らしくて恥ずかしくて口にできないような言葉でも、あなたが言うと全然そうは聞こえないのね。この気持ちをどうしたら彼に伝えられる？ 「すばらしい作戦だったわ。〝わたしたちは木です〟だなんて。太極拳の教えなの？ いえつまり、東洋の神秘的な言葉のようだったから」と言ってはみたものの、オーの答えを待たずに歩きはじめた。

「なんだっけ？ さっき木のことをなんて言ったんでしたっけ？」ティムがオーのほうを向いて訊いた。オーは肩を軽くすくめて首を振った。

「べつにたいしたことでは。わたしたちは彼らの目にははいらないだろうと言っただけです」

キャビンに戻ったジェーンは、今この時点で自分が欲しているのがなんであるかを悟った。さまざまな疑問に対する答えよりも、有毒な化学薬品で自分を殺しかけた人物の正体よりも、〈グレイグース〉のロックよりも――じつはそれを非常に飲みたいのだけれど――切実に今欲しいのは着替えの服だ。シャツとセーターでいっぱいの、靴下はもっといっぱいはいっている、特大のスーツケースが欲しい。そう、ベリンダ・セント・ジャーメインのバイブルを一ページずつ丹念に読んできたし、もっともだとうなずける個所もなくはないけれど、この六点限定の着替えへの挑戦はなんの役にも立たない。少なくとも、森のなかで毒殺されかけ、松葉にまみれて転げまわった人間にとっては。お風呂にはいって清潔な服に着替えたい。

バスタブに湯を張り、〈キャンベル&ラサール〉支給の豪華なローズマリー&ミントの泡立つ入浴剤を湯に振りそそぐと、隣のティムのキャビンにノックなしではいり、こう宣言した。

「なにも言わないで。着替えの服を貸して。いかした服を」

ティムは黙ってうなずき、ベッドのそばの箪笥からオリーヴ・グリーンのTシャツと栗色のカシミアのVネックセーターを引っぱり出した。それからクロゼットを物色して、オリーヴ色のリネンの、ウエストを紐で絞るタイプのパンツを取り出した。ジェーンも黙って両腕でそれらを抱きしめた。ティムがシルクのボクサーショーツをつまんでひらひらさせると、憎らしそうに微笑んでみせた。

バブルバスの効力は絶大だった。ティムがわざわざロッジまで行って飲み物を作り、オリーヴを六個浮かべ、片手で目を隠してよたよたとバスルームにはいってきて、バスタブの脇にグラスを置いてくれたのだからなおさらだ。

「これ〈グレイグース〉?」

「原産国に関しては正解。〈シロック〉さ、フランスの。原料は穀物じゃなく葡萄。フランス産の高品質の葡萄のみを五回蒸留したウォッカ。なめらかな舌触りだろ。イタリアの安グラッパよりずっといいだろ?」ティムは自分のグラスを掲げた。

「グラッパだかシュマッパだか知らないけど、ヤッピーが飲むワインを全部わたしにテイスティングさせないでよね」そこでもうひとくち味見。「おいしい。すごくおいしい」

「びくつかないで話を聞けるぐらいにはリラックスしたかい?」ティムは目を閉じたままで

バスルームの戸口に立っていた。

「たぶん」ジェーンは〈シロック〉を口に運んだ。

「きみが森で落とした携帯電話を見つけた。電源が切れてた、電池切れで。いつでも携帯でニックと連絡がつく状態にしておきたいんだろうから、ただ今充電中。不通の時間はせいぜい二時間ですんだと思うよ」

「大丈夫。ニックは出来のいい親と一緒だから、わたしが電話に出なくてもうろたえたりしないわ。母親に電話をかけようとさえ思わないでしょうよ」

「ジェイニー、いじけるなよ。たかが遠足の承諾票じゃないか。ニックはそのおかげでチャーリーともっと愉しいところへ行けたんだし、きみはそのおかげで謎の事件の解決に出向けたわけだし」

「ええそうよ、だから、その意義ある仕事に取り組んでるところ。ここでなにが起こってるのかを突き止めるための手がかりでも見つかった？　危うくわたしが――」ジェーンは自分の身に降りかかったことをどう表現するべきかと思案した。「――ぼろ切れをかぶって死ぬところだったという事実のほかに」

ふたりは一緒になってげらげら笑いだした。実際、声が大きすぎて、ベッドの脇テーブルの上でかすかに鳴っているジングルベルの着信音の最初のほうは聞こえなかった。

「もう充電はすんだろう」ティムは携帯電話を取りにいった。発信者の名前を確かめ、にっこり笑ってジェーンに手渡した。目を隠さなければならないのをすっかり忘れて。「ネリーから」

「すばらしい。ずたぼろにされて今度こそほんとに死ぬかも」これでまたふたりとも笑いの発作に陥った。

「ああ？」ジェーンの〝もしもし〟に対してネリーが言った。

「わ、わ、わたしに電話したんでしょ、母さん」くすくす笑いを止められない。

「なにが始まってるのさ？」とネリー。

「今ね、お風呂でウォッカを飲んでるの。ティムが服を貸してくれるんだって。まだミシガンから帰れそうにないわ。だって、ここで殺された人を発見しちゃったんだもの。おまけに今日は、変な薬品を染みこませたびしょびしょのぼろ切れで殺されそうになったし。足の指はどう？」

「ティムがあんたとバスルームでなにしてんのよ？」ネリーは叫んだ。

「べつに見てやしないから」とジェーン。

「見すぎてるさ」ティムは声を張りあげた。「見てるよ、ネリー。ばっちり見てる。長きにわたってゲイのふりをしてきたぼくの作戦がついに成功した」

「いいかい、ようくお聞き、ふたりとも！」ネリーは怒鳴った。ふたりのどちらにも充分に聞こえる大声で。「風呂で酒を飲むのは危険なんだからね。下手したら溺れるよ。いや溺れるだけじゃすまないかもしれない。ティム・ローリー、あんたはホモセクシャルのままでいなさいよ。聞いてるの？　あんたは今のままでいいんだから。ジェーン、ティムにちょっかいを出すんじゃないよ。チャーリーはどこにいるの？」

「すばらしい。わたしはあんたを悩殺しようとしてるらしいわ。あのね、母さん、チャーリーとニックはロックフォードにいるの。今夜帰ってくるはずよ。わたしは帰らないけど。たぶん明日になりそう。足の指の具合は？」

「だから、言ったじゃないの、ドン。あの子ったらまだどこだかのなんとかいう家具工房にいるのよ、ティムと。なんてことだろう、四角い杭《ペグ》が丸い穴にはまるわけが……ああ、くそっ！　なに言いたいんだかわかんなくなっちゃったじゃないの。とにかくあの子がティムと一緒に風呂にはいるのはよくないとあたしは思うわよ。あんたはいいと思ってるの？」

ジェーンは携帯電話をバスタブの湯で濡らさないように持ち上げていた。

ティムは手を伸ばしてジェーンの手から電話機を受け取った。電話のノイズじみた音を喉の奥から発してから、甲高い小声で言った。

「母さんたら、大きい声を出すから電話が壊れちゃう。あとでほんとの電話からかけなおすわ」そして、通話終了のボタンを押した。

「そんなノイズみたいな声の出し方をどこで覚えたの？」

「日曜日の夜になるとフロリダにいる父親のコンドミニアムに電話してから、母親のコンドミニアムに電話する習慣を三年間続けてるからね。ふたりは離婚するべきじゃなかったと思う唯一の説得力ある理由は、離婚してなければ一週間に一件、三年間で百五十六件の電話ですんだってことさ。ノイズの擬声に何度助けられたかしれない」

「そろそろオー刑事とブレイクの面談が終わるころじゃない？　彼の作り話を聞きたかったな」ジェーンはそこで言葉を切った。バスルームのドアがきしみ音をたててゆっくりと開いたのだ。

ふたりとも凍りついたように動きを止めた。

ドアの向こうからそろそろと顔を覗かせたのは、全身泥まみれの、エレガントなハイヒール・ブーツを履いた長身の女だった。

「あなたたち調査員はここで事件を解決するの？」クレア・オーは言った。「もし、ここじゃなくて乾いたところでもいいなら、有名な探偵学校のこの場所を使う順番をわたしに譲ってくれない？　ちゃんとしたお風呂にはいりたいのよ」

16

家のなかの特定の隅や、生活における特定の領域をきれいに片づければ、気のエネルギーが流れ、成功をもたらすだろうと言う人たちがいます。わたしはこう言いましょう。散らかってふさがったままの隅がひとつでもあるなら、あなたは永遠に行き止まりの場所でこれからもずっと身動きが取れずにいることになりますよ。

ベリンダ・セント・ジャーメイン
『詰めこみすぎ』より

「彼女、いい感じじゃないか」男物のリネンのパンツがずり落ちないようにウェストを締めるベルトをジェーンに手渡しながら、ティムは言った。袖口をまくりあげてやってから、ちょっとうしろへ下がって眺めた。「三〇年代か四〇年代のミュージカル映画の子役みたいで、なかなかキュートだぞ」

「偉そうだわ、わたしに言わせれば」ジェーンは声をひそめて応じた。「わたしたちがこんなところまで来て命がけの思いをしてるのに、すましてはいってきて……」

ティムのバスローブを体に巻き、ジェーンの予備タオルで濡れた髪を包んだクレア・オーが、キャビンのメインルームにはいってきた。どんな人間も髪や体が濡れているとさほど偉そうには見えないことがジェーンにもわかった。ハイヒールも履いていないクレア・オーは親しみやすい雰囲気さえ漂わせていた。

「お腹がすいてるわよね」ジェーンはクレアに言った。「サンドウィッチの残りぐらいならあるかもしれない……どうせ夕食は今夜も九時からだろうし」ジェーンはティムのほうを向いた。「今日は午後のお茶の時間はあったの？」

「さあ。きみを救助してたから知らない。忘れた？」

思い出した。だったらロッジの厨房へ行って料理をひと皿くすねてきてくれないかとティムにもちかけた。クレアが姿を現わしたディナーのベルが鳴るまでまだ一時間以上あるのだからと。それから声を落とし、クレアが姿を現わしたことをオーに知らせて、とつけ加えた。オーとブレイクの面談は長引いているらしい。ティムは全力を尽くすと約束し、敬礼をして食料確保に向かった。

濡れた髪を梳くクレアを見ながらジェーンは会話の糸口を探った。クレアにぶつけたい質問は二十かそこらはあるけれど、そこから始めたくなかったから。ところが、当のクレアが先手を打った。

「質問が山のようにあるんでしょ。いつでも受け付けるわよ。もっとも、満足がいく答えは返せないかもしれないけれど」

クレアはあきらかに自信をなくしている。親しみやすい雰囲気をたしかにまとっている。

もはやホーラス・カトラー殺しの容疑者ではないと知れば、当然、安堵するだろう。この状態はいつまで続く？　ジェーンは急遽、状況分析を試みた。クレアの髪がまだ濡れているうちにすべての疑問に対する答えが欲しい。服を着て髪をブローしてしまったら、どうなるかわかったものじゃない。メイクアップとヘアスタイルとコスチュームでがらりと変わる俳優やモデルを前職で嫌というくらい見てきたから、〝鉄は熱いうちに打て〟の重要性は体に染みこんでいる。いや、ここでは、クレアがヒールを脱いでいるうちに、かもしれない。

「ゆうべ急いでここへ来たのはそのためなの？　ウェストマンの箪笥になにが起きたのか、自分で答えを見つけるため？」

「あの箪笥のことだけじゃないわ。リック・ムーアは化学薬品で窒息したのではないと思ったの。だって彼は長年、溶解剤や仕上げ剤を扱ってきたのよ。そのために脳細胞がふたつか三つは減ったかもしれないけれど、作業中に防護マスクをつけて窓を開けておくのを思い出せるぐらいの脳細胞は残っていたはず。それに、あまりにも偶然が重なりすぎている。あの夜、わたしがここに電話をかけて話した相手は彼だった。ホーラスに非難されたあとに。あの箪笥の修復を担当したのも彼だった。わかっていたのよ、彼だったことは。ブレイクが信頼してあの箪笥をまかせるとしたらリック・ムーアしかいないもの」とクレア。

「あなたが箪笥をここへ持ちこんだときに直接会ったのはブレイクなの？」

「彼は不在だったから、グレンと話をしたわ。グレンも、当然だけどウェストマンのことをよく知っていた。この箪笥は掘り出し物かもしれないというわたしの意見に賛成して、ブレイクと詳しく調べてみると言ってくれた。なにかわかったらすぐに連絡すると。でも、すぐには電話がなかったから、こっちからかけたの。リックと話したのはそのとき。木工場にあるのを見たと言って、とても興奮していた。使われた木の種類や彫刻の様式についてはすでに綿密な調査がすんでいる、ただ、ウェストマンの資料にはその箪笥に関する情報が見つからないとも言っていた。第三のひまわり箪笥の記録がどこにも残っていないのだと。リックによれば、あのエステート・セールを請け負った業者に電話しても、屋敷の主と箪笥の関係はわからなかった。骨董価値があるほかの家財のリストや記録は残っているのに、あれに関してはなにもなかった。セール当日の責任者はあの箪笥があることに気づいてもいなかったとわたしはリックに言った。それがやっと目にはいったのは大量の段ボール箱がどけられたあとだったと」クレアはため息をついた。彼女自身も最初はあの箪笥は作り付け家具だと思ったのだ。「結局、わたしはいいときにいい場所に居合わせたというだけなんでしょうね」

クレアは希望にすがるような笑みをよこした。どうして初対面ではあんな高飛車な態度だったのか訊いてみたいとジェーンは心から思った。と、またもクレアが機先を制して、その疑問に答えた。

「あのときはごめんなさいね……あなたがうちへいらしたとき、嫌な感じだったでしょ。自分でもよくわからないんだけど……たぶん……きまりが悪かったんだわ、だって、わたしは日ごろから専門家を自負している。いつもブルースにしつこいほど言っているのよ、わたしは美術史家であってジャンク・ピッカーじゃないんだって」クレアはふっと口をつぐみ、ジエーンに微笑みかけた。「わたしもジャンクは大好きよ。だから変な意味じゃないの。ただ、ブルースが……ああいう人だから。わかるでしょ？　とにかく看板に恥じないように、わたしも仕事では負けないように、彼に近づけるようにと思って頑張ってきた……それがあんな騙され方をしたものだから頭に血がのぼってしまって。わたしって頭にくると鼻持ちならない嫌な女になるのよね。これで少しは理解してもらえた？」

ジェーンは我が身を振り返った。セールで買いこんだ品々の段ボール箱を家のなかに運び入れ、チャーリーがそれらをちらりと横目で見ただけで喧嘩腰になったことは数知れない。チャーリーの大切な物にはみんな学名がついていて、そのための特殊な収納容器もあって、ラベルも貼られている。チャーリーを慕う大学院生がいて、社会的な信用もある。それに対抗するようにどんな自己弁護をしたかを思い返した。五〇年代のプリント柄のエプロンについて、あるいは土産物の塩入れや胡椒入れについて、周到な心理学的解釈を加えたこともあれば、オークションで競り落とした物に、大学の人類学のテキストにも負けない物語をつけ足したこともあった。

「ええ」ジェーンはうなずいた。宣伝用の櫛を箱ごと買ったことを正当化するためにした言い訳のわざとらしさを思い出し、内心でたじろいでいた。「よく理解できるわ」

あの箪笥に関する文書記録をなにか持っていないかと尋ねると、クレアは顔を上げ、目をしばたたいた。

「どんな記録？　売買証書とか？」

「ええ。あるいは、セールがあった屋敷の所有者の名前が書いてあるものとか。住所はわかってるんでしょ？　あの箪笥は昔からその家にあったとしても、家の持ち主が替わっているかもしれない。でも、持ち主がわかれば、ウェストマンの箪笥がそこにあった事情について納得のいく説明を得られるかもしれない」

　クレアは頭に巻いたタオルと髪をいじくるのをやめ、ジェーンを見た。

「考えもしなかった。今回のことで一番不可解な部分はそこなのに」

「どういうこと？」ジェーンは訊き返した。

「ここの人たちはその種の文書記録を求めなかったのよ。あの箪笥をどこで手に入れたのかとわたしに訊いた人はいなかった――リック以外は。リックから電話をもらったの。ちょっと調べたいことがあるからエステート・セールを請け負った業者の名前を教えてほしいと彼は言った。たいしたことじゃない、あの箪笥の抽斗のひとつに変わった釘と引き手《ノブ》が使われていたので、屋敷の地下室を探せば古い金物類が見つかるかもしれないからだって。でも、売買証書を見たいと言った人はひとりもいなかった」

「彼らとは面識があったんでしょう？　あなたが盗品を持ちこむなんて疑いもしないから、それで……」

「今まではいつもしつこいくらいに訊いてきたのよ。あなたが今言ったのと同じ理由で……わたしが盗んだとかそういうことを心配しているからじゃなく、預かった物の来歴に自分たちが確証を与えたかったんでしょう。〈キャンベル&ラサール〉に修復を依頼する理由はまさにそれなんですもの。彼らは美術館の学芸員と同じなのよ。ところが、今回は展開が異様に速かった。先に箪笥の買い手がついていた。箪笥を見つけてすぐホーラスに電話をすると、その場で購入を決めてくれたから。わたしはわたしで興奮してウェストマンの作品や製作活動を調べまくった。だけど、ここの人たちはなにも訊いてこなかった」

ジェーンはリック・ムーアのトラックから持ってきた封筒のことを思い出した。あのなかにこの謎を解く資料がはいっているのかもしれない。リックは〝重要〟マークをつけていた。バッグから封筒を取り出した。中身は多数のウェブサイトをリストアップした数枚の紙。だが、その一枚めは大きな木の肘掛け椅子の克明なスケッチだった。絵の下に大文字で〝B〟と記されている。

「これはいったいなにを意味してるのかしら」ジェーンは声に出して自問しながら、ドアの開く音に振り向いた。大皿のサンドウィッチと炭酸飲料とペットボトルの水を確保したティムが、獲物を仕留めたハンターさながら得意満面に登場した。

「ひとつずつ書き出していったほうがいいかもしれないわね」とジェーン。「事の発端から。あなたはまず箪笥を買った。その場所は……」

「マクドゥーガル邸のエステート・セール。現場を取り仕切っていたのはブロンドのふたり組。知っている?」

知っている。血も涙もないふたり組だ。あのふたりは商品に値段を付けないという手をよく使う。そうしておいて、こちらが値段を訊くためにその品物を持っていくと、どれぐらい欲しがっているか値踏みしようとするのだ。あのふたりなら自分たちの母親が結婚祝いの銀器を買い戻そうとしても料金を請求しかねない。それがどうしてクレア・オーにはあの簞笥をただで譲ったのだろう？

「彼らはただで譲りたくなんかなかったのよ」ジェーンの問いにクレアは答えた。「そこで持ち主に電話したの。売ってもかまわないかと確かめるために。一部の家財については売らないようにきつく言われていたらしいのね。持ち主は料金を請求しないでくれと強い調子で言っていた。わたしはすぐそばに立っていたので携帯電話の向こうにいる男性の声も聞こえた。でも、そのやりとりが聞こえたとこちらが言わなければ、あの連中は値付けしていたにちがいないわ。そこがああいうエステート・セールの一番おいしいところですもの」

「電話の相手はだれだったんですか？　マクドゥーガル家の人？」三つめのサンドウィッチに手を伸ばしながら、ティムが尋ねた。

「いいえ、あのセールは正真正銘のエステート・セールだったの。つまり、家主のミスター・マクドゥーガルは亡くなっていて、奥さんも子どももいなかった。彼は紳士で、あらゆる分野に通じた学者だった。あのお屋敷と家財から判断して、かなりの資産家で趣味のいい物をたくさん持ってらしたんだと思うわ。残っている物はどれも古くなりすぎて状態はよくなかったけれど。すばらしい図書室もあって、ブックガイたちが目の色を変えて漁っていた。広い地下室は古い紙類でいっぱいだった。演劇やオペラのプログラム、チケットの半券、昔の大学ノート……ジャンクばかり。でも、洗練されたジャンク。わかるでしょう？」

すごくよくわかる。涎《よだれ》が出そう。どうしてそのセールを見逃してしまったんだろう。

「電話に出た男性は相続人だと思うわ。甥っ子かしら。控えめにいってもかなり意志強固で大きな声の持ち主だった。あんな古い簞笥を売りに出すなんておこがましい、欲しい人に引き取ってもらえ、その一点張りだった。そのかわり、外に引きずり出すときにばらばらになったら本人の責任で始末してもらえ。怒鳴りつけるような調子でそう言っていたっけ」とクレア。「どういう人なのかブロンドのふたり組に訊いたほどよ。するとブロンディ一号いわく、直接会ったことは一度もなくて連絡はすべて郵便か電話。会いたいとも思わない下衆野郎、と言いたげだった。いかにも言いそうでしょ、あのあばず——あら、ブルース」クレアは立ち上がった。

「やあ」とブルース・オーは応じた。

ふたりはしばらく突っ立ったままで見つめ合っていた。それから、クレアが黙って家を飛び出したことを詫びた。ブルースはうなずき、やむをえない理由があったのはわかっていると言った。夫婦のあいだで笑みが交わされた。ブルース・オーの顔にも笑みが浮かんでいると、少なくともジェーンは信じることにした。彼の口もとは今にも動きそうな気配を見せている。厳密には動いていないとしても。クレアが夫に微笑みかけているのは見まがいようがなかった。

「素敵なネクタイね」とクレア。

ブルースはうなずいた。

なんとまあ、ふたりはどんな夫婦喧嘩をしていたの？　わたしとチャーリーも喧嘩のあと、こんなふうに仲直りができたらいいのに。ジェーンとティムは目を見交わした。ティムが笑わせようとしているのがわかったので、目をそらした。やっぱり、これが結婚なのね。隣の芝生はどうして青く見えるんだろう。答えはわかりきっている。自分で刈らなくていいからだ。セーターを編むのも、レース編みで雪の結晶を作るのも、クロゼットを片づけるのも、健全なる関係を構築し維持するのも、ものすごくたやすく見える。自分以外のだれかが編んで、結び目をこしらえて、ラベルを貼って、耳を傾けてくれるなら。ああ、チャーリーに電話したい。

「ディナーのまえに話を終わらせたほうがいいんじゃないかしら。ここまでにわかっていることを整理して、今後の方針を決めておいたほうが」

ジェーンは書きかけのノート――マクドゥーガル邸のエステート・セールで箪笥が見つかったところまで書いてある――を見せてから、〝マクドゥーガル〟にアンダーラインを引いた。

「これが事の始まり。で、クレアはまずホーラスに電話した。それでいい？」ジェーンは確認するようにクレアを見た。クレアはうなずいた。「オーケー。ホーラスはウェストマンの箪笥である可能性が高いとして購入を決めた。つぎに、クレアが〈キャンベル&ラサール〉に電話、リック・ムーアと打ち合わせ。窓口は彼だったのよね？　グレンとリックのほかにはだれとも話してないのよね？」

ジェーンの進行と並行してクレアも自分のハンドバッグから取り出したシステム手帳で日付を追っていた。

「箪笥をあずけたときに対応したのはグレン。そのあと二回わたしが電話をかけて、リックまたはブレイクに伝言を頼んだ相手はロクサーヌ。インターネットで得た情報、たとえば、仕上げの工程の細かい部分などを確認したくなると、ロクサーヌに電話していたの。折り返しで電話をくれるのはいつもリックだった。箪笥を引き取りにここへ来たときに話したのもリック。リックと雑用係のひとりがトラックに積むのを手伝ってくれて、そのままホーラスの店へ行き、アシスタントに引き渡した。だからホーラスとは夜になって彼がアンティーク・ショーに怒鳴りこんでくるまで話をしていない」

「箪笥をあなたから買い受けたのがホーラスだってことを知ってる人は〈キャンベル&ラサール〉のなかにいるんですか？」ティムが訊いた。

「だれにも訊かれた記憶はないわ。ただ、引き取りにきたとき、これをウェストマンの箪笥として売るのかとはリックに訊かれた。あなたとブレイクは最終的にどういう判断をくだしたのかとわたしが訊き返したら、リックは肩をすくめて、その判断はブレイクにまかせると答えた。「それも変ね、今思えば。報告書が届くはずだとも言っていた」クレアはそこで手帳から顔を上げた。「報告書があるなら箪笥と一緒に渡すべきよね。ここになにかを持ちこんだ場合、その最初の時点でのコンディションが写真付きで書きこまれ、具体的にどんな修復をおこなったかを一覧にして説明されるのがふつうなのよ。〈キャンベル&ラサール〉はすべてを網羅した報告をしてくれるの。使用した筆の種類、仕上げ剤を塗るのに使った筆の番号まで書かれている。報告書があとから送られるなんて珍しいとは思ったんだけど、とにかく急いで戻らないとアンティーク・ショーに間に合わなかったから、それでよしとしてしまった。そういえばリックは、ブレイクの家庭の事情で報告書の作成が遅れているのだと弁解していたわ」

「つまり、ピックアップ・トラックを送り出したのは事実上リックひとりで、彼らがここでやったことを証明する署名入りの記録はあなたの手もとにもないということね？」とジェーン。「簞笥を引き渡すのがリックの役目じゃなかったとしたら？　彼が独断で代行したんだとしたら？」

「古臭いすり替えのセオリーどおりに？」とティム。「おもしろい。でもなぜだ？　クレアの小切手の宛名は〈キャンベル＆ラサール〉なんだから、盗める金がその場にあったわけじゃないし……もちろん、本物のウェストマンの簞笥があれば、それを売れるだろうけど」

「〈キャンベル＆ラサール〉の鑑定書つきで」とジェーン。「リックがクレアに渡さなかった理由はそこにあるんだわ」

「だとしたら、なぜリックはホーラス・カトラーを殺したのでしょう？」ブルース・オーが訊いた。答えをすでに知っているかのような口ぶりで。「本物の簞笥も鑑定書も彼が持っていたのだとしたら」

「偽物のひまわり簞笥についての口封じでは？」とジェーン。

「でも、リックはホーラスのことなど知らなかったと思う」とクレア。「彼の名前を出したことは一度もないもの。ホーラスが殺されたとき、箪笥はすでに我が家へ戻っていた。ホーラス・カトラーの店にあの箪笥があるのを見た人はいないはずよ。彼はひと目見るなり突き返してきたんだもの。家にいたブルースが受け取ったのよ。それに、リックが黙らせなければならない人間がいるとしたら、このわたし。本物のウェストマンの箪笥が〈キャンベル&ラサール〉を通して市場に出ているのを見つけたら、声を大にして非難するのはわたし。リックとしては……」クレアは不意に口をつぐんだ。

「あなたを殺さなければならない」ジェーンが締めくくった。「それがまさに彼のやろうとしていたことだった。彼はあなたを殺すつもりだった。あなたがアンティーク・ショーから帰る途中、細々としたものを金庫にしまうためにアンティーク・モールに立ち寄るということを知るのはさほど難しくなかった。優秀な木工師にして便利屋のリックが警報装置を作動させずに建物のなかに押し入るのもわけなかった。ところが、あなたに直談判しようと駐車場で待ち受けていたホーラスが、リックのあとからはいってきて警報装置を鳴らしてしまった。怒りの治まらぬ彼は、あの箪笥は偽物だとまだわめいていた。リックはホーラスを殺さなければならなくなった。でも、リックが殺したかったのはほんとうはあなただった」

ブルース・オーはジェーンに向かって大きくうなずいた。ジェーンは奇妙な昂揚を覚えた。これがべつの時代、べつの場面であれば、うなずいているのはブルース・オーではなく、正装した修道女で、金の星を額に貼りつけてくれたのかもしれない。妄想を振り払い、ベッドに腰をおろした。

「じゃあ、リックを殺したのは?」とティム。

「ウェストマンの箪笥を狙っていたべつの人間?」とクレア。

ジェーンはノートに目を戻した。そこにはジェーンの頭を悩ませている出来事や疑問がたくさん書き留めてある。森の奥のあの小屋。壊されていたバタフライ・テーブル。あれはなにを意味しているのか? わたしを薬品で窒息死させようとしたのはだれ? 完全にリストから除外できるのはあそこでハンマーを打ちおろすのに忙しくて、戸口から覗かれていることに気づきもしなかったあの男だけだ。ここ〈キャンベル&ラサール〉にはアート偏重の自由放任主義に少なからぬ不満を抱いている古参のメンバーもいることに、ジェーンもティムも気づいていた。ティムはスコットと話したあとでなんて言っていた? わたしたち〈キャンベル&ラサール〉"は歯の治療さえ……?

「ありうるね」ブルース・オーが言った。「あるいはリック・ムーアにそれを持っていてほしくなかった人間とも考えられる」

「臨時収入の必要性を感じているやつは大勢いるよ」とティム。「スコットは健康保険にはいりたがってるし、マーティーンは出版契約を取りたがってる」

「シルヴァーは一日三回、満腹できる料理が欲しいんでしょうね。ミッキーやアニーは?」

ティムは肩をすくめた。ミッキーはツリーハウスを独り占めできさえすれば満足だろうとつぶやいてから、クレアに向かって言った。「あそこで彼に見つからなかったのは運がよかったですよ。ミッキーはあのささやかな別荘を必死で守ろうとしてるんだから」

「あら、わたしは彼の一歩先を動いていたわよ」とクレア。「彼は自分の別荘だけじゃなく、みんなのも使っているから」

「みんなの？」とジェーン。

クレアの説明によれば、ツリーハウスは敷地内に少なくとも八軒はあるそうだ。

「もっと多いかもしれない。ある年の夏にブレイクとグレンがコンテストを企画したの。それでみんなが設計してこしらえた。そして、みんな、それを隠した。入り口をわかりにくくして、それはもう手の込んだものもあるのよ」

「小川のそばにもひとつあるんじゃない？」ジェーンは訊いた。

「ああ、あれはアニーのキャビン。もっと奥まったところにもうひとつあるわ、小径からはずれた森のなかに」

ジェーンはティムを見た。さらにクレア、オーと視線を移した。オーはうなずいた。

「続けてください、ミセス・ウィール」

「リックへの攻撃に使われた化学薬品はわたしのときと同じか、かなり近いものだった。ただ、外に飛び出したリックが目を開けられずに森のなかをさまよったとしても、ある程度空気を吸えれば助かるチャンスはあったはずよ。だけど、リックに死んでもらいたい人物が小川のほとりまで誘導して、彼を水のなかに押しこんだ。彼の肺に水を満たすにはものの数分あればよかった。でしょ？　ほんの数分で溺れさせることができた」

オーはうなずいた。「長くても三分か四分あれば充分でしょうね」

「リックは意識が朦朧《もうろう》としてただろうから、押さえこんで水のなかに顔を浸けておくのに手間はかからなかったと思う。でも、だれにも見られずに現場を立ち去るにはどうすればいい？　もし、アニーの仕業なら、近くにある自分のキャビンに逃げこめただろうけど、ほかの人だったら、我が家へ戻るのにキャビンのいくつかと木工場、ことによったらロッジのまえを通らなければならない。いくら静かな時間でもみんながみんな仮眠を取ってるとはかぎらない。家具を壊してるわけでもない。ということは、犯人はリックを溺れさせたあと……」

「木に登った」ティムが引き取った。

「そう。わたしたちが現われるまで木の上で待機していた。一緒になって助けを呼んだりもしたかもしれない。非常事態に助けを呼んでる人がどこから現われたかなんてだれも気にしないから」

「お見事です、ミセス・ウィール」オーが言った。

「だけど、それがだれなのかがわからない」とクレア。

「今日の午後にぼろ切れできみを死なせようとしたやつと同一人物にちがいない」とティム。「ジェーンはうなずいた。何者かがわたしの頭にあのびしょびしょのぼろ切れを落としたのだ、ツリーハウスの上から。でも、なぜ？　バタフライ・テーブルを壊しているところを見られたから？

「リックがトラックを停めていた連絡道路の近くにもツリーハウスがあるのかしら。クレア、あなたは知ってる？」

クレアはうなずいた。「ええ、あるわよ、クッションが山積みにされた素敵なツリーハウスが。そこから眺める夜明けの風景は最高よ」

オーの片眉がつり上がったように思えた。毎度のことながら断定はできないが。

「だれかがわたしを見てたのね、そうにちがいない。わたしがリックのトラックを調べて、資料入りの封筒を見つけたことを知ったのよ」

その封筒を見せようとバッグに近づいたところで、ティムのキャビンとのあいだのウッドデッキに人の足音が聞こえた。反射的に動きを止めた。ここで自分が見つかったら、せっかく集まりつつある情報がふいになると察したクレアは、そっと寝室に姿を隠した。

ブルース・オーは机で、なにも知らずに〈キャンベル&ラサール〉を訪問したミスター・クルマの仮面をかぶった。リック・ムーアの封筒をバッグに戻しかけたジェーンは、ふと考えなおした。これをあのトラックから持ち出すところを見ていた人間がいるなら、持ち物を探られるおそれがある。〝わたしたち〈キャンベル&ラサール〉〟はドアロックの正当性を信じていないようだから。そこで、ノートとリック・ムーアのその封筒をすばやくブルース・オーに手渡した。オーは一ミリの無駄もない動作で、持ち歩いている年季のはいった革のブリーフケースにするりと滑りこませた。

ジェーンが入り口のドアから三十センチのところに立つのと同時に、訪問者がドアの枠を蹴りつけた。ジェーンはほんのわずかだが跳びのき、ティムとオーを振り返った。ティムは片眉をつり上げた。オーはうなずき、応じてくれというように手振りで指示した。

一秒だけためらってから片手を伸ばすと、また蹴りがはいり、低い唸り声がした。

「なかにいるのはわかってるんだ。開けろ」

17

乱雑な居住空間を整理すると人間関係が変わるか？　もちろん変わります。気がついたらあなたは、疲弊した人間関係のなかで生じた不必要なものを取り除き、友を友たらしめている核心に達しているでしょう。

ベリンダ・セント・ジャーメイン
『詰めこみすぎ』より

「まんまと逃げられるとでも思ったのか？」スコットが言った。

今スコットの顔に浮かんでいるのと同じ表情を、ジェーンは子どもからおとなになる過程で嫌というほど見てきた。〈EZウェイ・イン〉の調理場のドアの隙間からこっそり覗いたときに見える男の顔。それはいつもこう言っていた。おれはしこたま酒を飲んだ。だから、ひょっとしたらあったかもしれない自制心はこれっぽっちも残っちゃいない。おれの考えも、おれの言葉も、おれの体も抑えがきかないのさ。今のおれにはなんでもできる……とんでもない嘘をつくことも、とんでもない真実を明かすこともできるんだ。

とくにジェーンが覚えているのは、見抜く目をもっている相手に向けられる目つきだ。用心しろよ、足もとに注意しな。今おれはおまえと笑い合ってる。おまえのことが大好きさ、おまえはおれの親友だからな。だけど、一秒もしないうちに襲いかかることだってできるんだぜ、蛇みたいに。なぜなら、おまえはおれの仇敵だからだ。これらはジェーンが〈EZウエイ・イン〉で学んだことのほんの一部、子ども時代の陰の教科書から学んだ教訓だった。

「この〈シロック〉がいくらしたかわかってるのか？」

スコットは中身が半分になった、みるからに値段が高そうなウォッカのボトルを振った。歯の隙間から空気が漏れるような音をたてて〝シロック〟と言い、その音と連動するように体をくねらせてジェーンのキャビンにはいってきた。

「こいつを手に入れるのにどれだけ苦労したと思う？　クソの役にも立たないミシガンのど田舎のこんな森のなかで。おまえらに教えてやろう、〝わたしたち〈クソ・キャンベル&クソ・ラサール〉〟があるのは、どこでもないクソな場所の最果てなんだよ」

幼いころから日常的に酔っぱらいを見てきたジェーンの判定では、スコット・テイラーは発話に関してはトップクラスに属した。言葉遣いには賛成しかねるとしても、文法は満点である。

酔っぱらいの発音が明晰なのは異例なことだ。スコットはかっとなって分別を失っただけだろうと思いたい。ほかのみんなも同じことを思ったようで安堵のため息をついた。今、目のまえにいるのは〈キャンベル&ラサール〉に不満を抱いた一介のクラフツマンにすぎない。

たまたまここで不満を吐き出しているだけで、殺意をもってわたしの頭に化学爆弾を落とした人間ではないし、リック・ムーアを小川に導いて溺れさせ、そのまえにおそらくはクレアとホーラス・カトラーを、いや、クレアまたはホーラス・カトラーを殺そうとした人間でもない。それとも、そうなのだろうか。ティムとわたしがここに着いたとき、この呑んだくれの友達はどこにいたんだっけ？　リックの追悼式では話しかけてきたけれど。そのへんの記憶が曖昧だ。ふらついて今にもへたりこみそうな様子のスコットをジェーンは見つめた。そうだ、この顔。はじめて会ったときにくだした評価は正しかった。心が温かくて優しそうな人だと直感的に思った。今、目のまえにいるのは少々羽目をはずしたスコットだ。素面《しらふ》のときの陽気さはどこかに隠れ、酔っぱらいの自堕落さが表に出ているだけなのだ。

やはりネリーの説は正しいのかもしれない。酒がすべてを壊すこともあるのだろう。店の客の工員たちにビールやウィスキーを出すときでさえ、ネリーは彼らの顔のまえで指を振り、バプティストの説教師よろしく説教を垂れていた。「これでおしまい！」と、母はよく叫んでいた。「さっさとうちへお帰り。女房のところへ。給料は食料品のために取っておくこと」「だから、彼らの女房はあたしらを信用するんだよ」と、よく聞かされたものだ。「夜になるまえに、あたしがあの男どもを家に帰らせるから」

母さんは偉大なる総大将を演じてたのね。ジョージ・C・スコットはヘルメットをかぶってパットン将軍を演じたが、ネリーはエプロン姿の将軍だ。

ジェーンはティムに視線を送った。スコットから逃れられるかどうかはティム次第だ。なんとかなだめてキャビンから追い出し、クレアを無事に隠れ場所へ帰らせることができるかどうかは。そもそも〈シロック〉の栓を抜いたのはティムなのだから。スコットはティムという人間をジェーンほどには知らないだろうが、それでもかなりわかっているらしい。上等な酒がなくなったらすぐにティムを疑ったところをみると。分野を問わぬティムの趣味のよさはだれもが最初に気がつく。センスのいい服地と仕立てのいいスーツ。腕のいい料理人や遅くまでやっている食堂を市《まち》ごとに知っている。家具や陶器の真の目利きでもある。そんなティムはディナーのまたとないパートナーであり、すばらしく愉しい飲み友達であり、女にとっては最高の親友だ。それでいて、〈ウォーターフォード〉の最高のフルートグラスで〈ドン・ペリニヨン〉を一滴残さず飲み干すことにかけても彼はだれにもひけを取らない。

ティムはこの場を治めるのは自分の責任だと認めた。ジェーンにはにっこりと微笑み、オーにはうなずいてみせると、スコットの体に腕をまわし、ぼくの車のトランクを開けてみようと誘いかけた。

「ぼくらはどこでもないクソな場所の最果てにいるのかもしれないけどさ、相棒、ぼくの車のトランクに誂《あつら》えたクーラーの状態は世界の七不思議のひとつとされてるんだぜ。さあ、動くワインセラーの点検に行こう」

ふたりの声が遠ざかると、ジェーンの寝室からクレアが出てきた。〈ラルフ・ローレン〉のストライプのシャツに黄褐色のリネンのパンツという装い。パンツのウェストを締めているのは彼女自身のシルクのロングスカーフ。ティムの高級な男物の服と彼女の独創的なアイディアとが相まって、きらきらするほどのおしゃれ感を醸している。クレアはすらりとした体型のティムとサイズがぴったり同じなのだ。乾かした髪に櫛を入れて口紅を薄く引いた今は、ふたたび堂々とした雰囲気もまとっている。

ジェーンはティムの服のなかで溺れそうな小柄な我が身を見おろした。クレアは注文仕立ての服を着ているように見えるのに、こちらはまるで、街角にある〈グッドウィル〉(米国の福祉団体)の青い寄付箱のなかに放りこまれた服で精いっぱい頑張っているかのようだ。かりにベリンダ・セント・ジャーメイン指定の〝動きやすい服六点〟より多くの服を持参していたとしても、ティムの高級服を着こなしたクレア以上の装いにはならなかっただろう。本件が片づいたら、背の低い人たちとの交友を深めようとジェーンは心に誓った。

それはそれとして、クレアをどうする？　リックが殺されたときにはエヴァンストンの自宅にいたとしても、〈キャンベル&ラサール〉の敷地内にもぐりこんだ理由をマーケル刑事は知りたがるはずだ。それに関連して自分たちがここにいる真の理由も明かさざるをえなくなるという展開はジェーンもオーも望んでいない。リック・ムーアが〝重要〟マークをつけた封筒を追っている人間がいると思われる以上、このキャビンはクレアが身を隠すのに適切な場所ではないだろう。

「やっぱりわたしは木の上に戻るべきかしら」クレアが言った。「そのほうが人目につかないし、あなたたちがいいと言えば、いつでもまたここへ戻ってこられるわ」

髪が乾いて素敵な服を着た堂々たる風格のクレアに、まだ人情と親しみやすさが残っているのがジェーンは嬉しかった。それに、自分はツリーハウスへ戻り、夫と調査パートナーをグルメディナーに送り出そうとしているのだから、かなり寛容だということも認めないわけにはいかない――〝パートナー〟という語は、やっぱりなんともいえずいい響き。自分で自分に聞かせているだけだとしても。

「ほかにもなにかわかったことがありますか、ミセス・ウィール？」クレアが森のなかに消えるまで、あるいは樹上に姿を消すまで見送っていたオーが、キャビンのドアから振り向いた。

「今度はあなたの番よ」とジェーン。「ブレイクからどんなことを聞き出したの？」

「いろいろと。でも、ウェストマンの箪笥につながるようなことはなにも。彼は複雑な人物です」

オーが先を続けるのを待ちながらジェーンは机のまえに座った。

「ブレイク・キャンベルはこの場所を誇りに思っています。自分たちの仕事を、仕事の質を自負しています。しかし、その評判についてはあまり語ろうとしません。グレン・ラサールと、実際に作業をするアーティストたち、そしてブレイクいわく、すべてを切り盛りしているロクサーヌを全面的に信頼しているようです。ためしにこう質問してみました。わたしが蒐集した骨董の椅子三点と同じ物を作ってもらえるだろうかと。すると、実物を見て、やりがいのある仕事と判断すれば引き受けようという答えでした。たとえ、自分がいなくても、家具のコピーにかけては魔法使いのジェフとジェイクがいるから安心してくれ、彼らが手がけた家具は百年以内に蒐集の対象となるだろうとも言いました。そこでわたしたちは、複数の世代をまたぐわたしのコレクションはいったいどんなものになるのだろうと笑い合ったのです」

「ブレイクに好感をもった？」

ジェーンの問いにオーはちょっと頭をそらし、間合いを取ってから答えた。

「彼の話を傾聴しました、ミセス・ウィール」

スコットが怒鳴りこんできたとき、とっさにオーの手に移したリック・ムーアの封筒のことを思い出した。オーが聞き上手なら、わたしは読み上手になるのかしら。

もう一度、封筒の中身を確かめ、そのスケッチの克明さにあらためて衝撃を受けた。これを見ると、愛情をこめてなにかを描くとはどういうことなのかがわかる。それはある物を抱擁することなのだ。チラシのようなぺらぺらの薄い紙に描かれているのは、細部を見分ける鋭い目がなければ描けない絵だった。椅子の脚のねじれや曲線、スピンドルバック（糸巻きを思わせる両端がくびれた棒を使った椅子の背面）のカーブ、そのひとつひとつに対する審美眼が感じられる。絵の下にあるBの文字の美しい書法《カリグラフィー》がなにかを示唆しているように思われる。なんだろう？　ひどく奇異な感じを受ける。入念に描かれたBのひと文字が昔の羊皮紙に描かれていたなにかを思い出させる。独立宣言だろうか。

ジェーンは紙を鋲で掲示板に留めた。小枝を束ねた枠で囲んだ小さな板が机の上方の壁に掛かっているのだ。このキャビンでは写真も鏡もみな同じ作りの枠のなかに収まっている。

掲示板を掛けるのに使われている釘を観察して、現代の釘の丸い頭を手でさわってみた。このキャビンの元の主はロクサーヌにちがいない。小さな掲示板が壁から滑り落ちないように丸い頭の釘を使ったらしい。こうしてスケッチを丸見えの状態にしたわけだが、これを探している人間がやってきたとしても、まさかこんなところに貼り出されているとは思わないだろう。それに、この絵はもう記憶に焼き付けたから持っている必要もない。

残りの数枚にはウェブサイトのアドレスが列挙してあるだけだった。オーのブリーフケースに滞在したわずかな時間ではどんな魔法も働かなかったようで、それらのリストが、だれがどんな理由でホーラス・カトラーとリック・ムーアを殺したのかを語る文章に変わることはなかった。聞き上手のオーもその種の力はもたないとみえる。

「ノートパソコンを持ってきています。ロッジの部屋ならインターネットに接続できますから、そこに載っているアドレスのサイトをなるべく早く見てみましょう」

そう言ってオーはスケッチを眺めてから、ジェーンを見た。

「なにかわかりましたか、ミセス・ウィール?」

「これに恋してる人がいるってこと」

「今度はあなたが耳を傾ける番ですね」

小柄な体をティムの優雅な服のなかに収めたジェーンもミスター・クルマ役に戻ったオーも、ディナーのためにロッジへ向かって歩きながら、はじめはほとんど口を利かなかった。

ジェーンはブレイク・キャンベルからオーが聞いた話を反芻《はんすう》していた。熟練のクラフツマン、ミスター・キャンベルは、できあがった作品にはおのずと〝技量《ハンド》〟が表われるのだと力説したという。技量こそが彼の興味の焦点で、〈キャンベル＆ラサール〉に居住して作業にあたる人々全員にもそのことが正しく理解されていると考えている。ブレイク・キャンベルは自分たちの活動を〝アーツ＆クラフツ〟運動への回帰ととらえているのだ。彼は高価な素材、珍しい木や貴金属を重視してはいないともオーに語った。重要なのはあくまで作品であり、それを作りあげる技量であると。

本物の出版人兼家具ライターのようにメモを取っていたオーは、幽霊雑誌の新刊に自分で記事を書くとしたら、タイトルを〝技量の証明〟にしたいとジェーンに打ち明けた。それはいいタイトルだとジェーンも賛成した。そこで、あのひまわり箪笥を最初に見せてもらったときにクレアが幾度となく口にした言葉を思い出した。ひまわりの彫刻を見つけた瞬間、名匠の手になる作品だとわかった。彼女はそう言っていた。タイトルは〝名匠の手〟のほうがもっといいかもしれないとオーに勧めた。それからまた、ふたりべつべつに物思いにふけり、ジェーンはクリエイティヴ・ディレクター見習いに、オーは出版人に戻った。

ロッジのフロントポーチに近づくと、情報らしい情報が得られなかったのはちょっとがっかりだとジェーンは正直に言った。結局、ウェストマンの箪笥に関する想像や憶測を裏付ける情報は今もないに等しいのだから。ウェストマンの箪笥の第二作を自分で製作したとか、有名な作品の複製を作ることを愉しんでいるとか、そこまではっきりとは言わないまでも示唆するような言葉をブレイクから聞けないかと期待していたのに。

これに対してオーは、口調はこのうえもなく穏やかながら、それは全部ジェーンの頭のなかでこしらえた筋書きだと指摘した。

「ミセス・ウィール、テレビドラマなら、今ごろだれかが告白しているでしょうね。死にかけている男が虫の息で打ち明けるとか、証人席でだれかが泣き崩れるとか。しかし――」彼はさらに穏やかに言った。「――わたしの経験では、現実には犯罪者のほうから告白することはまずありません。テレビドラマでは罪を犯した人間はさめざめと泣いて許しを請うかもしれませんが、わたしが見てきたかぎり、悪事を働く人間の大多数は罪の意識を感じていないのです。彼らは自分が正しいと思っています。銃を発砲しようが爆弾を落とそうが、自分のしていることは正しいと思っているのです。自分の人生を映し出した自分の映画のなかで、彼らは悪党ではなく、自信に満ちたヒーローですから、虫の息で告白しなければならないようなことはなにもないんですよ。だからこそ、われわれは語られていないことに耳を傾けなければなりません。リック・ムーアがなにかをしたために、なにかを知っていたために殺されたのはたしかです。家内の身が危険にさらされているのは、彼女がなにかを言うかもしれないからです。語られていないことを」オーは同じ言葉を繰り返した。「そして、ミセス・ウィール、対象物に耳を傾けることをわたしに教えてくれたのもあなたなんですよ。あなたが〝物〟と呼ぶのは、人々の人生を作りあげている物なのですから」

ジェーンは自分のこの数日間を思い返した。ニックに関わる愚かな過ち、たまに時間ができるとぱらぱらめくったベリンダ・セント・ジャーメインの指南本の抜粋、なかなか解明できない謎。もしかしたら、わたしは見当ちがいなものに独りよがりに耳を傾けていたのかも――だが、このつぶやきは相棒には聞こえなかったようだ。

オーがふと言葉を切り、片手をわずかに上げた。感覚的な記憶を呼び戻そうとするように。

「あなたと家内があの箪笥の彫刻にさわるのを見ていたので、わたしもさわってみたのです。あの花に。でも、どこか違和感がありました。ひまわりの左側がしっかりと深く彫られていました。誇りをもってそこにある。あなたはそう言いませんでしたか？」

「誇らしげに」ジェーンは訂正した。「誇らしげにそこにあるって言ったの。左側がしっかりしてるのは彫った人が左利きだということよ。彫り手の利き手は彫刻に表われるものなの。利き手の逆の側は葉であれ蔓であれ、ほんの少し彫りが平板になることがある」

「ええ、わたしも家内がべつの家具についてそう言っていたのを思い出しました」

「つまり、わたしたちが探しているのは左利きの彫り手だと、箪笥の木が教えてくれたということ？」オーも木の声を聞いてくれたのは感激だった。わたしたちはともに同じ周波数に耳を澄ましている。そう思うとわくわくした。「すばらしい。最高だわ。そこまでわかれば、あとは……」

「いや」オーはふたたび片手を上げた。「またテレビドラマの展開になりそうで心配です。わたしの手は花の右側もまったく同じように彫りが深く、誇らしげにそこにあるように感じたのです」

ジェーンはかぶりを振った。「彫り手がふたりいたってこと？　ふたりの人間があれを彫ったのなら、一心同体のふたりでなくちゃならない。だって、あの箪笥の彫刻にはちぐはぐな部分が皆無だったもの」

「一心同体のふたり」オーはジェーンの言葉をなぞった。その言いまわしが気に入ったかのように。「あるいは一心同体だったふたり」

会話はそこで打ち切られた。ロッジのフロントポーチに到着したので、これ以上続けたら周囲の注意を惹いてしまう。案の定マーティーンがポーチのステップを小走りに降りてきた。「おふたりをお待ちしていましたわ」と言うと、オーを連れてすばやくまたステップを昇っていた。ふたりに声をかけながらひとりだけかっさらったマーティーンの手腕に、残されたジェーンは感心しきりだった。

ディナーのベルを鳴らすのは〈キャンベル＆ラサール〉においてはごく自然な習慣だ。それもただのベルではなく、ハンマー鍛造の銅の鐘が鳴り響く。だが今夜は、チリンもゴーンも、〝わたしたち〈キャンベル＆ラサール〉〟が全部隊に招集をかけるための音はまだ鳴らされていなかった。敷地内に警察の捜査本部が置かれ、日中はずっと事情聴取や捜索がおこなわれていたために、ディナーの開始がふだんよりさらに遅くなった。それは、酔っぱらう時間をふだんよりもっと多く与えられたということでもあった。ジェーンはロッジにはいるまえにそこらを少し歩くことにした。

理性を失わないようにしなければ。化学薬品の攻撃を受けたあと、ひとりでいる時間が一度もなかったから、自分の感情にどっぷりひたることもなかった。今は、怖いと感じるべきだと心底思うのに、気がつくと恐怖よりも怒りを感じている。なぜかジェーンはよくも悪くもひとつの感情に執着できなかった。どんな感情が芽生えても、べつの感情もあってしかるべきだという気持ちが心のどこかにあるから、漠然としたうしろめたさや居心地の悪さがつねにつきまとう。馬鹿みたいだと自分でも思う。父のドンの利発で心優しい妹、マキシン叔母さんに、〝べき〟を遠ざけなさいと三十年まえから言われつづけているというのに。

「自分はなにかをする〝べき〟だと言いはじめたら、いえ、もっと悪い例を挙げれば、〝彼らはこうするべき〟だなんて言いはじめたら、すぐに口を閉じなさいね」レモンを浮かべたお湯をすすりながら、マキシン叔母さんはよく言っていた。「自分にする意思があるかないか、そのどちらかしかないの。〝彼ら〟がなにをしようと自分の微々たる力ではどうにもならないんだもの」

叔母さんの言葉がよみがえり、ジェーンは微笑んだ。「マキシン叔母さんに電話するべきね」と声に出して言った。「そうだ、チャーリーとニックにも！　ネリーにも！　足の指を骨折したんだから。今日一日、母さんの骨折のことを思い出しもしなかった」

ふだんは夜になれば森も小径も闇に包まれ、明かりがあってもせいぜい薄明かりだろう。が、今夜はマーケル率いる男女混成の捜査班が〈キャンベル＆ラサール〉を舞台装置のように煌々《こうこう》と照らしていた。小径に置かれたベンチが目に留まった。もちろん彫刻がほどこされており、ベンチの左右の脇柱には意匠を凝らしたスパニエル犬の歩哨まで配されている。べンチの真向かいが捜査本部のある木工場だ。一階の窓は全開で、上端を蝶番で留められた回転式の鎧戸が外に向けて押し開けられている。窓から流れ出たまばゆい光が木工場の周囲の地面に溜まっているように見え、時ならぬ暖かな秋の夜長に思いきって巣穴から出てきたシマリスだかアライグマだかにスポットライトをあてていた。

ジェーンは空を見上げた。ティムの言ったとおり、地上の光が空を埋める星々を見るチャンスを奪っている。いずれにせよ、まだ時間が早すぎるのだが、今夜見られる星座はシルヴァーのカフタンに描かれた天体の模様だけだろう。しかし、今探しているのはオリオンのベルトだけではなかった。ベンチの上の伸びる木々にツリーハウスがないことを確かめたいのだ。クレアが言っていたいくつかのツリーハウスの位置はだいたいわかるが、自分の目で見つける必要がある。〝わたしたち〈キャンベル＆ラサール〉〟などという思考と表現の提唱者に対する怒りは増すばかり、ツリーハウスのからくりがわかっても怒りが鎮まるどころではなかった。彼らは単に、地上にいる者を上から見おろすような態度を取っているだけではないとわかったから。実際にいつも上から見おろしている人間もいるのだから。現実そのものを言い表わしている比喩ほど虫酸《むしず》が走るものはない。

頭上に見えるのが空だけであることを確認すると、ジェーンはひとまず怒りを先送りにして、チャーリーの携帯電話の番号ボタンを押した。メッセージを残すつもりだったから、録音ではない生の声、温かくてハスキーな夫の声に完全に不意を衝かれた。そのうえ言葉が口から出てこないとわかって驚いたのは、だれよりもジェーン自身だった。しかも、左手を頬にあてると自分が泣いていることにも気づいた。

「ジェーン？　ジェーン？　どうしたんだ？　あれ、電波が悪いのかもしれないな。ぼくの声が聞こえるなら、いつもみたいにそこでちょっとダンスしてくれれば……」

「そうじゃないの、チャーリー。ええ、あなたの声は聞こえてるわ。ただ……あなたが今、電話に出られるとは思わなかったから」

「なんだよ、ハニー、電話してきてそれはないだろ。ニック、おい、ニック！　お母さんから電話だ。おいで！」チャーリーは声を張りあげた。「今プールサイドにいる。明日はニックの学校の教員研修日だ、覚えてるかい？　だから、今日もここに泊まることにしたのさ。ぼくのメッセージを聞いたかい？」

「メッセージって？　どこにいるですって？」

そこで、今日が日曜日の夜だと思い出した。チャーリーはわたしがもう自宅にいると思っている。わたしはわたしで、明日はニックの学校があるのだから、ふたりとも帰っているものと思っていた。ほんとうはニックは明日も休みなのに。どうして曜日までも忘れてしまうのか。いったい何日ここにいたというの？　〝わたしたち〈キャンベル＆ラサール〉〟がカレンダーや時計の奴隷でないのは承知しているが——夜九時の夕食がその証し——時間を無視したここの感覚にたぶらかされるなんて。本来なら今ごろわたしはこんなところにいるべきじゃなく、エヴァンストンにいるべきで、もう何時間もまえに家に帰り着いて、掃除をし、荷物をしまい、整理して、夕食を作っているべきだったのだ。ああ、〝べき〟〝べきじゃない〟……。でも、とにかく、ニックは明日一日は休みだとわかった。

「ええ、チャーリー、わかってたわ。ニックが明日は休みだってことは。それで、ティムとわたしももう一日こっちにいようと決めたの」と言いかけてから、どのみち今日は帰れなかったことを思い出した。マーケルは〈キャンベル＆ラサール〉の敷地からだれも出ることを許していないのだから。手作りの景色を我が身で台無しにしたリック・ムーアの死体の第一発見者となった訪問者であればなおのこと。「ここの景色はそれは魅惑的なのよ」

「ジェイニー、なんだか声が変だけど、なにかあったのか？」とチャーリー。

「なにもないわ、全然。なぜそんな……」

言葉に詰まった。どうしてこう、すぐに守勢にまわろうとするのだろう？　なにかというと守勢にまわるわたしをチャーリーが咎《とが》めたことは一度もない。ピッカーをやめさせようとしたこともない。わたしがなにかをするのをチャーリーが止め立てしたことは一度もない。いつだってわたしが勝手に止められるものと思いこみ、彼が口を開くまえに守りにはいるのだ。

「あなたに会いたいわ、チャーリー。それに、ニックのことで助けてもらってすごく感謝してる。じつは今日、危機一髪という目に遭ったの。でも、もう大丈夫だから。愛してるとニックに伝えてくれる？」

「あれ、まただ、ハニー。今なんて言ったんだい？」チャーリーが叫んでいる。電話で相手の声が聞こえないときにだれもがそうするように。「なんだって？」

「どこが聞こえなかったの？　愛してるとニックに伝えてって言ったのよ。愛してるわ、チャーリー」とジェーンは言った。どうしても伝えたい大事なことはそれだけだ。

「どこが聞こえ――しか――まるで、いたずら電――だな」チャーリーの声も途切れ途切れになった。「化石の捏造《ねつぞう》の――嫉妬し――学者が――塩――化石骨を寄せ集――ザザッ――ライバル――虚偽で――証明――と公表……」これを最後にチャーリーとの通話が完全に切れた。

ジェーンが終了ボタンを押したとたん、また着信音が鳴った。「チャーリー？」

「まだご亭主のところに帰ってないのかい？」ネリーだった。母の声ははっきりと聞こえ、電話回線の接続もなんら支障はなかった。発音のひとつひとつまで聞き取れた。

母が喋るのを聞きながら、ハンマー鍛造の銅の鐘で告げられたように明瞭に理解したのは、〝べき〟と〝べきじゃない〟のインストール主はネリーだということだった。ネリー以外の人間――ごく身近なところではチャーリー――がジェーンの自由意思を一方的に押さえこむことはなくても、ネリーなら、独自のリモコンを遠隔操作して娘の脳のスイッチを切り替えることができる。ふつうの人たちが〝こんにちは、ジェーン、調子はどう？〟とふつうに話しかけてきても、ジェーンの耳には〝あんた、なんでそんな服を着てるのよ？〟と聞こえるように。

「足の指の具合はどう、母さん？」

「あたしの足の指のことなんかいいから」とネリー。「あんたのご亭主と息子はどうなってるの？　ふたりのことを忘れちゃいないだろうね？」

「ふたりは今、ロックフォードの室内ウォーターパークで水浴びの最中よ。万事順調。ふたりの名前はチャーリーとニック。うちへ帰って階段でふたりに出くわしても、ちゃんと顔を見分ける自信はあります。これでご満足？」ネリー独自の正義に基づく憤りがぱっくりと口を開けたら、なにを言おうと満足しないということはさんざん思い知らされている。

「ああそう」とネリー。

「え？」

「あんたが満足なら、あたしもそれでハッピーだよ。父さんに代わろうか？」

なんと！　ネリーは新種の技を会得している。新たな拷問の始まりかもしれない。午後の化学兵器攻撃が充分でなかったから、今度はネリーが心理戦でわたしにとどめを刺そうというの？

「ミシガンの話を聞かせておくれ、スウィーティー」とドン。

「それより母さんのことを聞かせて。肉弾戦なしで父さんに電話を譲ったことなんか今まで一度もなかったのに。どうしちゃったの？」

「ほう、そりゃあ、すばらしいじゃないか」ドンは大きな声でいかにも嬉しそうに言ってから、声を落とした。「まだ聞こえているよな、ジェーン？」

聞こえているとジェーンも声を落として答えた。父によれば、ネリーに処方された痛み止めをライスプディングに混ぜておいたら、昼食がすんでからずっと上機嫌が続いているという。

「足の指の骨折は医者でもどうにもできないそうだ。自然治癒を待つしか。ただ、そのためには横になる必要がある。母さんにそれをさせる方法となると、わたしには薬を盛るしか思いつかなかった」と、実直を絵に描いたような父は言った。

「わたしもその方法をハイスクールのときに思いつけばよかった」

「そろそろ母さんが戻ってくる。夕食のスープを作ると言って聞かないのさ。そのくせスープをかき混ぜたり味見をしたりしながら、ソファでごろごろしている。背中にクッションをあてて座らせてから、〈フラニー・メイ〉のナッツ・クラスターを買ってきてやったんだ。おまえにも見せてやりたいね、ジェイニー。これは見物だぞ」

「なにが見物なの？」母が尋ねる声がした。「ヘアブラシを取ってちょうだいよ、ドン。今日は朝から髪も梳かしてないんだから」

おやすみとドンが言ったあと、ネリーがまた電話に出た。母に手鏡とヘアブラシを取ってやりながら父が口笛を吹いているのが聞こえる。

「ハンドバッグにはいってる口紅も持ってきて、ドン。バッグはガレージ側の通路にあるわ」

ソファでクッションにもたれた母が、口紅を塗りながらチョコレートを食べている光景を思い浮かべると、思わず顔がほころんだ。ネリーが体を休め、穏やかでハッピーなひとときを過ごしていると知っただけで喜びがこみあげてくる。怪しいプディングを食べさせられたとしても、それだけの価値はあったというものだ。

「母さん、父さんとお医者さまの言うことをよく聞いて体を休めてるようでほっとしたわ。明日か火曜日にはエヴァンストンへ戻るつもりだから……」と言いかけたが、ぷりぷりしたネリーの声に遮られた。

「早くうちへ帰んなさいよ、お嬢ちゃん。チャーリーもニックもあんたに家にいてほしいんだから。ティムはべつにあんたがついてなくてもいいの。まえにも言ったけど四角い杭は丸い穴には……」

ネリーが〝お嬢ちゃん〟と呼んだのが引っかかる。最近はめったに母の口から聞かれない言葉だが……。可哀相な父さん。あとでドンがスープを飲んでいる真っ最中に、ネリーは小さな錠剤を取り出してみせ、あたしのライスプディングに毒を盛ろうとしたと言って責めてるのだろう。この二日間ではじめてジェーンは〈キャンベル&ラサール〉にいてよかったと思った。ここには殺人犯がうろついているのかもしれない。でも、その犯人がだれであれ、ネリーとの対決を目前にした父よりはまだ勝ち目があるだろう。足の指を骨折していようがいまいが、ネリーはネリーなのだ。

「痛み止めの薬を飲まなかったのね、母さん？」

「薬なんか飲まなくたっていいんだよ、どうせ眠くなって頭がぐちゃぐちゃになるだけなんだから。四十五年も〈EZウエイ・イン〉で働いてれば、どっちみちぐちゃぐちゃになってるんだから。あんたの父さんはいったいなにをしたいんだろうね？」

「父さんは母さんにお菓子を買ってきて、母さんの背中にクッションをあてがってソファに座らせてあげたいのよ。かいがいしく面倒を見てあげたいのよ。それが父さんのしたいことなの。ソファにゆったり座って、父さんに感謝してあげてくれない？　お願いだから」

「あんたこそ。れっきとした亭主がいながら、丸い頭をしたティムなんかと……」

「その〝丸い頭〟のなんとかはなにを意味してるわけ？　なんだか下品に聞こえるわよ、母さん、はっきり言うけど」

「いいかい」とネリー。「あたしが言いたいのは、あんたはティムのものでも、あの刑事だか探偵だかのものでもないってことさ。あんたがいるべきところは家庭なの。昔からあんたは自分じゃないなにかになろうとしてきただろ、ジェーン。あたしが言いたいのはそれだけ。そもそも、自分らしいものになれもしないで、自分じゃないなにかになんかなれっこないんだよ」

「そう、それならよくわかる」

「学位なんかなくても、これぐらいは説明できるわよ、ハニー。ただ、あたしが思うに、あんたはあちこち駆けずりまわって、見当ちがいの物を探したり筋の通らないことをやろうとしたり、そういうことが多すぎる。あたしから見れば目のまえに正しい物がちゃんとあるっていうのに。それでよく生活ができてるもんだと思うね。あら、ありがとう、ドン」ネリーの声音が優しくなった。「もうすぐスープができあがるから、ちょっとかきまわしておいて。でも、味見はしないでよ。あっと言わせたいから」

ジェーンは笑いたいのか泣きたいのかわからなかった。母は同じ会話のなかで〝お嬢ちゃん〟と言い、〝ハニー〟とも言った。母の言うことは理屈に合わないのに、完全に筋が通っている。深く感動してしまった。母の分析はまちがっているのではないかと思いながらも、一生懸命分析しようとしていることに感謝の念を覚えた。が、ネリーに対して珍しく温かい気持ちがふくらむのと同時に不安も芽生えていた。母は父になにか恐ろしいことを仕掛けようと企んでいるのではないか。

「母さん、スープのなかになにを入れたの？」

似たようなことを以前にも母がしたのを知っている。さほど昔の話ではない。ネリーには、ある事件の誘拐犯たちを眠らせるために鎮静剤入りの朝食を作った前科があり、そのときネリーはにやりと笑って、赤ん坊から綿菓子を取り上げるぐらい簡単だったと言い放ったのである。

「薬は入れてないよ。すぐに見つかったらつまらないから」

「母さん！」

「唐辛子の威力を見くびるんじゃないよ。レンズ豆のトマトスープだと思って口に入れたらチリ・ペッパーとハラペーニョとクミンの味だったらどんなことになるだろうね。べつにそれで死にゃしないけど。この作戦のどこがおもしろいと思う？」

そうよ、どこがおもしろいのよ？　ネリーの頭越しに父に警告するのは不可能とわかっているから、制酸薬を全部隠すような真似だけはしないでくれと言い置いて電話を切った。母の話から、可哀相な鼠《ねずみ》にとどめを刺すまえにいたぶる凶暴な猫を連想するのはあまり愉快なことではなかった。が、一方、父が無力な鼠でないのはわかっているし、父がスクランブルエッグにタバスコを大量にかけているのも知っている。なんとかなるだろう。

その心配をするより、母との会話の残りの内容について考えたほうがよさそうだ。愛情を示す言葉がふたつあった。それは認める。また、ティムとの友情に関するネリーの意見はまったく的はずれだけれども——男と女も親友になれるということを信じるには、ネリーは生まれる時代が少々早すぎた——チャーリーに関してはおっしゃるとおりだ。チャーリーはライスプディングに痛み止めを混ぜることまでする必要はないにしても、最近、チャーリーから親愛の情を示されても素直に受け入れられない自分がいる。わたしのどこがまちがっているんだろう。中年と呼ばれる年齢に突入したとたん、チャーリーの行動をいちいち勘ぐるようになった。彼が水を一杯持ってきてくれるたび、きみももう歳で体力もだいぶ衰えたから、自分で立ち上がって水を飲むのも大変だろうという意味に解釈してしまう。若干攻撃的な性格なのは昔から自覚していたが、これではどう見ても被害妄想だ。ああ、ほんとうにネリー化しつつあるの?

ディナーのベルを聞きたいとかつてなく思った。空腹が妄想を生んでいるのかもしれない。ネリーはほかになんと言った? ええと——わたしも四角い穴に打ちこまれた丸い杭ってことになるの……? まあ、そうなのかもしれない。

たぶんそうだ。そこで急に立ち上がったので、携帯電話を地面に落としてしまった。急いで拾い上げ、木工場へ向かった。正面の入り口には依然として立ち入り禁止のテープが張られているから、建物の横手へまわった。低い位置に窓がある。よじ登って出入りするのは難しくなさそうだが、今したいのはそういうことではなかった。

窓のひとつからなかを覗きこむと、マーケル刑事が若い女性の制服警官と話しているのが見えた。女性警官はうなずきながら、マーケルに剝ぎ取り式のノートを見せている。ジェーンのいるところからは図書室の回廊からロフトまでが見えた。リック・ムーアはおそらくそこに置かれた椅子にまえかがみに座っていたのだろう。〈ビルケンシュトック〉のサンダルを椅子の下に押しこんで。回廊式図書室に通じるふたつの階段がある。一階の作業スペースの左右にひとつずつ。回廊の真下は棚になっていて、溶解剤や仕上げ剤、塗料を剝がすための薬品の缶や容器がずらりと並んでいる。二基の卓上送風機もその棚に置かれており、大きな床置きの一基は棚の横に置いてある。ここで作業する人たちはそれらの送風機を使って強烈な刺激臭を散らし、塗料の乾きを速めているのだろう。壁の釘に作業用の防護マスクとオーバーオールが掛けてある。もし、何者かが目的を果たすためにひと缶を、あるいは二、三種類の缶を開け、小型の卓上送風機のどちらかの風をリック・ムーアの座っているほうへ向ければ、かなりの威力を発揮したにちがいない。

ぱちぱちと瞬きしながら涙を流し、よろよろと階段を降りてくるリックの姿が目に浮かぶようだ。彼は一番近いドアへ向かっただろう。建物の裏側の、いくつかのオフィスで隠されているドアへ。今ジェーンが覗いているのと同じ押し出し式の開き窓が階段下にもひとつある。リックはその窓を開けようとして体当たりし、頭を外に突き出し、口をいっぱい開けて空気を吸おうとしたのだろうか？　今日の午後にわたしがやったように。殺人者には薬品の缶の蓋を閉めて送風機を止め、作業用マスクで顔を覆う時間があった。リックを建物の裏側のドアから外に導き、小川のほとりまで誘導した。そして、リックの鼻と口を水のなかに押しこんだ。ものの数分もあれば彼の肺は満杯になっただろう。

有毒な物質は微量でも吸いこめば血液中に残るのだろうか。でも、そのあと溺れさせられてもがいているあいだに、消えてしまうのかもしれない。

窓枠と深い窓敷居を両手で探りながら、上半身を窓の内側に入れてみた。〈キャンベル&ラサール〉の面々は完璧主義者だ。木工場の窓枠に使う木までも選び抜かれていて、美しく疵《きず》ひとつない。

そのメロディラインはすでに頭のなかで高まっていた。それが今はやけにはっきりと大きく聞こえていた。ようやくディナータイムらしい。ジェーンはうっとりとした。今夜もおいしい料理とおいしい飲み物が用意されているのだろう。みんなはもうすっかり酔って、わたしが友達の予備の服を借りて着ているなんて気づかないはず。パートナーのブルース・オーをマーティーンから引き離すのに成功したら、今夜のディナーパーティではとっておきの会話で彼をびっくりさせることができるかもしれない。今やこのわたしもプロ級の聞き上手になりつつあるのだから。

18

アイダ伯母さんが遺言であなたに遺してくれたテーブルクロスをこの先使う予定はありますか？　それはもう何年だかわからないくらい長いこと抽斗にしまったままになっているのではありませんか。さあ、自分を騙すのはやめて三つのDを実践しましょう。騙すのは駄目、今こそ断捨離を！

ベリンダ・セント・ジャーメイン
『詰めこみすぎ』より

ジェーンはにこにこ顔でロッジにはいった。ポーカー・フェースはもともと得意ではないし、これからもきっとそうだろう。リック・ムーアの死に関して知るべき事実のすべてはまだ知らないのかもしれず、その〝まだ〟がきわめて重要な意味をもつということはわかっている。が、かぎりなくすべてに近いはずだ。ここからはそれがよく見えた。犯罪の謎を解くことはカードの家をさかさまの順番でこしらえるようなものだと、はじめてオーと会ったときに教わった。たいていの犯罪は盤石の土台の上には築かれていない。疑惑と偶然と運と不安を積み重ねたもろい構築物なのだ。

「犯罪をひとつにまとめるための接着剤などありませんよ、ミセス・ウィール。願望に狡猾さという目に見えない糸で縫われているのが犯罪なのです。悪事を働いた人間は息をひそめています。悪事がすぐに見つからずにすむと息を吐き出します。最初はおそるおそる、徐々に自信を深めて。この自信の風こそが彼のこしらえたカードの家をしばしば吹き抜け、崩壊をもたらすのです」

カードの家全体を壊す用意はまだできていないが、屋根の何枚かを取り除くのはいつでもできる。リック・ムーアがどのように図書室から燻《いぶ》し出され、死に場所へ向かわされたのかはわかっている。オーと話せば〝どのように〟が〝だれに〟に変わるかもしれない。

「出版界の閉鎖性はもちろんご存じでしょう？　わたしはそれが嫌なんです」マーティーンは声を低くしてオーの胸によりかかり、栗とオリーヴを組み合わせたファンキーな柄のネクタイに目を据えた。まるで彼の心臓に向かって喋っているかのようだ。「出版界の閉鎖的なルールに従うのは嫌なんです」

オーは深々とうなずきながらもマーティーンの頭越しにジェーンに視線を送り、例によってかすかに眉の片方を上げてみせた。その微細な変化をジェーンも見分けられるようになってきた。マーティーンが相変わらず舞台の脇台詞のようなひそひそ声で述べた内容から察するに、今回の片眉上げは困惑を表わしているらしい。出版界の閉鎖的なルールに従いたくないのであれば、なぜマーティーンはその世界に属する人物の胸に貼りついているのだろう。

「ミスター・クルマ、マーティーン」ジェーンは声をかけた。「マーケル刑事からなにかお聞きになった?」

マーティーンは自分の体を支えようとするみたいにオーの胸に片手をあてがって振り向いた。貴重な時間を邪魔するのが何者か確かめるために。

「あら、ジャネット! 可愛らしい格好だこと! ちょっとレトロね。『アニー・ホール』を真似したの? そのシャツにミスター・クルマのネクタイを締めれば、そのまま役になりきれるわよ」

「ジェーンよ」

「マーティーンよ」マーティーンは応酬した。会話を続けろということか。

彼女の相手をしていると勝利を収めるためのエネルギーを必要以上に消耗しそうなので、にっこり笑い返すだけにしてティムのほうを見た。ティムとスコットは古き良き時代の男たちに似合いそうな談笑スペースにいた。ふたりが座っている二脚の革張りのクラブチェアのあいだに置かれているのは直方体のどっしりとした木の塊で、ワックスがけされ、テーブルとして使われている。その下には暗めの緑と金《きん》の配色の敷物。ジェーンは目をすがめ、ふたりの手にブランデーと葉巻があるのではないかと空想した。目を見開いてよく見ると、グラスがふたつテーブルに置かれているだけだった。ふたりとも脚を組んでいる。葉巻も煙草もなしで素面のような会話を進めているらしい。

スコットは素面の酔っぱらいになったの? 信じがたいことだが、父のドンはそういう現象を何回も目撃したと主張している。夜更けまで大酒盛りをしたあと、明け方に近い時間帯になると点滴顔負けの規則正しくゆっくりとしたペースでアルコールを摂取しつづけ、朝七時、通りの向かいの〈ローパー・コンロ〉の始業の笛に間に合うよう、〈ＥＺウェイ・イン〉を出て工場へ向かった何人もの男たちの名前を父は挙げてみせるのだ。

そうした逸話を聞くたびに、ジェーンは〈ローパー・コンロ〉の製品が車やロボット手術器具ではなくキッチンの電化製品でよかったと思ったものだ。〝左〟と書かれたつまみを右側のガスコンロで使うのは不便にはちがいないが、誤って取り付けられたエアバッグよりはまだ修理しやすく、致命的な事故につながりにくいだろうから。

スコットが最初からアルコールを一滴も口にしていないという可能性もむろんある。さっきはキャビンの外で会話に耳を澄まし、タイミングを見計らって押し入ったという可能性も。なぜそんなことをする必要があるのか……その理由は……まもなくわかるだろう。

マーティーンが首尾よくジェーンを追い払えたのは、ジェーンがそうさせたようなものだった。リーダーが最後に発言するたびにうなずくことを期待される三者会談に取りこまれるのはごめんだから。ちなみにこの場合のリーダーとはマーティーンを指すが、もっと大きな群れに交じるのが今夜の正しい作戦だ。そのほうが事件の真相を巡る推理の裏付けを取りやすい。もっとも、シルヴァーにはほかに行く場所も遂行する任務もなく、彼がマーティーンとオーの隣を死守しようとしているのに気づくと、ジェーンはほくそえんだ。前菜が並んだ大きな銅のトレイが三人のそばに置かれているが、作戦に支障をきたすことはおそらくないだろう。オーが断りを入れてふたりからいっとき離れ、ジェーンが立っているところへ歩いてきた。暖炉のそばへ。

オーは上着のポケットから二枚の紙を取り出すと、曖昧な笑みを浮かべ、タイムテーブルでも眺めるかのように目で追ってから、炉棚に置かれた飲み物の横にそっと置いた。ジェーンは〈シロック〉には手を出さず、〈グレイグース〉を選んでいた。スコットにいらぬ刺激を与えたくなかったから。オーはこれ以上ないというくらいさりげない笑みとまなざしを維持しつつ、ディナーのための上着を取りにロッジの自室へ戻った際に例のウェブサイトのアドレス・リストをプリントアウトしてきたとジェーンに告げた。それから、失礼と言って、ジェーンの体のまえに片手を横切らせ、わさび味のアーモンドをひとつかみ取った。と、折りたたまれた二枚の紙の上にナプキンが一枚落とされた。そのさりげない仕種にジェーンはまたも舌を巻き、ナプキンときれいにたたまれたそのプリントアウトをパンツのポケットに滑りこませた。ティムの服の趣味のよさもさることながら、使い勝手のいい深いポケットをティムが好むことに感謝しながら。

急いでディナーテーブルへは行かなかった。だれがだれの隣に座っているのか、〈キャンベル&ラサール〉が大混乱に陥った一日の終わりに、なおも結ばれたままなのはどの同盟なのかを知る必要がある。グレンとロクサーヌが連れ立ってテーブルへ向かい、ブレイクを挟んで両側の席についてもさほど驚かなかった。ふたりの歩哨が自分のために任に就いていることにブレイクが気づいているかどうかは怪しいけれど。城主の立場に慣れすぎた彼は、城を構成している人々にはもはや注意を払っていないのか？　自分が意のままに動かしている物理的存在など気にも留めていないのか？　ブレイクは多くを求める城主ではないようだ——たぶん彼自身がそういう状態に追いこんだのだろう。彼に城主の威厳が備わっているように見えるのはロクサーヌとグレンが脇を固めているからにすぎない。

〈キャンベル&ラサール〉に着いて最初にここの居住者《レジデント》たちから感じ取ったのは、彼らの確信めいた自信だった。空気中にそれが漂っていた——〝わたしはあなたの知らないことを知っている〟というメッセージ。羨ましくて仲間入りしたいという気持ちと、そこにちらつく鼻持ちならない俗物根性を蔑《さげす》む気持ちが相半ばしたが、今はそう思ったことが懐かしい。こうした共同体を動かしているのはその究極の自信だ。なるほど、ここは無垢材で造られた堅牢な古いロッジだが、この場所を現実に結束させているのはあらゆる事物、あらゆる人間の迷いなき帰属意識にほかならない。そのなかで憎しみをつのらせ、要求をつのらせ、この神聖なる場所で殺人を犯すほどにわれを失ったのはだれなのだろう？　帰属意識のバランスを崩してしまったのはこのなかのだれなのだろう？

ミッキーはリックの後釜に座りたがっている。ジェーンが小川でリックの死体を発見して以来、彼はブレイクを追いまわし、その地位を手に入れようと必死だ。ミッキーは〈キャンベル&ラサール〉の全体像からリックの存在を消し去るほどにその地位が欲しいのか？　スコットが欲しいのは金だ。彼は金に困っていると愚痴をこぼしている。ウェストマンの簞笥を入手したら、念願の歯根管治療ができるのだろうか？

年じゅう泣いているらしいアニー。今も目を泣き腫らし、疲れた顔をしている。ジェーンはアーモンドがはいったボウルを手に取り、アニーに近づいた。アニーは椅子の袖にちょこんと腰掛けてハーブティーを飲んでいた。

「このナッツすごくおいしいわよ。もう食べた？」と声をかけてみた。

「ぴりっとするんでしょ。今はひどくバランスが悪いの。つまり感情面の。だから、体が熱くなる物は食べられない」とアニー。

「そう、バランスが悪いのね」相槌を打ったが、アニーがなにを言いたいのかちっともわからない。「リックの死がいろんなことの調子を狂わせちゃったんでしょうね」

「いいえ、全然。むしろバランスを取り戻すきっかけになったわ。わたしは風水羅盤《コンパス》を置いてるから」

探偵ゲームの新たな局面を迎えているのかもしれないが、岐路にさしかかればそれとわかる。この心理戦をどう戦うか、この一瞬のチャンスを逃してはならない。オーが認めてくれた直感をフル稼働させなければならない。同情するようにうなずき、理解できるという顔をして、アニーがこのまま話を続けてくれるよう祈るか、それとも無知を決めこみ、その餌に飛びついたアニーが教育しようとするのを待つか。

ジェーンはプールの真んなかに飛びこむことにした。同情するといわんばかりにうなずくと、掌を上に向けて両手を投げ出した。「あなたの言ってること、わたしにはまるでわからないけど、なんだかおもしろそう」身を乗り出してアニーの片手を取った。

「すごいわね、そんなに正直に言えるなんて」アニーはすぐさま反応し、ジェーンの反射的な罪悪感に訴えようとした。「わたしは中国の風水を実践しているのよ。まだ初心者だけれど。リックがここにいたときには彼のもたらす禍《わざわい》を相殺するものが見つけられなかったの」

「リックはつきあいづらい人だったの？」

「予測のつかない人よ。それはいいことなのかもね。刺激的だもの」アニーは意図的に語口を変えて相手を惑わす能力を示した。「でも、それと互角に張り合う要素がないからバランスが悪いの。ものすごく怒りっぽかった。彼のキャビンの位置もよくなかった。それにあの胸のむかつく汚らしいトラック。あれがわたしのキャビンに向かう気の流れを阻んでいた。彼は子年だから忠誠心には篤かったようね。もっと忠誠を尽くすこともできたでしょうに、日和見《ひよりみ》主義の道を選んでしまったけど」

「彼のことをずいぶんよく知ってるのね」ほかの人々がリック・ムーアについてほとんど語らなかったのをジェーンは思い出していた。

「はっきりわかっていることがひとつあるわ」アニーは愛らしい顔に笑みを広げた。「彼はここのみんなの気のエネルギーにちょっかいを出していたのよ」

ディナーテーブルにつこうとミッキーが誘いにきた。アニーは立ち上がり、ジェーンの手を握ると、しばらく放さなかった。「あなたは卯年でしょ？」

ジェーンはふたたび掌を上に向け、首を横に振った。無知を装って情報を与えなかったのが功を奏したようだ。

「今度、中華レストランで食事をするときに十二支の自分の位置を探すといいわ。わたしもそこから始めたのよ」

ジェーンはジェフとジェイクの並びの席に座った。このふたりが一心同体なのはもうわかっている。レジデントたちが〝ザ・ボーイズ〟と呼ぶ彼らは、食事の最中もなにかのスケッチを見てはかわりばんこに印をつけていた。

ジェーンはウェブサイトのプリントアウトと一緒にオーから受け取った紙のカクテル・ナプキンをポケットから引き抜くと、バッグからペン先の細い黒のボールペンを取り出し、リック・ムーアがスケッチした椅子を記憶を頼りに描きはじめた。背もたれの部分は正確ではないが、カーブした脚はそっくりに描けた。そこでサラダをひとくち。ロメインレタス、極薄のスライス・オニオン、申し分なく冷やされたオレンジのスライスを酸味の強いチェリー・ヴィネガーで和えて大皿に盛ってある。盛りつけも完璧。ゆっくりとサラダを味わいながら、まっすぐな背もたれの装飾を描き加えた。

ジェフとジェイク、もしくはジェフかジェイクが自分たちのスケッチを見るのをやめて、ジェーンのそのスケッチに目を向けていた。ふたり組の一方の、つぎに両方の視線がナプキンにそそがれるのを感じた。観察して査定をくだそうとしているらしい。これは彼らの唯一のコミュニケーション手段なのかもしれない。ジェーンはナプキンに描いた椅子のスケッチを彼らのほうへ押しやった。

ふたりともこっくりとうなずき、ジェーンに近いほうが自分のペンで椅子の背もたれにスピンドルを三本描き足した。するともうひとりが脚の前面に二重の横木を足した。それからまたふたりでうなずき、ジェーンのまえにスケッチを押し返した。彼らにすれば速射砲なみのこの対話を終わらせてしまう危険を冒してでも、言葉を投げつけたい衝動に駆られた。

「この椅子はここで作られたの?」

思いきって訊いてみた。言葉を最小限に切り詰めて。

ジェフとジェイクははじめて紹介されたときの何倍もぼんやりとした表情でジェーンを見てから、彼らとのつぎなる対決は、〈エッチ・ア・スケッチ〉(左右のダイヤルをまわすと線画が描けるボード)を代用言語にしたときとは比ぶべくもない急展開だった。ふたりは笑いの発作に襲われた。腹の底から笑っている。ジェフがジェイクの背中をぴしゃぴしゃ叩くと、ジェイクもお返しにジェフの背中をぴしゃぴしゃ叩き、さらには、ふたりしてジェーンの背中を叩いて馬鹿笑いを続けた。なにがそんなにおかしいのかと尋ねて、せっかくのこのひとときをぶち壊しにしたくなかったので、ジェーンも一緒になって笑った。ふたりはジェーンのスケッチを指差してまたげらげら笑った。と、その笑いは始まったときと同じぐらい唐突に終わった。ふたりはまた自分たちのスケッチにかわりばんこに手を加える作業に戻った。目のまえで起こった今の出来事を解釈する術のないジェーンはカクテル・ナプキンを折りたたんでポケットにしまった。

グレンがグラスを指で叩いてみんなの注意を惹いた。

「今日一日いろいろあったな。ここにいる全員が警察の取り調べを受けなければならなかったわけだから。今や全員が同じ思いだろうが、わたしたち〈キャンベル&ラサール〉は──」ここでひと呼吸挟まれたので、皮肉めかした言葉でも飛び出すのかと耳をそばだてたが、そうではなかった。「──わたしたち〈キャンベル&ラサール〉は、自分たちが思っているほどにはリック・ムーアを知らなかったようだ。あるいは今回の一件でリック・ムーアの真の姿を知ったことになるのかもしれない。殺人という恐ろしい行為に走ったリックは精神を病んでいて、彼のその暗い側面にわたしたちは遭遇していなかったのかもしれない。わたしの知るリック・ムーアは殺人者ではなかったとしか今は言えない。彼はクラフツマンであり、アーティストであり、友人だった」

リックを語るグレンの口調は追悼式のときよりも今のほうが力強いとジェーンは思った。追悼式でだれかがリックについて親愛の情をこめて語ったという記憶はない。リックの死を嘆き悲しむのをマーティーンひとりにまかせているというふうだった。殺人者の烙印《らくいん》を押された今になって、リックがグレンにとって大切な存在だったかのように語られるのは奇妙だ。グレンは現実から目をそむけたいの？　それとも、鎧《よろい》の割れ目を埋めるための補修剤を少々ぶ厚く塗ろうとしているだけ？　もし、リック自身も殺されたのなら、彼が自分の敵ではなく友人だったと周囲に認識させるのは重要なことだ。テーブルの逆の端の席についているアニーを見やると、アニーは心得顔でかぶりを振り、〝嫌《ラット》なやつ〟と口の動きでジェーンに伝えた。リックのことなのかグレンのことなのか、またしてもわからなかったが。

「おそらくリックは罪の意識と悲しみに苛まれていたにちがいない。自分のしたことに気づくと同時にみずからの命を絶ったのだろう。わたしはそう信じる」グレンは腰をおろした。オーの顔は見えないけれど、ティムの姿は見える。ティムはスコットと並んで幅広のディナーテーブルの向かい側に座っている。ティムがどんな顔の表情や口の動きや身振りで合図をよこしても、けっして反応するまいと心に決めていた。小学校でもハイスクールでもお行儀のいい優等生だったジェーンが巻きこまれた唯一のトラブルは、ティム・ローリーにそそのかされてつい反応してしまったときなのだから。ところが今は妙なことに、ティムは完全に無表情だ。テーブルを囲んだ人々はショックのあまり沈黙を保っている。

グレンはリックが靴を履かずに小川まで走り、自分で飛びこんだと信じているの？　わずか三十センチの深さの水のなかに顔を浸けて死んだなどと本気で思っているの？

ティムは相変わらず無表情にジェーンを見つめている。と、彼の顔に笑みの兆しが浮かんだ。ほかの人々はみな、まず自分のハンドバッグやポケットを見おろし、つぎにバッグやポケットを叩いたり首を横に振ったりした。そこではじめてジェーンにもそれが聞こえた。ほんの小さな音、でも、焦りを覚えるほど自分に近いところで鳴っている。今回はジングルベルではなくて、あの覚えやすく忘れがたいメロディ、モンキーズの『アイム・ア・ビリーバー』だ。

ティムとスコットが無言で肩を揺らしはじめた。それでティムの仕業とわかった。そう、ティムが勝手に着信メロディを変えたのだ。ちょっと失礼と断って電話に出たとしても相手が電話に出ないのはわかっている。電話が切れたことを小さな画面が示し、ついでティムの番号を表示するにちがいない。ティムは着信メロディが変わっていると知らせるために、ポケットのなかに片手を入れて短縮のワンボタンでジェーンの番号にかけてきた。今がこのいたずらを披露する絶好の機会と見なしたから。グレンの不自然な声明にぎょろりと目を剝く必要などなかった。〝ぼくは信じる〟と歌うモンキーズに、グレンの声明に対する皮肉と無関心を代弁させたのだから。ジェーンはちょっと失礼と断ってハンドバッグを手に取り、携帯電話を取り出すと、急いでフロントポーチへ向かった。

オイルクロスのカバーをつけたクッションに腰をおろした。昔、自宅のバックポーチにあったベンチにもこういうクッションが並べてあった。ジェーンは膝を胸まで引き上げ、ティムのカシミアのプルオーヴァーの裾を引っぱってつま先まですっぽりと隠した。笑えるほどの値段がするセーターはさすがに温かいが、カシミアのプルオーヴァーの利点はこの伸びに尽きる。明日ティムに返したら、彼はこれを、ベリンダ・セント・ジャーメインが〝確実に廃棄処分〟と括るであろう山に投げこむことを余儀なくされる。それぐらいの仕返しはしてやっていい。

ティムの悪ふざけに対してもっと怒りたい半面、外に出られてじつはほっとしていた。グレンの感傷的な演説は、なにもかもを失ったことを知った人間の最後のあがきのように聞こえた。これまではグレンについてはあまり考えなかったが、彼は頭の回転が速い人だ。少なくともそう見える。〈キャンベル&ラサール〉の表看板、広告塔はブレイクだが、実質的にこの集団を支えているのはグレンなのだろう。〈キャンベル&ラサール〉の特質を世間に認知させ、〈キャンベル&ラサール〉は信頼できると評価させているのはグレンの存在なのだ。

　グレン・ラサールが全米の主要なアンティーク・ショーの特別講演や〝ブース・トーク〟の常連なら、プレビュー・パーティーのスポンサーである慈善事業家とともに新聞の社交欄に写真が載るのはきまってブレイク・キャンベルだ。黒いストラップレス・ドレス姿の女子青年連盟《ジュニア・リーグ》の会長の肩に腕をまわす、タキシードに身を包んだハンサムなブレイクは〈キャンベル&ラサール〉の〝顔〟だった。

　その顔が丸つぶれとなるのは時間の問題だろう。身内に殺人者を出し、その人間もやはり身内の第二の殺人者によって殺されたとなれば。煽情的な見出しが紙面に躍るにちがいない。さらに、家具を盗んだのか偽造したのかすり替えたのか、なんであれ〈キャンベル&ラサール〉がウエストマンの箪笥におこなったことにまつわるスキャンダルも書き立てられるだろう。おそらくは、身内が身内の殺人者を殺すという筋書きよりウエストマンの箪笥がらみの犯罪のほうが、より大きな力で〈キャンベル&ラサール〉の信用を失墜させるだろう。ここでの古き良き生活様式は同時にもろくもあり、リック・ムーアが気の流れを妨げるのを止めたいと考えた人間も現実にいたということだ。

〈キャンベル&ラサール〉が崩壊したのち、どちらのリーダーがより深い痛手をこうむるかを予測するのはたやすい。グレンは十九世紀の風景画やアーリー・アメリカンの銀細工をテーマにした地味な本でも書いて、なんとかプロとしての面目を保つかもしれないが、映画スターばりのルックスをもつクラフツマン、ブレイクには『アンティーク・ロードショー』への出演依頼が舞いこむだろう。

ブレイクはいつも物静かなので、ディナーでの彼の立ち居振る舞いに変化が見られるかどうかはわからない。彼はグレンが一同に語りかけているあいだもあまり関心を示しているようには見えなかった。もっとも、ブレイクの場合はいつでも関心が薄そうに見えてしまう。せめて超がつくほどのハンサムでなければ、と思わずにいられない。彼はハンサムだから有罪だということになりはしまいかと心配にもなる。テレビ番組にハンサムな映画スターがゲスト出演すると驚愕の結末が驚愕ではなくなるのは、重要な役どころでなければ、毎週の連続番組に大物スターが出るわけがないからだ。で、テレビにおける重要な役どころとは事件を解決するか罪を犯すかのどちらかを意味するから、番組の主役が事件を解決するほうなら、大物ゲストは罪を犯すほうにまわるしかない。ブレイクはここではあきらかに大物スターだ。

美人で穏やかで有能な女性、ロクサーヌがブレイクにかしずいている姿も、彼の威光を高める一助となっている。だれが見ても利発なロクサーヌが、ブレイクは美しい顔をもつだけでなく、彼とともに過ごすことに価値があると考えているなら、そう信じていいと思えるではないか。

オーがポーチに出てきた。彼のうしろからマーティーンが現われないことを確認するまで、話しかけるのを控えた。

「彼女は目下執筆中の作品の一章ぶんの原稿を取りにいきました」オーはジェーンが口にしなかった質問に答えてから、視線をはずして森のほうを見た。ツリーハウスの隠れ場所から降りてきてくれと妻に懇願するようなまなざしで。

ジェーンはポケットからナプキンを取り出して折り目を開き、オーに見せた。ジェフとジェイクのコンビと意思疎通を図った経緯にオーが興味を示すと思ったので。

「マーケル刑事が来て、あなたと話したいと言っています。夕食後に少し時間を取って全員に話をしたいそうですが、あなたとは個人的に話したいのだと」

「なぜ？　まさかマーケル刑事は……」

オーは首を横に振った。「たぶん、今はまだ公にできないことの説明をしたいのでしょう。また、全員を集めてからの反応も見ようとしているのかもしれません。だれかの発言に対して、それとなくなにかを言い、そこからまた生じる反応を確かめようとしている可能性もあります」

「いや、ぼくが思うに、これは『ねずみとり』（アガサ・クリスティの戯曲）の展開を狙ってるんじゃないかな。マーケル刑事はあそこで犯人を……」ティムがいつのまにかふたりの背後に来ていた。モンキーズの歌を口ずさみながら。

「お黙り、ティム。わたしはあの劇をまだ見たことないし」とジェーン。

「見たことないって？　『ねずみとり』を？　探偵を自称してるくせに？」

オーが笑みらしきものを浮かべた。

「そうなのですか、ミセス・ウィール？」

「え、なにが？」ととぼけながら、目はティムに向けたままだった。ティムをにらみ倒してやりたくて。ティムはハミングで応じた。

「探偵を自称しているのですか？」

ジェーンは膝の上のナプキンを見おろした。ジェーンが答えるより速く、ティムがハミングをやめて肩先から覗きこんだ。「なぜ〝ブルースター・チェア〟のスケッチなんか持ってるんだ？」

ジェーンだけでなくオーもティムを見た。

「どうかした？　ぼくはなぜ〝ブルースター・チェア〟のスケッチなんか持ってるのかと訊いただけだけど」

「まいった」とジェーン。「なぜ〝ブルースター・チェア〟のスケッチなんか持ってるのかしらね？」

「〝ブルースター・チェア〟のなんたるかは一般常識なのでしょうか？」とオー。「これはクレアがよく言う、わたし以外のだれもが答えられる文化面での一般的な問いのひとつなのでしょうか？」

ティムは首を横に振った。「一般常識というほどじゃないけど、クレアならこのスケッチをひと目見ればわかるでしょうね。有名な椅子だから。つまり、有名で悪名も高いっていう意味で。それは本物のスケッチなの？　それとも複製の？」

ジェーンはナプキンを掲げてみせた。「知りたいのはこっちよ。これはリック・ムーアが保管してた紙に描かれてたスケッチのコピー。ディナーテーブルでわたしがついさっき描いたもの。ジェフとジェイクのコンビが加えた線も二、三本あるけど」ジェーンは背もたれのスピンドルと下の横木を指差した。

ティムはナプキンを手に取り、しばしじっと見つめた。

「〝ブルースター・チェア〟はアメリカで作られた最も古い椅子といってもいいんです。専門家がアメリカだと断言できるのは、使われた木がイングランドじゃなくアメリカ原産のトネリコだから。座り心地は無視して、部屋で一番でっかい椅子というのを第一目的に作られた椅子でもある。王には玉座があって当然だけど、イングランドから渡ってきた清教徒のリーダー、エルダー・ブルースターにも専用の椅子が必要だったんだろうな。二脚あったことが知られてて、一脚はメトロポリタン美術館所蔵、もう一脚はたしかプリマスのピルグリム・ホール博物館にあると思うけど」

「この椅子を作ったのはあなたたちかって訊いたら、ジェフとジェイクが笑い転げたのも無理ないわね」

「彼らが大喜びしたのはこの複製があるからだよ。オリジナルと同じぐらい有名なコピーがね」

オーがティムのうしろにまわりこんで肩先から覗いた。

「歩きながら話しませんか、ミスター・ローリー。そうすれば、だれかがうしろから近づいてきたら気配でわかります。もうしばらく講義の続きをミセス・ウィールとわたしにしていただいたほうがよさそうですし」

三人は腰を上げた。ティムが葉巻を取り出した。びっくり仰天だった。ティムは煙草も葉巻も、煙の出る物はめったに吸わないのだから。ジェーンの視線を受けてティムは肩をすくめた。いわく、ブレイクにキューバ葉巻を勧められた、こんな物を勧められたらだれも断れない。三人は彫刻のほどこされた瞑想用ベンチのひとつを取り囲み、オーはティムをロッジと向き合う位置に立たせた。マーティーンやほかの人間にここにいるのを見つかっても、自然な感じで喋りつづけていられるように。

「わたしたちを呼ぶ必要があれば、マーケル刑事が例の鐘をだれかに打たせるはずですが。では、講義を続けていただけますか、ミスター・ローリー?」

「つまり〝ブルースター・チェア〟として知られている椅子はふたつなんだけど、三つめがあるという噂が絶えなかったんです。ニューイングランドのディーラーならだれもが一度や二度は、人知れず存在しているその第三の椅子を発見する夢を見たんじゃないかなあ」

「で、とうとうだれかが偽物を作りはじめた?」ジェーンは膝の上のナプキンの皺を伸ばした。

「ひとつだけね」とティム。「見事なのを」

「でも、偽物だとわかってしまったんですね?」とオー。「いつごろのことです?」

オーがマーティーンの狩猟本能に敏感になっているのがジェーンにはわかった。オーが相手の言葉を質問で遮るようなことはめったにない。ふだんのオーならジェーンにこの物語をひもとくよう仕向けるはずだ。それをこうして自分から質問するとは、マーティーンの粘り

ブルースター・チェア

Brewster Chair

アメリカで作られた最も古い椅子と言われている。一脚はメトロポリタン美術館所蔵、もう一脚はプリマスのピルグリムホール博物館所蔵。

強さに対する最大の賛辞と解釈していいだろう。本人に教えてやりたい。

「ぼくが本で読んだストーリーには数パターンあるんだけど、即席に考えたようないい加減なのはこんな感じです。六〇年代のある日、あるアーティストが、アーリー・アメリカンの家具の展覧会を鑑賞するために仲間と博物館を訪れた。ふたりとも工匠、つまりクラフツマンだった。だからいつも作業着を着てる。ふたりは目当ての椅子の裏側を見たかったので、床に腰をおろして見ようとした。その椅子だけじゃなくテーブルも見たかったから。そこへ見学ツアーの一団を引き連れた学芸員が部屋にはいってきた。すると、地元の農夫のようななりをした男ふたりが床に寝そべって、博物館の宝である展示物について仕事が雑だとかなんとか言っている。学芸員は傲岸不遜な態度で彼らを叱りつけて恥をかかせたあげく、博物館から追い出した。追い出されたアーティスト、アーマンド・ラモンターニュはかんかんに怒った」ティムの葉巻にようやく火がまんべんなくまわった。

「彼は完璧な偽物を作って傲慢な学芸員どもに復讐する計画を練った。どうせなら専門家でも騙されるようなやつを作ってやろうと。小物にはまったく興味がなかったから、〝ブルースター・チェア〟を選んだ。脚に穴をあけるのに現代のドリルを使って、木の削り屑を取っておいたという話を聞いたことがあるな。その椅子の製作者が自分であることをのちのち証明できるように。それ以外は、博物館も騙されるくらい本物と変わらない出来映えだった――しかるべき木を使って経年感を出し、塩水にひたし、脚の下のほうに渡された横木の一本を折るという細工までした。その部分が一定期間、蹴飛ばされていたという感じを出すために」

「ちょっと待って。それ、六〇年代の話なんでしょ？」

「ああ、その男がそれを作ったのはね。でも、彼は友人の骨董屋に頼んでその椅子を店に置いてもらった。安値で。友人には〝ブルースター・チェア〟の知識はなかったらしい。で、出入りのディーラーの目に留まり、買い取りの交渉が始まった。骨董屋に値打ち物だと悟られないためにうんと安値を打診した。椅子を買ったそのディーラーは、最終的にはまたべつの人間にそれを売り渡し、そうやって人の手から手へ渡るたびに値段が上がって、ついに博物館に買い取られることになった。たしかミシガンのヘンリー・フォード博物館だったと思うけど」

「ということは、そのアーティストが求めていたのは……？」

「自己満足」ジェーンの問いかけをティムが完結させた。「椅子の脚の横木も、横木やスピンドルをはめるための穴をあけたときのドリルの削り屑も、彼は捨てずに持っていた。この話が新聞に載ったのは七〇年代後半だったと思う」

「驚異的な辛抱強さ」ジェーンはつぶやいた。

「そうだね。でも、当人の狙いははずれたんじゃないかな。今やその男は著名な彫刻家なのに、世間はその〝ブルースター・チェア〟のことしか彼に訊かない。あのころの自分はまだ子どもだった、子どもは馬鹿をやるものだと本人は答えてるけど」

「でも、その彫刻家をそういう気持ちにさせた人は、その後どうなったの……？」

「さあ。この一件が明るみに出て職を失った博物館勤務の公務員はいたかもしれないが、事の発端となった人物だったとはかぎらない。その事件が教訓になったとしても、実際に厳しい処置を受けるべき人物が教訓に学んだかどうかは怪しい。いや、そういうことにはならないのが世の常だろ」

「アーティストは今も刑務所にはいってるとか?」ジェーンは尋ねた。

「彼がどんな法律を犯した?」

「そうですね」とオー。「その作品を本物だと称してはいないのですから。自分に代わって世間がその椅子を本物だと言うのをあえて止めなかったということでしょうから」

「すごい!　わたし惚れてしまうかも」

「ほんとに?」とティム。「偽物の製作に人生を賭けたやつに?　そういう人間の気持ちがきみに……」

「情熱に惚れると言ってるの。考えてみてよ、その椅子を完成させるためにつぎこんだ労力を。シナリオどおりの展開になるのを待った信じがたい忍耐力を。椅子にまつわる物語を創作しながら将来を思い描いてたわけでしょ。わたしだって、自分の存在が軽んじられたら頭にくるわ。こっちが本気で説明しようとしてるのに鼻であしらわれたら。表面には出さなくても。そのアーティストが博物館の公衆の面前で味わった屈辱感を想像してみなさいよ。しかも、彼は工芸を修業中の若者だった。そこで自分が、自分の才能が軽んじられたら……」

ジェーンは言葉を切った。「軽んじられたら……」

「六時、マーケル巡査部長の登場」ティムはにやりとした。

ジェーンは振り返った。マーケルがこちらへ向かってくる。なにやら計画している男が。

「ミセス・ウィール、今お話を伺ってもよろしいですか？」

ティムとオーはジェーンにうなずいてみせ、ロッジへ引き返した。オーはまわりの木々を観察するようにちらちらと視線を上げ、ティムは一生懸命、葉巻の煙を吐き出しながら。

マーケルに報告できる具体的な情報はなにもない。〝ブルースター・チェア〟の逸話は興味深い内容だが、それがどうリック・ムーアの殺害につながるのか、つながっているのかどうかも定かでない。ジェーンは、敷地のきわにある倉庫のような小屋で何者かが家具を壊していたが、そのことが事件とどんな関係にあるのかはわからなかったとだけマーケルに語った。

「ここでのいろいろな出来事について考える時間がもうひと晩あったので、リック・ムーアが殺害された午後のことについてもなにかを思い出す人が出てくるのではないかと思います。人はいらいらすると互いに疑いの目を向けるようになりますし」

「ツリーハウスを調べたほうがいいかもしれない」この際、マーケルを信用するべきだと覚悟を決めて言った。つまるところ、彼は警察官なのだから。「じつは今日の午後、わたしの意識を失わせようとした人がいるの」

ジェーンはあの小屋で襲われたことを早口に語り、そのときに家具が壊されていたのだともう一度念を押した。小屋のなかでおこなわれていることを見せまいとした人間がいるのだと。そこまでマーケルに語る気はなかったのに、話しだしたら止まらなくなっていた。

マーケルはそのときすぐに報告しなかったことを穏やかに注意したが、樹上を部下に調べさせると言ってくれた。ロッジに引き揚げようとするマーケルをジェーンは引き留めた。クレアが木の上に隠れているのを思い出し、警察につかまったら大変だと思ったから。

マーケルはジェーンの説明を遮った。「ミセス・クレアならあなたのキャビンにいますよ。暗くなるまえに木から降りさせるようにとご主人から頼まれたのです」彼はさらにこうつけ加えた。「ええ、ミスター・クルマがブルース・オーだということはわれわれも知っています。クルマのほうが都合がいいので彼にはそのままでいてもらいますが。事件のあとでここへやってきて、われわれの関心外にあるという役柄のままでね。わたしがあなたにあれこれ尋ねるのを不思議がる人はいませんよ、ミセス・ウィール。なにしろあなたは死体の第一発見者ですから、これからも質問させてもらうかもしれません。ただ、わたしがミスター・クルマとミスター・ローリーとあなたを集めて話をしたりすれば、お三方の匿名性が失われ、レジデントがあなたがたに対して用心深くなるおそれがあります」

マーケルはジェーンをその場に残し、招集のベルを鳴らすためにひと足先にロッジへ向かった。警察は今しばらく〈キャンベル&ラサール〉の敷地内にとどまるので、先の聴取で言い忘れたことを思い出した場合にはいつでも受け付ける。ロッジに集まった人々をまえにしてマーケルはそう語った。ジェーンは部屋の後方に立ってこれを聞きながら、探偵という立場から必要以上に疑り深くなっているのか、それとも自分の見方は客観的で正確なのかわからなくなった。それでも、レジデントのあいだでなにかが進行中だということだけはわかった。興奮の空気が肌で感じられるのだ。ミッキーがアニーにメモを渡すのが目にはいった。アニーはそれをスコットに渡している。ジェフとジェイクのふたりが紙切れを交換しているのはいつもと同じだが、ほかの者たちのこの挙動はふつうではない。ロクサーヌまでがスコットの肩越しに覗きこんでそのメモを読んでいる。びっくりした彼女の顔にうっすらと笑みが浮かんだ。

スコットがティムに小声でなにかを言うと、ティムはにんまりとしてうなずいた。マーティーンは頭をつんとそらし、メモがまわってきても興味なさそうな顔をした。シルヴァーにメモをまわそうとする者はいなかった。

マーケルの短い演説が終わると、ティムがジェーンのところにやってきて部屋の外に連れ出し、耳打ちした。「キャビンへ行って予備のセーターを一枚持って出るんだ。それと現金も全部。クレア・オーがキャビンにいるから彼女も連れて、木工場の反対側にある訪問者用の駐車場へ直接向かえ。オーとぼくは車のなかで待ってる。でも、車のライトはつけないでおくからね。全員が車に乗りこんだら連絡道路を使って敷地の外に出る。詳しくは現地で話すよ。とにかく急げ」

ジェーンはマーケルと連携して行動するという暗黙の合意に達したばかりなのを思い出し、すぐには動けなかった。これはその取り決めの一方の当事者の責任を放棄することになるのではないだろうか。が、ティムにひと押しされると、ここでティムの言うとおりにしなければば永遠になにかを見逃すことになりそうだと察した。ティムのまわりの空気が震えているから。

クレアは机でベリンダ・セント・ジャーメインの本を読んでいた。

ジェーンがセーターを取りにきたと告げるより早く、ぱっと立ち上がり、セーターを投げてよこした。「事情はわかってる。待っていたのよ」

「よかった。どういうことなのか、あなたから聞けるわね」

キャビンの外に出ると、ふたりは駐車場に向かって走った。クレアが空を指差した。

「今夜は満月、収穫の月よ」

「ええ？」ジェーンは訊き返した。

自分たち以外の足音が聞こえた。みんなが駐車場に停めてある自分の車を目指して走っているらしい。〈キャンベル&ラサール〉に出入りする側の幹線道路にはマーケルが部下を待機させているが、裏側の連絡道路にも駐車場にも警察官はいなかった。ここはミシガンの小さな町だから、捜査本部とはいえ規模が小さい。満月の夜に集団脱出があろうとはマーケルも予測できなかったのだろう。夜明けまでには全員が戻ってくるとクレアは囁いた。

「どこから戻るの？」

ふたりは後部座席に乗りこんだ。ティムとオーがまえに乗っていた。連絡道路から砂利道にはいりながらティムは、この砂利道を四百メートルばかり走ればハイウェイに出られるのだと言った。

「月光市《いち》さ」

車はスピードを落とし、がたごと揺れながら駐車灯の光のみを頼りに進んだ。〈キャンベル&ラサール〉のロッジから見えないところまで来ると、ティムはヘッドライトをつけた。一気にスピードを上げて勢いよくハイウェイに車を乗せた瞬間、満面の笑みを浮かべた。

「伝統なのよ」とクレア。「わたしも五年ほどまえに一度だけ行ったことがあるの。そのとき中国の花瓶を手に入れたわ。覚えてるかしら、ブルース？　バーリントンのあの夫婦に売って儲けさせてもらったのを」

「月光市は秋の最後の満月の夜、午前零時に始まって夜通し続くのさ。サマー・シーズンはもう終わってるから、リゾートタウンのアンティーク・ディーラーたちが売りさばきたい商品をひっさげて各地からやってくるんだ。ジャンカーも三州から押し寄せるし、ピッカーもぞくぞくと集まってくる。ウィンター・シーズンでみんなが南下するまえの最後の大イベントってわけだ。このあとは来年の春まで商売あがったりだからね。集まった連中はみんな統合ハイスクールの駐車場に車を停めて、トラックの荷台や乗用車のトランクで品物を売る。地面に台を置いてキャンドルやオイルランプの明かりで商売を始める連中もいる。愉しいぞ」ティムは舌舐めずりをした。

「マーケル刑事はどうするの？」財布のなかの現金を数えながらジェーンは訊いた。

「彼は察しのいい男です」オーが答えた。「この土地に長く住んでいるので月光市のこともよく知っています。〈キャンベル&ラサール〉の人々もきっと月光市へ行くと読んでいるでしょう。わたしたちが彼らに監視の目を光らせることを期待しているようです」

「彼と話をしたの？」クレアが尋ねた。

「彼の話を聞いたんだ」とオー。

その駐車場に車がはいるや、ティムの描写したとおりの光景が繰り広げられているのがわかった。照明で台や箱を舞台装置のように見せている露天商もいれば、商品にキャンドルの仄《ほの》かな光をあててロマンチックな雰囲気を演出している露天商もいた。ジェーンがバッグから懐中電灯を取り出すと、ティムはよしと言うかわりにうなずいた。

「キャンドルの明かりでは新品に見えたのに、昼の光のなかで見たら細かいひび割れがあったなんて花瓶は買いたくないもんな」ティムが言っているのは、年代物の陶磁器の価値を大幅に下げる、釉薬の下の網目のような細い筋やひびのことだ。

ジェーンとティムはふた手に分かれて逆方向からまわりこむことにした。では、わたしはミセス・ウィールに同行しましょうとブルース・オーは言った。クレアは二、三時間後に車で落ち合おうと言い残して、家具を並べたトラックのほうへ早くも走りだしていた。

「クレアは警察の取り調べの疲労から完全に回復したようです」

オーは憂いに沈んだ口調で言うと、ジェーンを見た。ジェーンもすでにフリーマーケットならではのトランス状態に陥り、赤毛の女ふたりがトランクいっぱいに並べたヴィンテージのキッチン用品に懐中電灯の光を注意深くあてていた。

三つめの台でジェーンは掘り出し物を見つけた。キャンドルの光に照らされたタイプライターのインクリボン缶の集団にひと目惚れしてしまった。インクリボン缶は自宅にもいくつかある。セールで買った古い裁縫セットのなかの飾りピンや鉤ホックの収納に使ったのがきっかけで集めるようになったのだ。

手に取ってよく見ると、その小さな丸い缶のデザインや絵柄はいずれもカラフルでセンスがよく、それ自体コレクティブルの逸品ぞろいだとわかった。それらのブリキ缶を車のトランクで売っているのは〝ブリキ男《ティンマン》〟の文字がはいったＴシャツを着た愛想のいい年配の男で、一個につき四ドルなら、そこにある缶を全部売ってもいいと言った。要するに、半分は安値、半分は高値という取り引きだ。ジェーンに購入を決心させたのは、そのなかのひとつ、無作為のアルファベットや数字が小さな丸形の明るい緑色の缶の側面にまで描かれた〝Ｔｙｐ Ｏ，Ｔｙｐ〟の缶だった。これはまちがいなく掘り出し物だ。それに、なんであれ〝Ｏ《オー》，〟で結ばれた名前には目がないときている。そのひと缶だけに二十五ドル出してもいい。あとでティムに言い訳をしなければならないけれど。

ブリキ男に支払う代金を数えてから、広口瓶に挿してあるシャープペンシルを何本かおまけにつけてくれないかと交渉すると、二本取っていいと言われた。広口瓶のなかにラミネート加工したベークライトのシャープペンシルを二本見つけると小躍りした。どちらもミシガンの居酒屋の宣伝用品だ。大きな革のトートバッグのなかに折りたたんで入れてある格子縞の買い付け袋を取り出し、勢いよく振り広げた。

「これもおまけにつけてやるよ、ハニー。可愛いだろ。〝Ｔｙｐ Ｏ，Ｔｙｐ〟と並べると映えるぜ。シーズンの最後だから大判振る舞いだ」

　ブリキ男は小さな長四角の缶をジェーンに手渡した。緑色で角の部分だけ赤い、一センチ画鋲の缶だ。

　たしかに可愛い。缶の底には少女のイラスト。世紀の変わり目に流行ったスカートとセーラーカラーのゆったりしたブラウスを着て、飾りたい写真を持っている。ぎょっとした。フィラデルフィアの〈ムーア・プッシュピン・カンパニー〉が製造元、スローガンは〝ムーアの画鋲があれば掛け釘いらず〟。

「本業に戻れっていう、リック・ムーアからのわたしへのメッセージかしら」ジェーンはオーにその缶を見せた。

「わたしは何事も否定しませんよ、ミセス・ウィール。ともかくも完全否定はしません」とオー。

　アニーとミッキーとスコットも駐車場の露店を物色して歩きまわっているのが見えた。アニーが手に提げた持ち手がふたつの大きなバスケットはリボンと縁取り《リックラック》の古いパッケージとヘムテープで満杯だ。端切れやテーブルクロスも何枚かはいっている。どこで見つけたのかとジェーンが尋ねると、アニーは駐車場の反対側の端を身振りで示し、それからまた三人で立ち去った。

　ここはこうしたジャンカー、修復専門の職人、工匠、リサイクラーといった人々が活気づく場なのだ――忘れ去られ、使い古され、くたびれ果てた物たちが一堂に会する市なのだ。

グレン・ラサールが引っ越しトラックの荷台に散在する段ボール箱からキャンヴァス画を引っぱり出しているのを、数メートル離れたところからジェーンは眺めた。ブレイク・キャンベルも来ていて、木の柄の古い工具を片手に持ち、つぎにもう一方の手に持ち替えて重さを比べたり、釣り合いや感触を確かめたりしている。だれもがなにかを欲しがっている。そんな彼らの最も無防備な姿を思いがけず見ることができた。

ジェーンも銀のデザート・スプーンと鉤編みの鍋つかみ、タイプライターのインクリボン缶、それに、ボタンが詰まった大きな広口瓶二個で格子縞の買い付け袋をいっぱいにした。細長く伸ばした一セント玉が少なくとも二十個以上はいっている小さな木の箱を手につかんだときには、思わず声をあげて笑ってしまった。プレスマシーンを使って自分で作る観光地土産のコインだ。そうしたなかにラシュモア山とイエローストーンの図柄を見つけると、ひとりの人物、あるいは一家族のコレクションに出くわしたのではないかと感じた。行く先々で子どもたちの手がハンドルを引いてこしらえたお手ごろ価格の土産物を並べてみれば、家族の毎年の夏の休暇を追体験できるかもしれない。

オーはそぞろ歩きにトラック屋台のほうへ向かった。月光市が開かれるという噂を聞きつけて、ふたつ離れた町から商売人がコーヒーとドーナツを売りにきていた。オーはジェーンのためにコーヒーを買って戻ってきた。月光市の狂騒の真っただなかの休憩、つかのまの充電だ。

もじゃもじゃのカーリーヘアをアンテナのように頭のてっぺんでポニーテイルにした女が、

そのネクタイは売り物かとオーに尋ねた。彼は首を横に振った。

「今のように訊かれるのは日常茶飯事です」オーはジェーンに言った。「値段をつけて少しは儲けたらどうかとクレアは言います。ネクタイはいつでもまたちがうのを見つけられるからと自信たっぷりに」

「でも、あなたは売り買いの世界に巻きこまれるのが嫌なんでしょう?」

「これは贈り物ですから。家内から贈られたネクタイを売るなんてとんでもない。そういうところだけ感傷的だとクレアに言われますが、感傷的なのではなくて、贈られた物を手放すのは礼を失する行為だと思うのですよ。ときにそれが――」オーは自分の締めているネクタイを見おろした。「――へんちくりんな物であったとしても」

ジェーンはコーヒーをすすりながら左右に目をやった。驚くべき情景だ。月光のもとでの狂騒をここにいるすべての人が分かち合っている。自分の心が喜ぶ物を見つけるという希望がここにはある。なんであろうと、それは自分が欲しい物、必要な物、手に入れなければならない物、そして今夜――いいときにいい場所に居合わせたのだから――手にはいるであろう物だ。そのすばらしき物に秘められたロマンスは、いつまで続くかはともかく、それを手に入れた人に幸せをもたらすにちがいない。

この素敵なラブストーリーの講釈をオーにしようとしたそのとき、まっすぐ前方に停められた一台のトラックがジェーンの視界に飛びこんできた。左右に取り付けられた二基の作業灯が荷台を照らしている。

壊れた家具、古いエアコン、家の裏の路地に捨てられているようなありとあらゆる種類の粗大ゴミが山積みになっていた。が、粗大ゴミの山のてっぺんに鎮座しているのはゴミではない。それはしっかりとした造作のテーブルのように見えた。かつては価値の高いアンティークだったが、破損がひどくて捨てられた物のように。〈トムのガラクタカラ〉のトムが、ふたり連れの客に見せるために荷台から降ろしているところだった。

ジェーンは大急ぎでそのトラックへ向かった。オーもあとに続いた。あのテーブルはまえに見たことがあると、走りながらオーに告げた。テーブルを見ているカップルのうしろに、もうひとり男がいた。スピーカーの取りはずし可能なトルコブルーの古いステレオを夢中で見ているようなふりをしているが、視線の先にあるのはそのテーブルで、トムとその夫婦のやりとりに耳を澄ましていた。

「いやあ、それも粗大ゴミだったたんだよ。路地で見つけてきたんだ。でも、物はいいよ。無垢材が使われてるのはだれが見てもわかる。木屑を接着剤でくっつけた現在《いま》どきの集成材じゃないってことはね」

夫婦はゆっくりと歩き去ったが、ステレオのスピーカーに夢中でテーブルには興味のないふりをしているディーラーは、トラックのそばを離れず、ほかの人たちがやってきてテーブルを叩いたり、下を覗きこんだり、脚の具合を調べたりするのを見守っていた。そこに仲間がひとり増えた。最初の男の兄かというような風貌で、最初の男より少し背が高く、少し痩せていた。

「ソーンベリーか？」その新たな男が小声で言った。

「ひょっとしたらな」と最初の男。「だとしても、あの親父はわかっちゃいない。二十五ドルで売っぱらおうとしてる」

「なら買えよ」と背の高いほうの男。

「もっと値切れる」と背の低いほう。

「くそっ」と兄またはパートナー。彼がほんの一瞬目を離した隙に先ほどの夫婦が戻ってきて、トムに二十五ドルを支払い、今は駐車場にテーブルを運んでいるところだった。

「ぼんくらめ。おれの出番かよ」

背の高い男はそう言って、夫婦が自分たちのヴァンのまえに到着するのを目で追った。ジェーンとオーも同じように彼らを目で追っていたが、ひと息ついて、そばにあるほかのテーブルを眺めるふりをした。もしかしたら、ふたりが問題のテーブルとそれを買った夫婦を見張っていることに気づきはじめている人間がいるかもしれないので、注意をそらすためだ。テーブルを数卓挟んだ向こうにクレアがいた。ジェーンはオーにクレアを呼んでくれと頼んだ。あのテーブルの品定めをしてもらいたいからと。

「ソーンベリーのように見えるけど、造作をよく見ないと断定できないわ。状態がかなりひどいし」

「二十五ドルはお買い得ということ？」

「ハニー、二十五ドルならなんだってお買い得よ。ティムはものすごい低予算であなたを仲間に引き入れたんでしょうけど」とクレア。「もしあれが本物なら、つまりロジャー・ソーンベリー製作のカードテーブルなら、オークションで三万ドルの値がつくわ。あのままの状態でもね」

ジェーンはオー夫妻とともに、背の高いほうの男が巻き尺を剣のように振りまわしながら夫婦を口説き落とそうとするのを眺めた。近くにある別荘にこの古いテーブルが置けるかどうか、サイズを測りに急いで戻っていたのだと説明しているようだ。なにかを置かないとみっともない中途半端なスペースがあって、そのテーブルならぴったり収まると女房に言ってしまったので、買って帰らないと殺される——サイズを測りに戻ろうと言いだしたのも自分なので。あんたがたがいくらで買ったのかは知らないが、女房の怒りを買わずにすむなら五十ドル支払うのもやぶさかではない、とかなんとか。

若い夫婦の対応にジェーンは感心した。彼らは男の演説がすむまでは感情をあらわにしなかった。それから、妻が夫に耳打ちした。夫は、うちのやつは疑り深いんだと背の高い男に言った。あんたは骨董商でおれたちの知らないことを知っているんじゃないのかい？　男はけたたましい笑い声をたてた。なかなかやる。ジェーンは男の演技力も評価した。おれはチッペンデールとチップマンク（シマリス）の区別もつかないよ。そのテーブルを買って帰らないことには、数カ月間あの犬小屋から出してもらえそうにないんだ。百ドルならどうだい？

結局、その夫婦は百二十五ドルで取り引きに応じた。賢い妻は男の顔のまえで人差し指を振ってこう言った。『アンティーク・ロードショー』は見ないことにするわ、鑑定人の双子のキーノ兄弟に挟まれたあなたを見たら悔しいもの。男はまた大きな声で笑って、首を横に振った。

カップルが立ち去るのを待ってクレアが男に近づいた。「それ、ソーンベリー?」

「どうだかわからんが」男はゆっくりとした口調で言った。「確かめないとな」

「名刺を持ってる?」ジェーンが訊いた。

「あそこにいるぼんくらの弟からもらってくれ。ディーラーじみたことはしたくないんだ。まださっきの夫婦が見てるかもしれんだろ。あの女房がやってきて目ん玉をくりぬかれたら大変だよ」

「今ここで五百ドル出すと言ったら譲ってくれる?」とジェーン。

「だめだね。でも、明日になったら後悔しそうだな。あんたの名刺は?」

ジェーンは首を横に振った。やはり名刺を作ったほうがいいのだろう。ジェーン・ウィール、ピッカー探偵《PI》。

「このテーブルが本物かどうかをどういう方法で証明するのですか?」トラックまで運ぼうとする男に手を貸しながら、オーが訊いた。

ふたりが歩きだすのと同時に、男がオーにこう教える声がジェーンの耳にはいった。この近くに〈キャンベル&ラサール〉というところがあるから……。

午前四時をちょっと過ぎたころ、ジェーンたち一行は〈キャンベル&ラサール〉へ引き揚げる集団のなかにいた。月光市で掘り出し物を漁ったあとだけにだれもが満足げだった。が、ジェーンにとってもっと重要なのは〝ブルースター・チェア〟プランが実行されている現場を目撃したことだった。

トムのトラックにあったあのテーブルを目にした瞬間、今日の午後に壊されていたあのテーブルだとわかった。

〈キャンベル＆ラサール〉へ戻る大勢の人たちを観察していると、さっきの背の高いディーラーが若い夫婦を騙して家具を手に入れるのを興味津々で見ていたべつのグループを見つけ、そして、その男に気がついた。頭をそらして両手をポケットに突っこみ、帽子を目深にかぶったその男が、午後には身を守る術のない哀れなテーブルにハンマーを打ちおろしている姿が瞼《まぶた》によみがえってきた。

贋作プランを実行に移し、本物と見まがうばかりの精巧な偽物を作って世間に送り出さなければならない理由がある人物の目星はもうついている。その背景には金銭的動機が絡んでいるにちがいないと思われた。問題はそこだ。ウェストマンの偽簞笥でクレアを騙した人物、あるいは、彼女が簞笥を引き取りにきたときにすり替えた人物は、儲けるつもりだったにちがいない。一方、ティムから聞いた〝ブルースター・チェア〟の逸話を思い出すと、可能性のある人物の範囲がさらに広がる。

単なる愉しみのために、自分にもできるということを証明するために偽物作りを思いついた人間だったらどうだろう。その作品を売りたがらないのではないか。売らずにそれを、ディーラー、すなわち鮫《さめ》がうようよいるカントリー・アンティークの海に放ち、修復や鑑定を求めて〈キャンベル&ラサール〉へふたたび遡上するさまを眺めたいと思うのではないか。〈キャンベル&ラサール〉の敷地内に帰ってきた人々は眠気とは無縁だった。疲れた様子さえ見せていない。敷地から抜け出しただれもが、月光市で買った物を手にロッジのなかにはいっていく。シェリル率いる厨房スタッフが月光市の情報を聞きつけ、ふだんよりさらに早い朝食を用意してくれるのを期待しているようだ。コーヒーの支度はもうできていて、サイドボードのバスケットにはマフィンとスコーンが盛られていた。厨房が始動している音も聞こえる。こっそり抜け出し、戦利品を獲得して戻ってきたレジデントたちの興奮は醒めやらず、ロッジはざわついていた。

ジェーンはマーケルから捜査要員として半採用されて以来、自分がこっそり抜け出すことにも、自分以外の人間がこっそり抜け出すのを見張ることにも罪悪感を感じなくなっていた。われながら驚きだが、考えてみれば当然で、罪悪感を感じなくてはいけない理由はどこにもない。今回はとくに、だれも殺人を犯して逃げ帰ってきたのではないと確認したいマーケルを手伝うという大義名分があったのだから。月光市はパズルのピースをはめるにはまたとない機会だった。

それでも、帰りの車中、ティムにもオーにもクレアにもなにも言わなかった。見つからないピースがまだひとつあるからだ。もし、だれかがたちの悪いいたずらをしたかっただけだとしても、あるいは〝ブルースター・チェア〟の贋作を真似たようなペテンを働いて金儲けをすることに良心の呵責をこれっぽっちも感じていないとしても、なぜそのことが原因で人が殺されなければならないのか？　なぜリック・ムーアはホーラス・カトラーを殺し、なぜリック・ムーアは何者かに殺されたのか？　危機に瀕しているものはなんなのか？

そうした考えの一部をオーに語りはじめたところへ、ティムとクレアがコーヒーを持ってテーブルに戻ってきた。

「ベリンダ・セント・ジャーメインががらくたの詰まったその袋を見たら、なんていうだろうね、ジェイニー？」とティム。「ぼくにはきみが仮釈放中に規則を破ったように見える」

「そうじゃないわ」とクレア。「ディナータイムであなたたちが留守のあいだにあの本を読ませてもらったけど、同じ数だけ処分すれば、新しい物を買ってもいいのよ」

「残念ながら、あなたはジェーンをまだよく知らない。ジェーンはなにも処分できないんです」ティムはけらけら笑った。

「今ここでバッグのなかの物を十二個、処分してみせるわよ。謎解きをしながら」

ジェーンはバッグに片手を突っこんで細々した物をひとつかみ取り出すと、じっとそれらを見おろした。殺人事件の謎を解くほうが、このがらくたの仕分けよりは容易にできそう。名刺の一枚一枚、鉛筆の一本一本、蛍光ペンの一本一本、キーホルダーの一個一個、ヨーヨーのひとつひとつ（どこでヨーヨーをふたつも買ったんだっけ？）、ノートの一冊一冊を〈キャンベル&ラサール〉のレジデントに見立てた。

ここで軽んじられているのはだれか、自分が〝師〟と呼ばれるクラフツマンであることを証明したがっているのはだれか、ペテンで金儲けをしようということまで考えなくていいのはだれか、そこまでは簡単にわかる。ベークライトのコンパクトケースは彼に見立てた。その彫刻の見事さとベークライトの魅力はブレイクのハンサムな顔に見合っている。

「ちょっとよろしいですか、みなさん？」

マーケルが臨時の捜査本部からロッジへやってきていた。この部屋で徹夜明けの疲れた顔をしているのは彼ひとりだった。オーはマーケルに会釈をすると、バッグの中身をテーブルに広げているジェーン・ウィールをさりげない仕種で示した。ジェーンもマーケルに会釈をした。あと一分でこの事件の謎を解明してみせるわ、と言うかわりに。だが、マーケルは不満そうな顔つきをしている。

「どんな理由があろうと敷地の外には出ないようにと伝えてあったはずですが、昨夜、というか今朝、つい二、三時間まえまで、大集団が町まで出かけていたようですね」

「月光市だったんですもの」

アニーが屈託のない調子で言った。ジェーンは黒のベークライトでできた栗鼠の呼び笛――イリノイ州オルニーで作られたと笛の横に書いてある――をアニーに見立てた。アニーはリックが自分の気の流れを阻むのをやめさせたがっていた。

「みんな戻ってきましたよ」

サイドボードに置かれたミモザのグラスを見据えながら、スコットが言った。月曜日の朝の始まりにはいつもミモザ・カクテルが供されるらしい。ジェーンは緑色をした〈EZウェイ・イン〉のキーホルダーを手に取り、スコットに見立てた。彼は金を欲しがっている。せめて歯科保険にははいりたいと思っている。

ミッキーはテーブルについてマフィンにバターを塗りはじめた。ミッキーは革のポーチに入れてあるベークライトのダイスでよさそうだ。彼はブレイクの右腕だったリックの後釜を狙っている。たぶんアニーのことも。ペストリーにバターを塗るあいだもずっとアニーから目を離さない。

しわしわの栃の実を見つけるとシルヴァーに、〈ライフ・セイヴァーズ〉のキャンディ袋はマーティーンにした。ジェフとジェイクが部屋にはいってきた。ピンクパール色の消しゴムがふたつ見つかったのでそれにした。ジェフとジェイクが自分たち専用の作業場を欲しがっていること、シルヴァーの非協調性は矯正の必要があること、マーティーンが自著の出版契約とカリスマ的栄誉を切望していることもわかっている。彼女はベリンダ・セント・ジャーメインになりたいのではないかしら。よりにもよって。

グレンとロクサーヌはいつものクラブチェアに座っていた。ブレイクがテーブルにつくと、ロクサーヌは立ち上がり、彼のそばへ移動した。ブレイクは心ここにあらずというふうに彼女の頭のてっぺんにキスをした。月光市ではロクサーヌの姿は見かけなかったが、驚くにはあたらない。ロクサーヌに一度会えば、彼女には自分を幸せにしてくれる物など必要ないことがわかる。ロクサーヌはいわゆる自己充足型の人間なのだ。自分が取り仕切らなければならないこの場所があり、世話を焼かなくてはならないブレイクがいるかぎり、彼女の幸せは続くのだろう。

「みなさんがこんなに早起きしているのですから、リック・ムーア殺害をテーマとしたグループ・ディスカッションを始めるにはちょうどいいかもしれません」とマーケル。

ジェーンはグレンとロクサーヌのために、さらなるがらくたをバッグから取り出した。〈ジッポ〉のライターはグレン。ロクサーヌには……母さんの口癖はなんだっけ？　〝四角い穴に丸い杭〟？　ロクサーヌを表わすために見つけた物はそういう意味なの？　ジェーンは、グループ・ディスカッションを始めるまえにもう二分、マーケルに時間稼ぎをしてもらう必要があるとオーに告げた。

二分後、立ち上がると、テーブルに丸く円を描くように並べた物たちを見おろした。アニーがこれを間近で見たら、風水羅盤のジェーン版だと思うかもしれない。もう一度その円を見渡してから、いくつかを手に取り、失礼と断って中座した。

それが示している方向を再確認する必要があったから。

19

頭のなかはクロゼットほどには散らかっていない。あなたはそう思っているかもしれません。どうぞ、その言葉を自分に向かって言ってください。でも、やっと自分自身に正直になったとき、あなたはきっと、古い電池やビニタイ（袋の口を締めるときなどに使う短い針金）や期限切れのクーポン券や使用済みの蠟燭や中身が半分のマッチ箱であふれそうな、キッチンのあの抽斗を覗くでしょう。そのあと、抽斗ではなく鏡を見ることでしょう。

ベリンダ・セント・ジャーメイン
『詰めこみすぎ』より

ジェーンがロッジへ戻ると、マーティーンがオーに迫っていて、ティムがオーを守ろうとしていた。マーケルは携帯電話で通話中。そのせいか、部屋から出た者こそいないが、マーケルの登場によって生じた緊張感は早くも薄れつつあった。みんなそわそわと落ち着きがなく、自分のねぐらへ帰って月光市で手に入れたお宝を確認したがっている。ひとりブレイクだけが満足げにコーヒーをかきまわしながら、にこにことその様子を眺めていた。

マーティーンは書類挟みを右手で胸に抱きかかえ、左手でそれをリズミカルに叩いていた。まるで赤ん坊をなだめるように。

「これがそうなんです。これはわたしの作品、わたしの人生、わたしの心なの」

「ワォ！　二十ページ足らずにその全部が書かれてるの？」とティム。「きみはすごいコンサイス作家なんだね、マーティーン。詩はシルヴァーに師事したのかい？」

ここ何年も視線のひと振りで人々を萎縮させてきたマーティーンは、自分の意のままにそうできるのがあたりまえになっている。彼女は切りこみのように目を細くすると、もてるパワーのすべて——女神パワー、ライフコーチ・パワー、水瓶座パワー、ニューエイジ・パワー、老婆パワー、魔女団パワー——を直接ティムに向けて発した。が、ティムの、目に見えぬ〝ふん、それがどうした〟の盾に見事にはね返されたのを即座に悟った。

マーティーンは好敵手に出会ったのだ。相手がだれであろうと萎縮しないことにかけては、ジェーンが知るかぎりティムの右に出る者はいない。長年、広告業界にいたジェーンが仕事で相手にしなければならないのは俳優やモデルやクライアントだった。彼らはジェーンを買うこともできれば売ることもできる立場にあったが、ひとりひとりはエゴの塊で、そのエゴをこれしかないという方法で攻撃されるや、最初はかすかな亀裂であったものがグランドキャニオンとなり、その人物を真っぷたつに裂いてしまうケースもあった。ジェーンは経験からそれを知っていた。スーパーモデルにひざまずかされたクライアントも、俳優にひざまずかされたスーパーモデルもたくさん見てきたし、自分の演技に対する世間の反応の低さゆえ、ひざまずかされた俳優もたくさん見てきた。けれど、ティム・ローリーがだれかにひざまずかされたところは一度も見たことがない。

マーティーンが立ちなおり、さらなる稲妻の一撃をティムに向けて発射しようとするのをジェーンは眺めた。ティムに亀裂を入れることなど、マーティーンごときには端《はな》から不可能なのだから、エネルギーを無駄に使わないほうがいいと助言してやりたい気持ちと、ティムという壁にマーティーンが体当たりする光景を純粋な見世物として見てみたい気持ちが半々だった。といって、そのどちらの半分も推進したい気持ちはさらさらなかった。

「ミスター・クルマに折り入ってお話があるので、席をはずしていただけないかしら」

マーティーンはティムと対決して無駄なエネルギーを使うよりも、冷ややかな態度を取るという賢明な策を選んだ。

「いや」とティム。

「ごめんあそばせ《パルドネ・モワ》？」と切り返すマーティーン。ある女優がジェーンの頭に浮かんだ。それが人形劇のミス・ピギー（ハリウッド女優の豚）だと気づくと噴き出してしまった。

わたしたちがこの部屋でリック・ムーアの死を悼んだのはたった二十四時間まえのことじゃなかった？　もっと正確にいえば、リック・ムーアの死を悼むマーティーンの演説を拝聴したのはたった二十四時間まえのことじゃなかった？

たった一日でなにが変わった？　ジェーンはさきほどオーから渡されたプリントアウトを取り出し、異なるふたつの視点から書かれた〝ブルースター・チェア〟ストーリーに目を通した。一方はそれを作ったアーティスト、アーマンド・ラモンターニュのインタビュー記事だ。本人は最近の作品について語りたがっているようだが、〝大贋作ブルースター・チェア〟と製作者であるラモンターニュを完全に切り離すことはできない。贋作のニュースが報じられたのは二十年以上もまえなのに、ラモンターニュはいまだに年中行事のようにそのことを訊かれている。

ストーリー自体はティムからすでに聞いていたが、記事のなかには新たに知る興味深い詳細な情報もあった。材料には生木が使われたこと。乾燥したときのたわみや縮みによって、本物の〝グレイト・ブルースター〟の自然な経年変化の過程を模倣できるというのがその理由。また、接合部には膠《にかわ》と髪の毛と泥を混ぜ合わせた自家製の糊を塗りつけたこと。彼はその椅子の三百年の歴史を遡《さかのぼ》る夢想までしていて、歴代のオーナーのひとりに、そっくり返って片足を横木に載せる癖があったという想定から、脚の横木の一本を取り去ったこと。

オーから渡されたもう一枚のプリントアウトは、注目すべき捏造や偽造に関する大学教授の考察だった。こちらの筆者は、ふとどきにも専門家を騙そうとした人々をラモンターニュのインタビュー記事を書いた記者よりはるかに辛辣な論調で批判しており、ジェーンにもその考えはよく理解できた。贋作や偽物のほとんどは金儲けが目的なのだから。とはいえ、〝ブルースター・チェア〟の偽物はその点については無罪とみなしてもよいのではないだろうか。ラモンターニュが金のために名乗り出たなら、そうとばかりは言いきれないけれど、彼はただ自分の正しさを証明したかっただけだろう。

しかし、その大学教授は、偽造に多大な時間と労力と技術をつぎこむのは芸術家の風上にも置けない行為だと断じていた。並み居る専門家に一杯食わせ、少なくとも一名の学芸員のキャリアを打ち砕いたにもかかわらず、法廷で断罪される罪をなんら犯したことにならないのでは、得る喜びも満足もはなはだ薄いものだったにちがいないと。ひょっとしたら、この論説の筆者こそが博物館の学芸員だったのではないかしら。

チャーリーの講演のテーマはなんだと言っていたっけ？　そうだ、捏造。切れ切れの通話だったけれど、〝捏造〟という言葉は聞き取れた。この論説は〝ブルースター・チェア〟の贋作だけでなく、古文書や古生物学における捏造にもおよんでいる。発掘チームがライバルチームの発掘現場に偽の化石を埋めて、あるチームをまちがった方向に導き、彼らの研究を減速させるだけですめばまだしも、最悪の場合、その化石に騙されて論文を発表した大学教授なり科学者なりのキャリアを完全に損なうことにもなりかねない。違法行為にはあたらなくても無害な行為ではけっしてないはずだ。

ティムがオレンジジュースのグラスを手渡した。ジェーンは注意深くそれを観察した。

「なんだ？　どうしたんだ？」ティムは笑った。

ジェーンはにおいを嗅いでから、ひとくちすすって味見をした。なにしろティムには、オリーヴを浮かべた氷水を何食わぬ顔でよこした前科がある。よみがえる記憶に身震いをしながらオレンジジュースを飲み、同じことを何度も繰り返す趣味がティムになくてよかったと思った。

オーケー、いたずら好きな人間なんてそんなものよ。ティムはわたしの電話の着信メロディを変えるという、たわいのないいたずらを一回か二回やってみたいだけ。そこにどんな悪意がある？　ただおもしろがっているだけ、笑いたいだけで、その裏には悪意もなにもない。笑うだけならかまわないのだ。が、そうでないなら問題だ。他人を困らせた結果として笑いが起こるのであれば、それはもう罪がないとはいえない。他人に被害を与えたのだから。あるいは少なくとも、被害が生まれる可能性があるのだから。

ブレイクはマーケルの左側に位置する暖炉のそばの椅子に腰を据えて、ブランデーグラスを手にしていた。中身がまだ半分ある。それがブレイクのグラス。もう半分しかない、ではないのだ、断じて。金持ちでハンサムで才能にも恵まれていれば充分なはずだった。その時点でブレイクのグラスは半分以上満たされているのだから。

彼はいつから骨董家具の偽物を作っていたの？　マシュー・ウェストマンの本を読んで〝ひまわり箪笥〟は最適のプロジェクトだと考えたの？　いつから彼はテーブルや椅子をあんなふうに叩き壊しては、不用品の買い取りや交換の場へ行くトラックの平床に投げこんでいたの？　インターネット上のジョークや不幸の手紙のように、自分から始まったものが自分のところへ戻ってくる時間を計りたかったの？　どうやってそれを記録していたの？　ほかにだれが知っていたの？　リック・ムーアはブレイクとともにそういう骨董家具の偽物を作っていて欲に駆られたの？　そんな騙しの手口で金儲けができると考えたの？　それとも、最初はブレイクの作品に騙されて、やがて戸惑いを覚えるようになったの？　そして失望してしまったの？

あるいはもっと危険な推測もできる。リック・ムーアは師匠の心配をしていたの？　ブレイクのやっていることが発覚するのを恐れ、ブレイクを守るために決断したの？　ジェーンは魅入られたようにブレイクを見つめた。ブレイクは葉巻とライターを指先でもてあそんでいる。ここには室内で喫煙する者はおらず、ブレイクですら控えているが、それでも彼はキューバ葉巻と〈ジッポ〉のヴィーンテージ・ライターをいじくらずにはいられないらしい。飲み物のグラスと合わせ、両手に持った物をジャグリングさながら、ひょいひょいと移動させている。

「ああ」ジェーンは思わず声を漏らした。ブルース・オーが椅子を引っぱって隣へやってきていた。わかったことをジェーンが話しだすのをオーは待ち受けている。

「彼は両手利きなのね」

オーはジェーンの視線を追った。ブレイクはポケットナイフを取り出したところだった。ナイフにはいくつかの工具が付いている。ブレイクはそのなかの鋏《はさみ》を器用な手つきでひょいと出すと、左手で葉巻の先端を切り落としはじめた。つぎに右手でブランデーグラスを取って中身を飲み干した。

「それであの箪笥の彫刻の説明はつくでしょ。説明が必要とされることはほかにもまだたくさんあるけど」

マーケルの咳払いで、部屋がいつになく静まりかえった。ゆうべのディナーでレジデントたちにどことなく落ち着きのなさを感じたのはやはり正しかったのだ。彼らはふだん警察官と会って挨拶しようなどとは思わない人たちだが、〈キャンベル&ラサール〉でこれだけいろいろなことが起こると、さすがに外部からのこの訪問者に昨日よりは関心を寄せているようだ。

「事情聴取がようやく終わりました。最後に月夜の浮かれ騒ぎというおまけがあったとはいえ、それ以外は、みなさん大変に協力的でした」

ジェーンは居ずまいを正してマーケルが言葉を続けるのを待った。マーケルにはあらかじめノートを見せてあった。この場でブレイクを指差して、ここ〈キャンベル&ラサール〉でなにが起こっているのかと問いただしてくれるにちがいない。ところがマーケルは指差すどころか、ブレイクと握手し、自分たち警察のために敷地を開放してくれたことへの感謝を述べた。今回の捜査がリック・ムーアの事故死の予備捜査を裏付けるものになるだろうと思っていました。小憎らしいほど劇的な効果を生むのが上手なこの刑事はジェーンのほうを見て、もう一度〝思っていた〟という言葉を繰り返した。

「実際、そう思っていたのです、ミセス・ウィールが捜査に加わるまでは」とマーケル。

「なんですって?」

心のなかで発した問いにしてはうるさいと最初は思ったが、声に出していたのだと気がついた。いったいどんなキーワードでググるとわたしの名前が出てくるの? マーケルは今なにをしたの? これはどういう演出? 捜査に加わる? 警察官時代の取り調べでオー刑事は、わたしのことをなんて言っていた？

今度は意識的に声に出さず自分に言い聞かせた。どういうことよ、携帯電話が鳴ってるわけでもないのになぜ全員の目がわたしに向けられてるのよ。

「はい、ミセス・ウィール？」とマーケル。「今のは質問ですか？」

「ええ、質問があります」

ジェーンは立ち上がり、部屋を見まわした。「というより、感想かしら」そこで咳払いをひとつ。「リック・ムーアの死は事故ではありえないとわたしは考えています。あのとき彼は化学薬品を使う作業をしていませんでした。それに、もし、ほんとうに自殺をしようとしたのなら、あんな浅い小川なんか選ぶはずは……」

「リックが薬品を使う作業をしていなかったとどうしてわかるの？」アニーが尋ねた。

「彼を発見するまえ、ティムと一緒に木工場のなかへはいったの。瓶にしろ缶にしろ蓋が開けられた容器はひとつもなかったし、床にも作業中の物はなにもなかったわ。あったのはずらっと並べられた溶解剤と図書室の回廊の下の送風機だけ。リックはその回廊の続きのロフトで本を読んでいたにちがいないとわたしは思ってます」キャビンのクロゼットに隠したリックの〈ビルケンシュトック〉を取ってこなくては。

「ミセス・ウィール、あなたが鋭い観察眼をおもちなのはわかったけれども、あなたとミスター・ローリーはオフィスの脇にある調合室へは行かなかったんじゃないかな。あの日の午後はそこで作業をするということをわたしはリックから聞いていた」グレン・ラサールが言った。

わくわくする展開になってきた。ひょっとして、これはアガサ・クリスティの『ねずみとり』のような大団円を迎えるかもしれない。

「彼が有毒ガスにやられたと本気で思っているのか、グレン?」ブレイクが言った。「リックはもっと慎重な男だったぞ……」

グレン・ラサールがブレイク・キャンベルに投げた視線の強さが空気を震わした。ブレイク自身は気づいていないようだが、マーケルをはじめ、部屋にいる全員がその震動の余波を感じた。

「化学薬品を扱う安全な手順を理解している人間がいるとしたら、それはリックだということさ」ブレイクはなにも気がついていなかった。

「ミスター・ラサール、あなたは昨夜のディナーでも、リック・ムーアの死は自殺だと思うとおっしゃいましたね?」オーが口を開いた。

「その可能性は大きいと言ったんです。ただ……」と言いかけたグレンをブレイクが遮った。

「どうも納得がいかないな、グレン。リックは手のかかるやつだったが、馬鹿ではなかった」

「おい、ブレイク、おまえは黙ってろ」とグレン。

このころには〈キャンベル&ラサール〉のレジデントはみな押し黙っていた。このふたりがつぶやき以上に大きな声を出すのは二十年間だれも聞いたことがなかったにちがいない。

それが今は、招待客と地元警察の刑事をまえにして公然と言い争いをしている。〝わたしたち〈キャンベル&ラサール〉〟の〝わたしたち〟全員がショックを受けていた。

「おまえのケツを守ろうとしているのに、間抜けめ。おまえとおまえの存在証明である作品を。このままではみんな共倒れだと何度も忠告したはずだ。だが、おまえは耳を貸さなかった。自分の才能とやらを証明して、ちっぽけな愉しみを得ようとするだけだった。傲岸不遜《ごうがんふそん》なくそったれ！　どうだ、これで満足か？」

ブレイクは満足しなかった。なにを責められているのかまったくわからないらしい。

「わたしの贋作のことを言っているのか？　いいか、グレン、そんなことはだれも気にかけちゃいない。ただの趣味なんだから。ねえ、マーケル刑事？」

グレンは旋盤仕上げのトネリコのスピンドルで顔面パンチを食らったような形相になった。いったいブレイクはどういうつもりなんだ？　警察官に暴露するとは？

マーケルは片手を上げて制した。少し落ち着きましょう、おふたりとも。

「骨董家具の複製についての説明は今日、ミスター・キャンベルから受けました。在庫も見せてもらいました。違法行為とは認められませんが、もし、わたしがいわゆる骨董商で、自分の手に入れた物を本物と信じていたら、腸《はらわた》が煮えくりかえったでしょうね」

ブレイクは笑みを浮かべてマーケルにうなずいてみせた。ブレイクとマーケルのにんまりとした笑みの交換がグレン・ラサールのなかのなにかを爆発させる引き金となったようだ。

「ぼんくらめ！　せっかくここで命拾いをさせてやろうとしているのに！」グレンは叫んだ。

ロクサーヌが立ち上がってアニーに合図を送り、ふたりがかりでグレンを座らせようとしたが、グレンにはまるで通用しなかった。「あの恩知らずの小者のリック・ムーアはおまえを強請《ゆす》っていただろう。わたしは手紙を見たんだ。おまえは自分のしたことが法に触れないと本気で思ってるのか？　ここにいる刑事が正しい答えをまだ引き出せていないとしても、この先もずっとそうとはかぎらんのだぞ」

「あんなならず者みたいな口を利くんじゃや、来シーズンの『アンティーク・ロードショー』のゲスト出演は夢と消えたな」ティムが小声で言った。「キーノ兄弟のどっちかと意見が衝突したらどうなることやら」

ジェーンはバッグから取り出した物に目を落とした。私家版の風水羅盤または地図を。それから部屋のなかを見まわした。あらゆる物が所定の位置に収まっている。ブレイクが博物館級の見事な骨董家具の複製を作り、それらを壊し、経年変化を出すための細工をほどこし、一生に一度のお宝を見つけたと喜ぶディーラーに一杯食わせることをささやかな愉しみとしていたことはわかっていた。そして今は、だれがリック・ムーアを殺したかもわかっている。興味津々の目撃者たちが何人もいるこの部屋でグレン・ラサールがブレイク・キャンベル殺しで逮捕されるまえに、ちょっとだけ彼の口を閉じさせることができれば、盛り上がったドラマの幕を引けるのだけれど。オーと目が合った。オーの目はそのまま行けと励ましているようにも、やめておけと言っているようにも見える。なにを、いつするかを知りたいときに彼の表情を読むにはどうすればいいのだろう。あとで忘れずにオーに訊こう――だって、わたしたちはパートナーになるんだもの。

「わたしに答えられることもあると思うんだけど……」と言いかけたが、だれも聞いていなかった。グレンは叫んでいる。ロクサーヌはグラスの水を彼に飲ませようとしている。スコットはサイドボードのミモザ・カクテルを片っ端から飲みだした。アニーはグレンに天然由来の精神安定剤を与えようと、ハンドバッグのなかを覗きこんでいる。ミッキーは部屋から飛び出してツリーハウスへ逃げこみたそうだ。マーティーンはみんなに安定した深い呼吸をさせようとしている。ひとりシルヴァーだけが、今起こっていることの意味に気づいていないとみえる。彼はまだだれも手をつけていないチョコレート・ポット・ド・クレーム（小さな器にはいったチョコレート・プリン）のトレイがテーブルにあるのを見つけていて、一個ずつたいらげはじめている。まるで学生食堂のカウンターに整列した〈ジェロー〉の一気飲みだ。

ジェーンは今まで座っていた椅子の座面にのぼると、耳をつんざくほどの音で笛を吹いた。これで『ねずみとり』からはそれてしまったと確信しながら。いくら人々の注目を集めるためでも、アガサ・クリスティはポワロもミス・マープルも、ミッション様式のヴィンテージ・チェアにのぼらせたりはしない。

「なにが起こったのかはわかってるの。あなたがわたしに注意を払ってくれたら、ほかの人たちにもそれを話すことができるんだけど」

グレンがわめくのをやめたので、ジェーンはその隙に続けることにした。

「ブレイク・キャンベルはウェストマンの箪笥、つまり、値段をつけられないくらい価値の高い骨董と見なされてもおかしくないような物を作った」ジェーンが語りだすと、ブレイクはお辞儀をしているのかと思うほど深々とうなずいた。「彼はまた、ウェストマンよりはシンプルな骨董家具の偽物も日常的に作っていて、ジャンク・ディーラーを通して外の世界に送り出し、フリーマーケットで売らせていた。そうした家具が修復のためにここへ戻ってくることもたびたびあった。でも、彼はそれだけでは物足りなくなり、自分が作ったウェストマンの箪笥を見せる場が欲しくなった」

ジェーンは右のポケットに手を入れてノートを取り出した。ページをめくり、うなずき、ブレイクを見た。

「マクドゥーガルはあなたの伯父さんね？」

ブレイクはこっくりとうなずいた。「マック伯父。わたしの唯一の親戚だ」

「ブレイクは亡くなった伯父さんの屋敷の家財を処分するために、業者を雇ってエステート・セールを開くことになった。でも、業者が現地に現われるまえに、ウェストマンの箪笥の偽物を上下ふたつに切り離し、伯父さんの家財のなかに紛れこませた。地下室に置いた下半分のほうは工具やら箱やらで見えないように隠しておいた。だから、セールに来たある人が見つけても、その箪笥には値段がついていなかった。ただで譲ると強く言ったのは、お金を受け取ったとしてあとから糾弾されるのを避けるためだった。その箪笥を見つけたディーラー、クレア・オーは、修復と鑑定のためにここへ持ちこんだ。そのときはグレン・ラサールが対応し、その後の窓口はリック・ムーアになった」ジェーンはティムの隣でスコーンをぱくついているクレアを手振りで示した。「リック・ムーアは調査を始め、いろいろ調べるうちに、ブレイクがそれを個人工房で製作していた証拠を発見した……」

ブレイクが片手を上げた。「よくわかったね、ミセス・ウィール。しかし、ひとつ訂正しておく。リックはそれがここで作られたことを知っていたよ。彼も手伝っていたんだから。リックはこのゲームを愉しめなかったようだ。彼は金儲けができるはずだと考え、あのウェストマンを本物のウェストマンとして売りたがったのさ。だから……」

「リックが抽斗をすり替えた理由はそういうことだったのね？　クレア・オーにあれを返すときに、あきらかな偽物にするためだったのね。本物としてはとても売れないように」

ブレイクはうなずいた。

「これは長期にわたるプロジェクトだった。その間《かん》にリックは腕を上げ、本物のウェストマンの彫刻師になった。眠っていてもあのひまわりが彫れるほどに。だが、彼はひまわりだけでなく人の顔やほかのモチーフも彫れた。彼自身のウェストマンの箪笥を作ってしまった。リックがそれを本物のウェストマンとして売ろうとしているとは夢にも思わなかったが……リックの企みに気づいて、わたしは自分の作ったウェストマンの箪笥を外に出したんだ。それが偽物と見なされても本物と見なされても、リックが企んでいることを実行しにくくするだろうと考えて」

ジェーンはクレアを見やった。「そこがあなたを悩ませたんでしょう？　最初に見つけたときには本物のウェストマンに思えたのに、リックが抽斗をすり替えたあとは明々白々な偽物だったから、どうして最初に本物だと信じて疑わなかったのか、わからなくなってしまった」クレアがうなずいたので、ジェーンは先を続けた。

「すでに自分が作った箪笥を本物として市場に出し、オークションの値をつり上げるには、偽物のウェストマンが出まわっているというような噂を流させるわけにはいかない。そう考えたリックは、クレア・オーの口を封じるためにシカゴへ行った。箪笥を取り返すつもりだったのかもしれない。彼女はそれをアンティーク・モールの売り場に置くだろう、それなら盗むか壊すかすればいいと考えたのかも。ところが、そこにいたのは箪笥が偽物であることに気づいたもうひとりの人物、ホーラス・カトラーだった。だから、彼はホーラスを殺した」

「じゃあ、ほんとうにリックがやったのか」とブレイク。「信じたくなかったのに」

「そうさ。おまえはつくづくぼんくらだな。だからリックは、おまえが彼に送った証拠の手紙を保管していたんだぞ」とグレン。

ブレイクはついになにも言えなくなった。グレンの投げた言葉に対する答えをもたなかったから。ロクサーヌはグレンのそばを離れ、ブレイクに水を飲ませようとしたが、ブレイクは彼女が差し出すグラスを首を振って拒絶した。

「それはリックがわたしを強請っていたという意味なのか？」ブレイクはやっと口を開いた。「ウェストマンの箪笥を作ったことではなく？　わたしがリックに殺人の依頼をしたという意味なのか？」

グレンはこれに反応して、ブレイクの質問に重みをもたせるという選択を避けた。ブレイク・キャンベルの耳にこれ以上罵声を送りこまずにすむとわかって安堵しているようにも見えた。自分も黙っていると、リックを金で釣って人殺しをさせたと認めているように思われると気づいたブレイクは立ち上がった。

「いや、わたしはそんなことはしていない。リックにそんな頼み事などした覚えはない」

「その手紙を見たのよ、わたし」ロクサーヌが言い、ブレイクの肩を優しく叩こうとしたが、ブレイクは彼女から大きく数歩離れた。「最初は信じられなかったけれど、リックはほんとうのことだときっぱり。リックが、あなたとこの場所に対してやろうとしていることについても聞いたわ、ぞっとするような計画を……」

「ここの人ならだれでもその手紙を書けたんじゃないかしら」ジェーンは発言権の再請求を試みた。「あなたたちはみんな芸術家《アーティスト》だし、模倣者《コピースト》の一面ももっているんですもの。ブレイク専用の便箋を手に入れて、差出人がブレイクであるようにほのめかす手紙を書くことはできたでしょ」

部屋にいる人々の関心は今やまちがいなくジェーンに集中していた。空気が変わったのをジェーンは感じた。これまでの発言も多少の驚きはもたらしたにせよ、今や自分たちの関与もほのめかされたのだ。ブレイクの名を守り、〈キャンベル&ラサール〉をスキャンダルや殺人事件から守るのはここにいる全員の利害に関わることだと。

「だれがやった？」ブレイクが言った。「だれが手紙を捏造したんだ？」

「いえ、それはリック自身がやったのよ」とジェーン。「彼があなたの筆跡を練習しているカードを見つけたの。栞代わりにしていたわ」ジェーンはオーに目をやった。オーはかすかにうなずいた。「そう、リックはその手紙を書いてロクサーヌとグレンに見せた。それが自分の身を守ってくれると考えたんでしょう。あなたの愛弟子である自分の言うことなら、みんなが信じるだろうと」

「ちょっと待て。おまえたちはわたしを守ろうとしていたということか？」

グレンは呆れたように首を横に振り、おまえはどこまでぼんくらなんだ、ブレイク、とまたもつぶやいた。そのあともう一回、めかしこんだブロンドのぼんくら野郎、と吐き捨てるように言い、おまえのエゴがどうのとぶつぶつ続けた。

「おまえたちはわたしを守ろうとしていたって？　かばおうとしていたって？」

ブレイクはロクサーヌに詰問した。〈キャンベル&ラサール〉のレジデント全員が目を上げて、ブレイクを見ながら無言でうなずいた。期待をこめて。この映画はこうしてめでたしめでたしで幕を閉じようとしているのだろうか。

彼らに合わせるようにブレイクはしばらくうなずきを繰り返してから、無言の彼らに負けぬ静かな口調でこう言った。

「つまり、わたしが殺人の首謀者だと、だれもが信じていたわけだな？」彼はサイドボードのまえへ行き、高価なブランデーをなみなみとタンブラーについだ。

「わたしは三十年間、ここにいるみんなと断続的ではあるが寝食をともにしてきた。おまえたちはわたしの家族だった。そのおまえたちに人を殺すような人間と思われたわけだな」

ブレイクの視線はみんなの頭を越え、みんなの目を素通りして、ようやくマーケルの鋼《はがね》のごとく冷たい青い目をとらえた。

「マーケル刑事、わたしはだれも殺していないし、だれにも殺人依頼などしていない。ただ、ここにいるほかの者については残念ながら保証のかぎりではない。自分が思っていたほど、彼らのことをわかってはいなかったようだから」

「哀れなやつ」とグレン。「おまえは哀れなやつだ、ブレイク。無垢な心が砕け散ったってか？　ここのみんなが純粋におまえを愛していると、ここにいなくてはならないお祖父ちゃんのように愛してきたとでも思っているのか？　少なくともおれはそんな幻想はこれっぽっちも抱いていなかったぜ。おれたちは食事券だったんだよ。おいしい食事にありつくための券なんだよ」

グレンは食堂のテーブルのほうを振り返った。

「そうだろう、シルヴァー？　ほかの我がすばらしきレジデントのみなさんも？　彼らはもともと強制労働者だった。そのことに辟易《へきえき》しているんだ。だろう、スコット？〈キャンベル＆ラサール〉の作業基準と評価に追いつくのがだんだん苦しくなってきているんだ。おれたちが創った理想のコミューンは、甘やかされて思い上がったガキどもを生み出しただけだったのさ。ここには医療保険に加入している者も雇用の保障を受けている者もひとりとしていない。ここで暮らす者ならだれだっておまえを守ろうとしただろうよ。なぜなら、今さらこの場所がなくなったら困るからだ。ここが煙と化すのも炎上するのも困るからだ。おまえの望みがどっちであれ。師を追い越せ式のおまえのつまらんゲームのつけがみんなにまわろうとしているんだよ。外部で独立した仕事ができているのはジェフとジェイクだけじゃないか。そのふたりがみんなに馬鹿にされている。ワーカホリックだと笑い物にされている。ちがうか？　アル中のスコットやマリファナ中毒のミッキーは笑い物にされないのにな」グレンはもう叫ぶのをやめていた。声に疲れがにじんでいた。

「じゃあ、おまえなのか？」とブレイク。「〈キャンベル&ラサール〉のためにやったのか、グレン？　おまえがリックを殺させたのか？」

オーがいつも警告するのはこれなのだとジェーンは悟った。こうした法廷ドラマのクライマックス・シーンのような展開に手をこまねいていると、現実に罪を犯した人間は最後まで告白しないのだろう。本人は正しいことをし、有罪ではないと思っているのだから。探偵という職業がこの世に必要とされる理由はそこなのだ。それが、オーの教えようとしていたことなのだ。罪を犯した者はだれなのかを探偵がはっきりさせなければ、いたずらにシーンが進むばかりで、あげくの果てには犯人ではない人物が自分で自分の首を絞めることにもなりかねない。

グレンは両手で頭を抱えこみ、肩を震わせている。その姿と全身から絞り出される嗚咽《おえつ》に、泣いているとだれもが思っただろう。が、頭を起こすなりグレンは笑いだした。

「たわごとをほざくのもたいがいにしろ、馬鹿野郎。おれはリックを殺しちゃいない。つい数分まえまでは、おまえが殺したんだと思っていた。とんまなおまえはその告白をする気なんだろうと。そうやって自分の存在を顕示するつもりなんだろうと。名匠の腕前をここでも見せつけようとしているんだと」

「もう一度わたしに番をまわしていただける？」とジェーン。

この問いに返された完全なる沈黙のなかで、ふたたびジェーンはベリンダによって廃棄処分を命じられた物たちに目を落とした——彼らが容疑者の代役を務めるのをやめるとすぐに。

「ディナーのまえに、わたしは外に出て、木工場の窓からなかを覗いてみました。リック・ムーアは作業スペースの上の図書室で本を読んでいたのよ。犯人は木工場のなかにはいり、リックなら当然その危険性を認識していたはずの、目に強い刺激を与える種類の溶解剤の蓋を開けた。送風機が作動していたので、下からの風で有毒ガスがまともにリックの目を襲った。彼はおそらく目を開けられなくなり、方向感覚もなくして、階段を降りてそのまま裏口から外に出ることができなかったんでしょう。そうするかわりに、ひざまずくとすぐ、窓のひとつを押し開けようとした。でも、窓は開かなかった。つぎの窓へ移動して、また押し開けようとしたかもしれない。それもだめだった。そのころにはもう、べつのだれかが彼を裏口から外へ導いて小川へ連れていくのは容易だった。小川の水のなかに頭を一分か二分浸けておくのは。彼がふたつの肺いっぱいに水を溜めてくれれば、あとはもう、通りかかった人間が彼の死体を見つけるだけでよかった」

「なぜリックは窓を開けられなかったんだい、ナンシー・ドルー？」ティムが訊いた。

ジェーンは握った拳を広げて差し出した。掌の真んなかにあるのはバッグから取り出していたロクサーヌを示す物、二本の釘だった。食堂の鏡の掛け釘を取り替えたあと、ロクサーヌがテーブルに置きっぱなしにした、一方は現代の五センチ釘、もう一方はアンティークの四角い鉄釘だ。

「これではリックは窓を開けられなかったはずだわ。釘を打ちこんで窓が開かないようにできるのは、二十一世紀のハンマーと、丸くてなめらかな現代の釘を片手にひとつかみ持っている人だけよ」

20

これまでに〝減らすことはよいこと〟を身につけられなかったあなたにも、まだ希望は残されています。一番散らかった部屋の真んなかに座って、一番必要のない物に取り囲まれてごらんなさい。そしてもう一度、第一章から始めましょう。今度こそ細心の注意を払って。

ベリンダ・セント・ジャーメイン
『詰めこみすぎ』より

マーケルがロクサーヌを連行すると、あっというまにグレイトルームから人がいなくなった。ロクサーヌはひとことの異議すら口にせず、ブレイクに微笑みを送りながら連行された。するとわれわれもと食堂から出ていった。ジェーンの携帯電話がまた鳴りだした。ネリーだった。ジェーンは携帯電話をティムに手渡した。ティムは電波ノイズの声真似をして電話を切った。最後にもう一度集まったクレアとオーとティムとジェーンの四人は、今は暖炉のまえに座っていた。ティムが濃いモーニングコーヒーのおかわりをついでまわった。

「彼らはどうやってもう一度お互いと向き合うのかしら」ジェーンが言った。「ブレイクはアンティーク界の高僧たる位を剝奪《はくだつ》されて、しかも人をからかうことに喜びを感じる人間だとわかってしまったし、グレンは相手かまわず喧嘩を吹っかける、意地が悪くて嫉妬深い皮肉屋だってことが露呈してしまった。この場所からなにかをもらうのではなく、ほんとうの意味で尽くしていた唯一の人、ロクサーヌは刑務所行きになってしまった」

「酒、グルメ料理、麻薬、作業」とティム。「そしてセックス。そういうものが当座の治療薬にはなる。そのうち、プロジェクトの話でも舞いこむ。でなきゃ、活きのいいアーティストが新たに加わって、象眼細工の化粧板の特別上級講座でも開講する。そのころには今回の事件は色褪《いろあ》せてるだろうよ」

「お見事でした、ミセス・ウィール」とオー。「ブレイク・キャンベルが事件の真相を知らないというところまではわたしも気づいていましたが、犯人について確信がもてなかったのです。帳簿を預かる人間、書類仕事を引き受けている人間が有力な容疑者だとつねに念頭においているのに、まったく思いつきませんでした。あの最後の……」

「とどめの釘?」とティム。

「テーブルで見つけたこの釘をずっとバッグに入れていなければ、犯人を突き止められなかったかもしれない。木工場の窓からなかを覗いて窓枠によりかかったときに、この釘が打ちこまれていた穴の感触にはっとしたの。なめらかな丸い穴だった。急いで釘を抜かなければならなかったんだろうと思った。四角い頭をしたアンティーク釘が抜きにくいのは知ってるし、現代の丸釘と、それをすばやく抜くためのシンプルな釘抜き付きハンマーを持ってるのは〈キャンベル&ラサール〉ではロクサーヌひとりだということもわかってた」

「事件を解決したのにあまり嬉しそうに見えないわね」

ティムのセーターにまたまたくっついたツリーハウスの葉やら小枝やらを払いながら、クレアが言った。抽斗がすり替えられていたことをジェーンが暴いた瞬間、クレアは自分の無実が証明された以上の喜びを感じた。あんな明々白々な偽物の特徴を見落としたのではなかったとわかったから。

「ロクサーヌが気の毒に思えるの。彼女は〈キャンベル&ラサール〉を切り盛りして、たぶんだれよりも愛してたんだと思うわ。だから、不心得者からこの場所を守ろうとしたのよ」

「なるほど」とオー。「わたしが言ったように彼女には罪悪感がなかった。それなのに、なぜ素直に犯行を認めたのか？　自分は崇高なことをしたという自負があるからなのですね」

「そう、そのとおり。彼女は作業用のマスクとゴーグルで武装して、リックの顔に有毒ガスを浴びせた。彼を小川へ導き、水のなかに頭を浸けて溺死させた。ロクサーヌが聖人じゃないのはわかってる。でも、それにしたって……」

ブルース・オーがこちらを見て、にっこりしているような気がする。いや実際、オーの左右の口角が少しだけれど上がり、正真正銘、見まがいようのない笑みが作られている。

「人間って複雑よね」とジェーンは締めくくった。

ジェーンとティムはその日の昼近くに帰宅の途についた。〈キャンベル&ラサール〉のキャビンにはあと一分たりとも滞在したくなかったので。ジェーンには荷造りするほどの旅の荷物はなかったし、自分の服をあらかた貸し出していたティムも同様だった。持ってきた物を全部トートバッグに戻したところで、月光市で買った物のスペースを確保するにはそちらを処分しなければならないとティムに指摘され、やれやれとかぶりを振った。

「あとでやるわよ」

ジェーンは〈ムーア・プッシュピン・カンパニー〉のブリキ缶をバッグから取り出し、記念の釘を二本収め、缶もバッグに戻した。しわしわの栃の実と〈EZウェイ・イン〉のキーホルダーに新顔のお守りが加わった。

目が冴えているから運転してもいいとティムが言った。わたしだってエネルギーが満ちあふれてるわ、と返しながら、助手席で丸まって目を閉じた。

うつらうつらするジェーンの耳にベリンダ・セント・ジャーメインの声がひっきりなしに聞こえていた。〈キャンベル&ラサール〉での食事とツリーハウスと化学薬品と幻の家具の贋作が脳裏を通過する合間にベリンダの教えを思い出そうとしたが、人生改造を誓った二日まえよりもっと取り散らかった気分だけが残された。

「なぜまたこんなことになっちゃったんだろ？　なぜぼくたちはいつも大混乱に陥るんだろ？」

「わたしが悪い母親だから。ニックの学校の保護者承諾票を提出し忘れたから」

「いや、ジェーン。きみは悪い母親なんじゃない。気の散る母親なのさ。それに、きみの家にある〈マッコイ〉の植木鉢とベークライトのダイスと宣伝用の温度計をひとつ残らず処分しても、気の散る母親のままだと思うな。気の散る母親は極上の母親なんだぞ」

「ええ、そうね」ジェーンはあくびをした。「ネリーみたいにね。ネリーはいつも気の散る母親でありながら、恐ろしく出来のいい母親でもあったわ。ふつうの母親の一・五倍のパワーがあった」

「なあ、想像できるか？　もしネリーが気を散らしてなかったら、もしネリーがあのクレイジーなエネルギーのすべてを四六時中きみの監視と追跡につぎこんでたら、どうだったか。今ごろはノイローゼだぞ」

「今がそうじゃないみたいじゃない」ジェーンはまどろみかけた。

「ああ、そうじゃない。それに、あの熱狂的お喋りこそが有益なのさ。四角い杭と丸い穴の諺はネリーの直伝だろ。それで例の釘のことがぴんときたんだろ。きみの頭ときみの家にあるがらくたは全部必需品なのさ。なにも処分する必要なんかないんだ。減らすことはよいことじゃなく、単に減らすことでしかない場合もあるんだよ、ダーリン」

ティムはジェーンのトートバッグのなかに手を入れて『詰めこみすぎ』を引っぱり出した。前方の道路から一瞬目をそらし、本のカバーに印刷された著者近影をちらりと見ると、身震いした。

「うへ、マーティーンに似てる。ぼくたちに必要なのはそのことだけだ。つまり、これとはべつのライフコーチだよ、ジェイニー」そこでジェーンをひと突き。「ジェイニー、目を覚ましてくれ、ちょっとだけ」

「なによ？　覚ましてるけど」ジェーンは目を開けずに応じた。

ティムは運転席のドアの、助手席側の窓を下げるボタンを押した。

「ハニー、きみには出来のいい夫と息子と友人がいる。見当ちがいなことで悩むのはもうやめにしろ。こんな本、窓から捨てろ、いいね？」

「いいわ」

ジェーンは『詰めこみすぎ』をぽいと道路に捨てた。

「気分がよくなっただろ？　不必要ながらくたを少なくとも二キロ処分したんだ。きみが減らす必要のある物はそれだったのさ。だろ？」

「そうね、二キロ減った」とつぶやいた。

「よし、偉いぞ。わかったな」

「オーケー、わかった」囁くような声。「わたしにはチャーリーとニックとあんたとドンとネリーとオーと……」

「夢にしちゃ豪華キャストだ」ティムはにっと笑った。

「わかった」夢のなかの声。「全部わかった、見当ちがいなことは」

「大事なことも」とティム。

「大事なことも」

眠りのきわで形を成しはじめている夢に向かってジェーンは微笑んだ。

訳者あとがき

アンティーク雑貨探偵シリーズ第三巻『まったなしの偽物鑑定』をお届けします。

週末の金曜日、売り手にとっては不用品処分、買い手にとってはお宝探しのセールが、いつものように早朝から各所でおこなわれています。今回の幕開けは、シカゴ郊外のとある教会が主催した慈善バザー、セール分類でいうところの〝ラメッジ・セール〟。ラメッジ・セールとは、各家庭のありとあらゆる不用品が一堂に会するセールで、がらくたの拾い屋《ジャンク・ピッカー》を以て任ずる本シリーズの主人公、ジェーン・ウィールの大好物でもあります。

案の定、ジェーンのテンションはのっけから上がりっぱなし。セール常連のライバルたちを出し抜いて好みの物を思うぞんぶん買いこみ、その高いテンションのまま帰宅しました。ところが、金曜日の昼さがり、当然まだ学校にいるはずの息子、リックがもう家に帰ってきています。夫のチャーリーも大学から戻っています。なぜに……？

そこでジェーンは、物を溜めこむばかりで一向に整理できない自分が引き起こしたとんでもない過ちに気づかされます。どかんと落ちこみ、我が身を省みて、藁《わら》にもすがる気持ちで買った本が、片づけのカリスマによる『詰めこみすぎ／片づけられない人の治療法』。

日本でも何年かまえに〝片づけられない女〟という言葉が流行ってから、その逆をいく整理収納の達人が続々と登場しましたね。片づけられないジェーンの葛藤がサイドストーリーとして進行する本巻では、章の頭にカリスマ女史の唱えるお題目が掲げられ、これがなかなか笑える、いや、耳の痛い内容となっています。

第二巻『ガラス瓶のなかの依頼人』からおよそ一年、ジェーンを取り巻く人々にも目を向けてみましょう。夫のチャーリーとの一時的別居は完全に解消されたとみてよさそうです。親友のティムとは相変わらず憎まれ口を叩き合いながら、ふたりして事件の解決を最後まで見届けます。こんなゲイの親友がいたら女はきっと愉しい……と思わせてくれるでこぼこコンビ健在なり。ジェーンの両親、ドンとネリーは今回は電話のみの登場ですが、ネリーとジェーンの電話バトルは今や本シリーズのお笑い（？）シーンとして定着した感があります。もっとも、闘っているのはジェーンだけで、ネリーはいたってふつうなのですが。

そして、本巻からお目見えするのがオーの妻、クレア。厳密には初登場ではありませんが、生身の彼女がストーリーに絡んで登場するのは今回がはじめて。しかも、殺人の容疑者という大役を見事にこなしています。物語の中盤、オーとクレアの夫婦愛がジェーンの目を通してさらりと描かれるシーンでは、アンティーク雑貨のコレクターでもある著者のシャロン・フィファーは、ジェーンと同じく単に物が好きなだけでなく、物を使う〝人〟が好きなのだなあと思わずにはいられません。

殺人事件の調査依頼を正式にオーから受けたジェーンがティムを引き連れて乗りこむのが、ミシガン州の家具工房兼アーティスト共同体。用語解説にある〝アーツ&クラフツ〟運動がアメリカで隆盛を極めた二十世紀初頭、ニューヨーク郊外の広大な敷地に〝クラフツマン〟たちの共同体がつくられたと聞きますが、本巻の〈キャンベル&ラサール〉には、六〇年代のヒッピー・ムーブメント、さらに七〇〜八〇年代のニューエイジ・ムーブメントの空気も漂い、その場所に生活の拠点を置く人々の浮き世離れした暮らしぶりも読みどころです。作家になるまえに芸術家村に滞在したことがあるという著者の体験もどこかに生かされているのかもしれません。

骨董家具の修復をする家具工房がおもな舞台なので、作中には英米の骨董家具がふんだんに登場し、アーリー・アメリカンの家具好きの方が唸りそうな〝ブルースター・チェア〟にまつわる逸話なども紹介されています。

アンティーク雑貨にとどまらぬ盛りだくさんな第三巻となりました。訳者の調べ物ファイルもこれで三冊め。一冊ごとにぶ厚くなって、ぱらぱらとページをめくれば、ヴィンテージの咳止めドロップ缶や裁縫箱やタイプライターのインクリボン缶や椅子の背もたれの資料にうっとり……あら、だんだんだれかに似てきましたね。もちろん、処分なんていたしませんよ。シャロン・フィファーにはまだまだ語りたいことがたくさんありそうです。次作*Buried Stuff*では、どんな切り口で語ってくれるのでしょうか。

二〇一三年八月

コージーブックス

アンティーク雑貨探偵《ざっかたんてい》③
まったなしの偽物鑑定《にせものかんてい》

著者　シャロン・フィファー
訳者　川副智子《かわぞえともこ》

2013年　10月20日　初版第1刷発行

発行人　成瀬雅人
発行所　株式会社　原書房
〒160-0022 東京都新宿区新宿1-25-13
電話・代表　03-3354-0685
振替・00150-6-151594
http://www.harashobo.co.jp
ブックデザイン　川村哲司（atmosphere ltd.）
印刷所　中央精版印刷株式会社

落丁・乱丁本はお取り替えいたします。
定価は、カバーに表示してあります。
 ISBN978-4-562-06020-7 Printed in Japan